九つ憑き《コノツキ》

あやかし狐に憑かれているんですけど

上野そら Uwano Sora

ALPHAPOLIS WEB CITY SINCE 2000

アルファポリス文庫

https://www.alphapolis.co.jp/

目次

第一話　土屋霊能事務所

——待て待て待て待て！

猛スピードで走り去るワゴン車を見つめながら、私はそう念じまくっていた。

黒のワゴン車は、通行人に雨水が撥《は》ねたことはもちろん、それに驚いた私《わたし》がバランスを崩して転倒したことにすら気づいていないらしい。

路地を左折していく憎き車を、私は濡れたアスファルトに這《は》いつくばったまま見送った。

「……あいたたた」

のろのろと身体を起こし、怪我《けが》がないか確認する。派手な転び方をしたわりにはかすり傷ひとつなかったけれど、泥水を吸った白のブラウスは生成《きな》り色に変色しているし、チノパンには見たこともないダメージが入っていた。

「最っ悪……」

独りごちたところで、ワゴン車も真っ白な服もかえってはこない。私は途方に暮れつつも、トートバッグから飛び出た私物を集め始めた。

大学の図書館で借りてきた本、ペンケース、財布、スマホ。

図書館の本は、よりにもよって水たまりの中に落ちている。スマホの画面には蜘蛛《くも》の巣状のヒビが入っているし、プラスチック製のペンケースは落とした衝撃で蓋《ふた》が開いたのか、中身が四方八方に散らばっていた。

「……どうしてこう、毎日毎日」

ぼやきかけた私の背後でかしゃんと軽い音が鳴る。振り返ってみれば、お気に入りのバレッタが割れていた。ハーフアップにしていたセミロングの髪が、だらりと頬《ほお》に落ちてくる。

――毎日毎日、どうしてこんなに運が悪いの！

世界の中心で、私は嘆《なげ》いた。

＊

「……加納《かのう》ちゃん、今回のはさすがにやばくない？」

アルバイト先の休憩室で私の話を聞いていた先輩が、至極《しごく》真面目な顔でそう言った。彼女の視線は現在、私のスマホにできたヒビへと向けられている。

「我ながら本当に運が悪いですよね。スマホは最近買い替えたばっかりですし、あのブラウスだっていつも着てるカットソーよりかは高い――」

「違う違うそっちじゃない。もうちょっとで大事故になってたかもしれないって話」

先輩は私を脅《おど》すように、ハスキーな声をより低くした。

「スピードを出した車が蛇行《だこう》しながら近づいてきたんでしょ？　もしかするとぶつかってた

かもしれないし、転んだところを轢《ひ》かれてた可能性もあるじゃない。いつもの『加納ちゃんのツイてなかった話』とは次元が違うというかさ、下手すれば……」

それ以上言うのは憚《はばか》られたのか、先輩はウーロン茶にそっと口をつけた。

ちなみに『加納ちゃんのツイてなかった話』とは、テレビやラジオの番組名ではない。私――加納九重《このえ》が実際に体験した不運な出来事を、バイトの休憩中に賄《まかな》いを食べながらグチグチと語っているだけである。

旅行に行けば大雨が降る。買い物から帰って来たら卵がすべて割れていた。電化製品が保証期限を三日過ぎたところで壊れた。

いつも話す内容は大体こんな感じで、笑い飛ばせるものばかりだ。休憩室の空気が重くなることもない。

けれど。

――もうちょっとで大事故になってたかもしれないって話。

言われてみれば、今回の不運は今までのそれとは少し違っていた気もする。一歩間違えれば大怪我をしていた。私が車に轢かれる可能性だって確かにあったのだ。

私はたちまち不安になった。

話が重くなったせいか、気まずい沈黙が続いた。休憩室に備え付けられている小さなテレビから、女性の低い声のナレーションが聞こえてくる。

『ちょっとした肝試し……。武内さんはそう考え、友人と冷たい廃屋《はいおく》に足を踏み入れてしまったのである。それが、恐ろしい世界への第一歩になるとも知らずに……』

どうも、心霊番組の再放送らしい。夏が近づくとこの手の番組が増える。

再現VTRでは、興味本位で心霊スポットに向かった男性二人が霊の恨みを買ってしまい、帰宅後も様々な怪奇現象に悩まされ続けていた。

私も先輩も、気まずさから逃れるためにそのテレビを観ていた。けれどもやがて、先輩がこわごわとこう切り出した。

「……ね、加納ちゃん。大学生にもなって真面目にこんな話するのもアレだけどさ、そのー……こういうのに覚えはないよね？」

「こういうの？」

先輩の視線の先を追う。心霊スポット潜入後、不運な出来事に襲われていた若者たちが霊能者のもとを訪れていた。

霊能者が真剣な面持《おもも》ちで言う。

『十体憑《つ》いてますね』

「まさかとは思うけど加納ちゃん、不運なことが起こる前に心霊スポットに行ったりしてないよね？　なにかに呪われてるとか……」

「ええ？　いや、そんなことは」

私が否定すると、「だよねー」と先輩は相好《そうごう》を崩した。

「ごめんね、変なこと聞いちゃって。テレビであんなこと言ってるからさー、つい」

「いえ……」

「幽霊だの呪いだの、思い当たる節《ふし》があるほうがおかしいもんねえ。あはは」

先輩が笑う。私は愛想《あいそ》笑いしたまま押し黙った。

――正直なところ、思い当たる節はあった。

けれど、「こんな話」をしたところで誰が信じてくれるだろう。率先して話したいような内容でもないし……。

私が考え込んでいると、テレビの中の霊能者が言った。

『あなたが部屋に入ってきた瞬間ね、すっと空気が冷たくなったんですよ。それくらいの悪霊にとり憑かれていますす。もうね、いつ死んでもおかしくない』

……絶妙なタイミングで嫌なことを言ってくれる。重たい空気が再び私たちのもとを訪れた。それに耐えきれなくなったらしい先輩が、「そうだ」と明るい声を出す。

「さすがに霊能者は大袈裟《おおげさ》だしさ、占いにでも行ってみれば？　運気が上がる方法、聞けるかもしれないよ」

「へ？　あ、ああ！　そうですね！」

先輩の発言を全力で肯定する。突拍子《とっぴょうし》もない提案ではあるものの、私に気を使ってくれていることがひしひしと伝わってきたからだ。

至極微妙なこの空気を解消すべく、私と先輩はいびつなくらい朗《ほが》らかに笑った。

「やっぱ女子なら占いだよね！　そうだ、占いならさ、私の友達が通ってる店を紹介できるよ。三千円くらいでみてもらえるし、結構当たるんだって。ね、どう？」

「えっ！　あ、いやえーっと……」

まさか本格的に勧《すす》められるとは思っていなかった。私は中途半端な笑顔を作ったままで言う。

「あの、今月はちょっと余裕がないんで、占いはまた今度行ってみます……」

声が尻すぼみになっていくのが自分でもわかる。先輩が「ああー」と残念そうな声を出した。

というのも、私は二か月前――今年の四月から一人暮らしを始めたばかりの学生で、簡単に言うならお金とまったく縁がないのだ。学費は奨学金、生活費は中華料理店でのバイト代と貯金のみでなんとかやりくりしている。

親とは三歳の頃に別れてそれきりだし、私を育ててくれたおばさんは最近身体を悪くして入院したところだ。まさか『占いに行くからお金を貸してください』とも言えないだろう。

先輩は「そういや加納ちゃん、バイトを掛け持ちしたいって言ってたもんね」と難しい顔で呟《つぶや》いた。振り払ったはずの重い雰囲気が、あっという間に舞い戻ってくる。気を使わせて申し訳ないなと思っていると、先輩が「それじゃあ」と次なる提案をしてきた。

「ちょっとした開運グッズを持ってみたらどう？　パワーストーンとかさ。神社で売ってるお守りなんかでもいいし」

「あっ、お守りなら持ってますよ。結構かわいいやつ」

「ほんと？　どれ？」

和《なご》んだ空気にほっとして笑いあう。ところが、私がお守りを取り出して見せた途端、先輩はまたもや難しい顔をした。

「加納ちゃん……それ、どんぐりじゃない？」

「はい。かわいいですよね」

「いや、かわいいけどさ」

どんぐりじゃない、と先輩は繰り返した。

私にとってのお守りは、一粒のくぬぎの実だった。子供の頃から持ち歩いているそれは丸っこくて、ニスを塗ったような光沢《こうたく》がある。帽子はついていないけれど、見ているだけでなんとなく幸せになれる。そんな不思議な代物《しろもの》だった。

「それ……虫とか出てこない？　大丈夫？」

「かれこれ十五年くらい持ち歩いてるんですけど、今のところ大丈夫です」

「十五年も持ってるの？　よく割れないね……ちょっと感心した……」

感心というよりドン引きに近い表情で先輩が言った。

「でも、なんでそれがお守りなの？　誰かにもらったとか？」

「いや……実は、どこでこのどんぐりを手に入れたのか覚えてないんですよ。多分、遠足で拾ったものだと思うんですけど」

「覚えてないのにお守りなの？」

「はい。子供の頃から大切にしてたので、今となっては愛着があるというか」

「……そっか。まあ、そういうものって誰にでもあるよね。うん、否定はしない……」

半ば脱力気味に先輩は言った。私は失くさないように、どんぐりを鞄の中にしまう。

テレビを見ると、心霊写真とともにクレジットタイトルが流れ始めていた。

午後五時。飲食店はこれから忙しくなるだろう。私は髪をヘアゴムで結び、嫌な空気を店内に持ち込まないよう気合を入れなおした。

*

先輩にどんぐりを見せた翌日。教授の都合で午後の講義がなくなった私は、大学の最寄り駅周辺を一人で散策していた。

駅前はそれなりに栄えていて、有名なファストフード店やドラッグストア、おしゃれな喫茶店や雑貨屋など、大学生に好まれそうな店が数多くある。私の好物であるきつねうどんを、一杯二百五十円で提供している店まであった。

——ここら辺なら駅から近くて便利だし、掛け持ちのバイトをするのにうってつけなんだけどなあ。

私はのんびり歩きながら、スタッフ募集の張り紙をひとつひとつ確認していった。しかし、ピンとくるものになかなか巡《めぐ》り合えない。

この求人は講義と時間が被《かぶ》る。こっちの求人は、中華料理店のバイトと時間が被る。この求人は資格が必要……。

私はうんうん唸《うな》りながら、求人情報を見て回った。すると知らないうちに、雑居ビルの林立する場所にたどり着いていた。

どこか寒々しい灰色の建物は、あまり活気があるように見えない。通りには人気《ひとけ》もなく、あたりは静寂に包まれていた。

特に目的もなく、どのビルにどんな店が入っているのか目視しながら歩いていく。すると、芳《かぐわ》しい香りがふいに私の鼻腔《びこう》をくすぐった。

匂いにつられて視線を向ける。

「コーヒーショップ・リカー」という看板が目についた。

――変わった名前だなあ、コーヒーなのかお酒なのかよくわかんないや。

ガラス張りのコーヒーショップにそっと近づき中を覗《のぞ》く。店内にはカウンター席とボックス席があり、カウンターの後ろにはコーヒー豆の入った瓶が並んでいた。コーヒー豆の販売も行っている喫茶店、といった様子だ。暖色の照明とシーリングファンがとてつもなく高級なものに見えて、私には敷居が高すぎると感じられた。

――客だと間違われないうちに帰ろう。

そう考え一歩後ずさった私は、なぜか唐突にバランスを崩した。

「わっ……！」

踏ん張りがきかず後方へとたたらを踏む。私の足に当たった何かが、がたんと大きな音を立てた。次《つ》いで、アスファルトにプラスチックをたたきつけたような酷い音。

ぎりぎり転ばない体勢で持ちこたえた私は、おそるおそる後方を見る。

黒板そっくりのウェルカームボードが足元に倒れていた。

「げっ……」

ボードの盤面に大きな亀裂《きれつ》が生じている。私の頭は真っ白になった。

――しまった、壊しちゃった……！

ボードが倒れている場所からして、コーヒーショップのものだろう。そう思い、私はボードの文字を読んだ。そして、我が目を疑った。


悪霊、妖怪、その他もろもろの怪奇現象おまかせください！

相談のみなら30分500円のワンコインで可能！

オカルトな悩みは土屋霊能事務所へ！（当ビル2F）

――怪しい。

最初の感想はこれだった。

なにこの怪しい文句。悪霊退治をうたう看板なんて生まれて初めて見た。こんな事務所、実在してるんだ……。

コーヒーショップの隣に目をやると、そこには確かに階段があった。あの階段を上《のぼ》った先が、「土屋霊能事務所」なる場所なのだろう。それはわかったけれど、だからといってこの階段を上る人間が存在するのだろうか。こんなに胡散臭《うさんくさ》いのに。

私は、階段からウェルカムボードへと視線を戻した。盤面の傷は「気のせい」で済むレベルではない。おそらく、持ち主に弁償する必要があるだろう。

怪しい事務所に行く。ボード代を弁償する。それらを考えるだけで涙が出そうだった。

「でも、壊しちゃったのは私だし……」

ウェルカムボードを立たせて、階段に向かう。下から見上げれば、窓も照明もあるのにどこか薄暗い空間が続いていた。……すでに心が折れそうだ。

――けれどこのまま謝りもせずに立ち去れば、小心者の自分は一生後悔するに違いない。

私は腹を決め、階段に片足をかけた。

暗い階段を上りきると、真正面と左手に扉がひとつずつあった。

真正面の扉には「ＷＣ」と書かれた小さなプレートがあり、その下に「土屋霊能事務所専用」と書かれたコピー用紙がテープで貼り付けられている。

左手側の扉にはすりガラスがはめこまれていて、そこに「土屋霊能事務所」と彫られたプレートが固定されていた。

――ここか。

緊張のあまり鼓動が速まる。私は落ち着くために深呼吸を繰り返し、胸――ではなく首筋に左手をあてた。ドラマなんかでよく、胸に手をあてて落ち着くシーンがあるけれど、私の場合それはなぜか胸ではなく首だった。

「……よし」

事務所の扉をノックするため右手を上げる。まさにその時、すりガラスの向こうでふらりと人影が動いた。

「ひっ――」

私が短い悲鳴を上げるのと、扉が開くのはほぼ同時だった。

「……うちになんか用?」

扉を開けた若い男性が、訝《いぶか》し気な表情で問いかけてくる。私は男性の顔を見ながら、こくこくと頷いた。

男性は、実に不機嫌そうな顔をしていた。

眉間には二本の皺《しわ》がくっきりと刻まれているし、口角は下がっている。目つきも鋭く、絵に描いたような仏頂面《ぶっちょうづら》だと私は思った。

彼の髪にも自然と目がいく。癖毛《くせげ》なのかパーマなのかはわからないが、とにかくあちこちにはねまくっているのだ。結果、無造作ヘアにも寝ぐせにも見える、不思議な髪型に仕上がっていた。

服装は、ポケットの数がやたらと多いカーキのミリタリージャケットに、サイドポケットのついた黒のパンツ。……どちらも見るからに冬物だ。今は六月なのに。

「で、なんの用」

二十代半ばほどの男性は、なかなか話し出そうとしない私に対しあからさまに眉根を寄せた。彼のこの顔を見て、ご機嫌だと判断できる人間はまずいないだろう。

ただ、身長百六十センチ弱の私とほとんど変わらないその背丈のおかげで、威圧感だけは若干緩和されている。あくまで「若干」だが。

――店の備品を壊したなんて言ったら、怒鳴られるか強請《ゆす》られるかしそう……。

私は泣き出したい気持ちをこらえ、階段の下を指さした。

「す、すみません。このお店のウェルカムボード、壊しちゃって……」

「あ？」

男性の顔つきが一層険《けわ》しくなる。その表情のまま階段の下を覗き込む男性に、私は再度謝罪した。

「私が思いっきり倒しちゃって、その時にヒビが入ったみたいなんです。あの、本当にすみません――」

「ヒビってのは一本だけか？」

男性が言う。その高圧的な口調に気圧《けお》され、私は無言で頷いた。

すると、男性が仏頂面のままでこう言った。

「それは元からだ」

「……え？」

「あのボード。あんたが倒す前から割れてんだよ」

「…………」

——なあんだ。

緊張が一気に解け、その場にへたり込みそうになる。笑顔を取り戻した私は、元気よく男性に言った。

「あ、そうだったんですね！　すみません勘違いしちゃって。それじゃあ私はこの辺で——」

失礼します。

そう言う前に、男性が「ところで」と声を出した。

「ずいぶん面白そうな狐《きつね》を飼ってんだな、あんた。そういうのが趣味なわけ？」

私はぎょっとして、男性の顔を見た。男性は私の足元に視線を向けている。

——……なんで。

なんでこの人は今、狐って言って……。

「もしかしてうちのボードを倒したのも、あんたじゃなくてそっちの狐なんじゃないか？狐はイタズラ好きなやつが多いしな」

どこまでも軽い調子で言われ、言葉に詰まる。そんな私を見て、愉快そうに彼は笑った。

「いいねえあんた、わかりやすくてさ。——これもなにかの縁《えん》だ。せっかくだし、うちでちょっと話していくか？　相談だけなら三十分五百円で乗ってやるけど」

「い、いやでも……」

「もしかして五百円、持ってないわけ？」

「いや、そんなことは……」

「そんじゃあどうぞ」

有無《うむ》を言わさぬ態度で男性が言う。

押しに弱い私は「いや」と「でも」を繰り返しながら、事務所に足を踏み入れてしまった。

＊

座るように勧められ、革張りの応接ソファにこわごわと着席する。男性がお茶を淹《い》れに行っている隙《すき》に、事務所の中を見回した。

デスク、パソコン、小さな金庫。ガラス引き戸の書庫に、背の高い観葉植物。

ドラマで見る事務所をそのまま再現したような空間に、ほんの少しだけ安堵《あんど》した。「霊能事務所」だなんて書いてあったものだから、もっと怪しげなグッズ——魔除《まよ》けの札や、呪いの藁人形《わらにんぎょう》なんかが飾られているものだとばかり思っていたのだ。

私は息をついて、書庫に飾られている分厚い本に目をやった。

『呪術のすべて　末代まで祟《たた》るための方法百選』

——見なければよかった。

「なにを一人でびくびくしてんだ？」

背後から声をかけられ、私は肩を震わせた。男性は相変わらずの仏頂面で、湯呑《ゆの》みを私の前に置く。中身は緑茶のようだった。

「さて。そんじゃあこれから三十分、あんたと話をするけども」

男性はそう言うと私の向かいにどかりと座り、右手を出してきた。

「五百円」

「……はい？」

「相談料の五百円。うちの事務所は『全額現金前払い』が鉄則なんでね。――今回、あんたがうちに依頼する仕事は『三十分間相談に乗ること』だろ？　だから、その料金の五百円。前払いで」

「はあ……」

――きちんと話を聞いてくれるかどうかもわからないのに、先に代金を支払う必要があるのか。

そう思いつつ、私はバッグからしぶしぶ財布を取り出した。偶然にも五百円玉が一枚入っていたので、それを男性に渡す。

「どうも。領収書いる？」

……意外と律儀《りちぎ》なんだな、この人。

私が首を振ると、「じゃあこれ」と男性が一枚の紙きれ――名刺を差し出してきた。

「土屋だ。どうぞよろしく」

言われて、名刺に目を落とす。そこにはこうあった。

『土屋霊能事務所所長　土屋鋼《はがね》』

私は呆気に取られて、渡された名刺と、目の前にいる男性とを見比べた。

――所長？　この、若くて仏頂面で敬語も使えない人が？　てっきりスタッフか何かだと思ってたのに……。

「今すげー失礼な顔してるからな、あんた」

不機嫌そうな男性――土屋の一言にはっとする。気づけば、不信感を前面に出してしまっていた。

「ま、別にいいよ。そういう顔する客ってわりと多いし。俺は熱血漢でもないから、『俺を信じろー！』なんてセリフを吐くつもりもないしな。――信じられないならそれでいい。三十分五百円のプチカウンセリングに来たつもりで、せいぜい日頃の不運を語っていけば？」

「えっ」

ふいに出てきた「不運」という単語に反応してしまう。それを確認した土屋が、「本当にわかりやすい女だな」と笑った。

「……あの、どうして私が不運だなんて」

「狐」

だしぬけに、そしてさらりと土屋が言う。

「さっきも言ったけど、あんたに狐が憑いてるから。そんなやつを連れて歩いてるんじゃ、常日頃イタズラされてんじゃないかと思っただけだよ」

土屋はそこまで言うと、「ここから三十分測るからな」と自身の腕時計をいじり始めた。

私は身を小さくして、上目遣いに土屋を見る。

――この人には本当に、狐の姿が見えているのだろうか。それとも、ただのあてずっぽうだろうか。

疑念と期待がぐるぐる渦巻《うずま》く。私は左手で首筋を押さえた。

「――そんで？」

「え？」

「狐と聞いて、なにか思い当たる節はないのか？　あるなら話してくれたほうがいいんだけど」

土屋の言葉に、私は口をつぐんだ。

――狐にまつわるエピソードならある。

けれど誰も信じなかった話を、あるいは面白おかしく流布《るふ》された話を、今さら蒸し返したいとは思わない。しかもこんな、出会ったばかりの人相手に。

私が黙り込んでいると、土屋は「まあいいけど」と溜息《ためいき》をついた。

「狐が憑いてるからといって、本人にその自覚があるとは限らないしな。ただ……そんな大型犬みたいなデカさの狐に憑かれてるとなると、あんた自身にも相当影響が出てるはずだ。たとえばあんた、油揚げが好物なんじゃないか？　きつねうどんとかさ」

言われてぎくりとする。私は思わず土屋に言った。

「それってやっぱり、狐が憑いてるのと関係あるんですか」

「はい引っかかった」

土屋がにやりと笑う。私は「へ？」と間抜けな声を出した。

「あんたの好物と狐はなんの関係もねえよ。ただ、世間はなんでか狐と油揚げを結び付けたがるだろ。だからカマかけてみただけ」

「え、うそっ、カ――」

「『やっぱり』ってことは、狐について思い当たる節があるんだな？」

私は口を結んだ。土屋が再び溜息をつく。

「あんたがなにも話さなくとも、俺は別にいいんだぜ。三十分、ここで適当な雑談でもしていくか？　あんたが納得できるなら、俺はそれで構わない。ただ――」

土屋は身を乗り出し、私の顔を見据えた。

「あんたは今、五百円で自分の『運』を変えられるかもしれないチャンスを掴《つか》んでる。そう考えたら、どうでもいい話で時間を潰《つぶ》すのは馬鹿らしいと思わないか？」

「…………」

「話してみろよ。あんたが隠してること」

土屋に促され、私は重たい口を開いた。

＊＊

【神隠しファイルその3　狐にさらわれた少女】

平成＊年、六月初旬。三歳の女児が行方不明になった。

その女児は当時、田舎町にあるアパートで母親と二人暮らしをしていた。過疎化の進んだ町では仕事はおろか保育園もなかなか見つからず、母親は女児とともに日中を過ごし、夜間のみパートに出ていたという。

事件当日、母親は女児に留守番を頼み、夜勤に出る。ところが朝方、アパートの自室に戻ると女児が忽然《こつぜん》と姿を消していた。母親によると、女児の洋服や下着の一部、そしてリュックサックまでもがなくなっていたという。

――女児は、どこに行こうとしていたのだろうか。

警察による捜索もむなしく、女児は発見されないまま月日が流れていく。その年は真夏日が続き、皆が女児の無事を願った。しかしその一方で、「誘拐」や「殺人」という噂も流れていたという。

女児はもう死んでいるのではないか――考えたくもないそのイメージを、人々は払拭《ふっしょく》できずにいた。

ところが、事件発生から四か月後の十月初旬、女児は無事に保護される。自宅から五百メートルほど離れた交番の前で泣き叫んでいたところを、警察官に発見されたのだ。

女児は無傷で、栄養状態も悪くなく、自分の名前や年齢をしっかり答えることができた。

しかし、行方不明となっていた四か月間については要領をえず、「山にいた」「川にも行った」「果物を食べていた」などと答えたという。

三歳の子供が四か月もの間、一人だったとは考えにくい。

警察官が「誰かと一緒にいたのではないか」と訊《き》くと、女児は泣きながらこう答えた。

「コンコンといっしょにいた」

――コンコン。はたしてそれは、誘拐犯が名乗った名前だったのだろうか。それとも……。

ここではこの事件を『神隠し』ととらえ、女児の言うコンコンを、隠し神としてはポピュラーな『狐』として考察していきたいと思う。

＊＊

「――……なるほど。この『女児』があんたってわけか」

スマホでオカルト掲示板を黙読した土屋は、合点がいったような顔をした。

いつもならこの時点で「怪奇現象だ」とはやしたてられるけれど、土屋にはその気配がない。私はそのことに少し安心した。

「そんで？　あんたはこの事件のこと、覚えてんのか？」

「いえ、まったくと言っていいほど。ただ、その後のことはよく覚えてます」

当時のことを思い出して、私は唇を噛《か》んだ。

狐に連れていかれたなんて話、大人はともかく子供たちにとっては盛り上がるのに最適な怪談話だ。当時発行されていたオカルト雑誌にこの事件が取り上げられたこともあり、「狐に連れ去られた少女」の存在はあっという間に田舎町に知れ渡った。

交番で保護されてから数日だけ検査入院した私は、母親ではなく親戚に引き取られることになった。けれど、これもまたオカルトな方向に話を盛られてしまい、「狐憑きの娘を母親が拒絶した」なんて根も葉もない噂が広まった。私はともかく、私を引き取ってくれた親戚からすればいい迷惑だっただろう。

物心がついてからこの事件のことを改めて知った私は、それ以降、狐や誘拐事件に関する話題を避けるようになった。好奇の目を向けられたくなかったし、深く考えるのが恐ろしかったからだ。

そう。だから、私が狐について悩んでいるなんて、仲のいい子ですら知らないはずなのに——

「あんたを誘拐したコンコンってのは、そこにいる狐のことで間違いないだろうな」

土屋は、狐という単語をためらいなく使用した。

「このサイトにも軽く書いてあるけど、神隠しの犯人は狐や天狗《てんぐ》が多いんだ。だからあんたを『隠した』犯人が狐だったとしても、俺からすればまったくおかしな話ではない。しかし……ただの狐憑きにしては不可解な点が目立つな」

「不可解な点？」

土屋は私のソファの隣――空きスペースを指さした。

「まず、そこにいる狐のデカさだ。……イタズラ好きで有名なのは『野狐《やこ》』って種類の狐なんだが、そいつらは本物の狐よりも小柄であることが多い。なのにあんたの連れてる狐は、レトリバーくらいのデカさがある。毛色が金ってのも珍しいし……」

憑いてる年数も長すぎる、と土屋は呟いた。

「あんたの話を聞いてる限り、その狐はかれこれ十五年以上あんたのそばにいることになる。ただの狐にしては長すぎるんだ。――あんたにひどく執着し、交通事故まで起こしかねない悪質な狐となると……」

土屋はおもむろに立ち上がると、ずかずかと私のそばまでやってきた。私は反射的に、土屋から少しでも離れようと身体をのけぞらせる。

けれど土屋はそんな私を見ても躊躇《ちゅうちょ》せず、そして一切の断りもなく、私の髪をさっと払いのけた。

「ひっ、ちょ、なにっ……」

エアコンで冷やされた空気が首にあたった気持ち悪さと、初対面の男に髪を触られた不快感に肌が粟立《あわだ》つ。私はいつでも立ち上がれるように身構え、土屋を睨《にら》んだ。

けれど土屋は私の視線など気にもせず、晒《さら》された私の首筋を――そこにある痣《あざ》を見ていた。歯型にも見える、奇妙な痣を。

「……やっぱり」

　厄介なものでも見たかのように、土屋は顔をしかめた。

「間違いない、『コノツキ』だ」

　――コノツキ。

　聞き慣れないその単語に、私は首を傾げた。

「な、なんですかその、こ……？」

「コノツキ。『九つ憑き』の略称だ」

　髪で痣を隠そうとする私に目を向けたまま、土屋は自分の席についた。

「単なる狐じゃなくて九つ――九尾の狐に呪われている人間のことを、昔からこっちの業界じゃコノツキと呼ぶんだ。……九尾に呪われている人間には、特殊な痣ができる。ちょうどあんたの首筋にある、犬に噛まれたような形の痣がな」

　指をさされ、首の痣を押さえる。土屋はわずかに口角を上げた。

　感じの悪い人だとは思う。けれど、相談していないにもかかわらず『狐』や『痣』について指摘してきた土屋という男の力を、私は少しずつ信じ始めていた。

　……いや、でも。

「どうして一目でわからなかったんですか」

　思いついた質問をそのままぶつける。けれど言葉足らずだったと思い、言いなおした。

「九尾の狐って、尻尾が九本ある狐の化け物ですよね？　だったら、私に憑いてる狐を一目見れば、九尾だってすぐにわかったはずじゃないですか。なのにどうして首の痣を確認するまで――」

「一本しかないんだよ」

私の言葉を遮って、土屋が言った。

「あんたに憑いてる狐には、尻尾が一本しか残ってない。だから判断しづらかった」

「……尻尾が一本しかないのに、九尾？」

言葉の意味がわからず、私は呟く。土屋はジャケットのポケットに右手を突っ込むと、九枚入りの板ガムを取り出した。

「――ご指摘の通り、九尾の狐というからには通常、尻尾は九本ある」

そう言うと、真新しい板ガムの封を切り、机に並べ始める。ミントの香りがふわりと漂った。

九枚のガムをきれいに並べ終え、土屋は顔を上げる。

「ある日、九尾の狐が誰かを恨み、そして呪ったとする。そいつ――九尾に呪われた人間をAとしようか。九尾に呪われたAは、死ぬまで九尾にイタズラされ、不運なまま一生を終えることとなる。……ここまでは想像つくよな？」

私は頷いた。呪われた人間が不運なまま死んでいくというのは、小説や漫画なんかでもよく見る話だ。

私の反応を見た土屋は、「ここからが九尾の呪いの特殊なところ」と、一枚の板ガムの上に指を載せた。

「不運なまま死んだAの魂だが、よほどのことがない限りは転生することになる」

「転生？」

「輪廻《りんね》転生ってやつだな。人間や動物の魂ってのは通常、輪廻転生を半永久的に繰り返すものなんだ。だから俺たちには『前世』があるし、『来世』もある。……ただし、ほとんどの生物は前世を覚えちゃいないから、輪廻転生なんて信じない」

　それはいいとして、と土屋は机上のガムに目を落とした。

「九尾に呪われた存在──『コノツキ』であるAの魂ももちろん輪廻転生する。ただし、半永久的にじゃない。九尾に呪われると、呪われてから八回しか転生できなくなるんだ」

「八回……」

「そ。これが九尾の呪いの、最も特徴的かつ厄介なところだ」

　土屋はそっと、板ガムを一枚手に取った。机の上には八枚のガムが残る。

「コノツキであるAが転生すると、九尾は尻尾を一本失う。代わりに、Aが『どこ』に転生したのか、そのおおまかな位置がわかるようになるんだ。そうして九尾はAを探し出し、またもや不運をもたらし続ける。Aが死ぬまで延々とな」

「それで、Aが死んでまた転生したら……」

「九尾は尻尾を一本失う代わりにAの転生先を知り、死ぬまで追い詰める。これの繰り返しだ」

土屋はそう言うと、並べた板ガムを一枚ずつ手に取っていった。

机上に残るガムは残り七枚、六枚、五枚、四枚……。

「この世に存在する呪いのほとんどは、『死ぬまで祟る』か『末代まで祟る』かのどちらかだ。ひとつの魂を、転生した後も追い続ける呪いなんてそうそう存在しない。……まさしく『死んでも許さない』ってやつだな」

土屋は淡々と説明しながら、ガムを取っていく。

残り三枚、二枚、……一枚。

「コノツキであるAが八回転生すると、九尾の尻尾は残り一本になる。――これが今のあんたの状態だ」

土屋がすっと顔を上げた。

「悪いことをした覚えもないのに九尾に取り憑かれていて、結果、不運な出来事ばかりが続く。……それだけでもウンザリしてるだろうが、今一番まずいのは『九尾の尻尾が残り一本しかない』ってことだ」

「……どういうことですか」

机の上のガムを見ながら私は言った。

土屋が、手に取った八枚のガムを私に見せる。

「コノツキとなった人間は、八回しか転生できないって言っただろ。……あんたはすでに、八回の転生を済ませてる。だから、このまま何もせずに死んだとすると――」

土屋は、机の上に唯一《ゆいいつ》残っていたガムを手に取った。

「次に転生する前に、九尾の尻尾はゼロになる。そうなれば九尾の狐もろとも、あんたの魂は消滅してしまう」

しん、と室内が静まり返った。

私は土屋の手にあるガムを見つめた。非現実な話に頭がふわふわする。

仮に私が「コノツキ」という存在だとして、私に憑いている狐の尻尾が一本しか残っていないのだとしても、今すぐどうにかしなければとは思えなかった。ましてや魂が消滅するなどと言われても、大して危機感を抱けない。

私の心境を見透かしたように、土屋は肩をすくめた。

「ま、魂が消滅するだの来世がないだの説明したところで、いまいちピンとこないだろ。『転生なんてまっぴら御免《ごめん》、消滅するなら超ラッキー！』って考えのやつも結構いるしな」

「はあ……」

「だから、あんたにとって一番の問題は『不運な出来事が続く』ってことだろうな」

土屋は、板ガムを一枚一枚丁寧にパッケージへと戻し始めた。

「さっきも言った通り、九尾の呪いは『呪った相手の魂とともに九尾自身も消滅する』という自己犠牲をともなう。……そこまでして呪った相手の魂を、九尾がそうやすやすと消滅させてくれると思うか？」

私は首を振った。もはや嫌な予感しかない。

土屋は私の嫌な予感を、さらりと口にしてくれた。

「九尾の狐はこれからも、あんたをなぶり続けるだろう。あえて殺さず、延々と。……今日までの不運なんざなんでもなかったと思えるような、生き地獄を味わわせるためにな」

背筋に冷たいものが走り、私はぶるりと身震いした。部屋の温度が急激に下がった気さえする。

土屋は最後のガムをパッケージに戻すと、ジャケットのポケットにねじ込んだ。そして、ゆっくりと顔を上げる。

「……まだ間に合うぜ」

「え？」

「あんたの不遇、俺なら変えることができる」

土屋の表情は自信に満ち溢れていた。私はごくりと喉を鳴らす。

「それって……」

「九尾の狐の呪いは解くことができるんだ。──ただし、強力な呪いだけあって解くのも簡単じゃない。これぱっかりはあんた自身の努力も必要になる」

嫌な言葉を聞いた。私はぎこちない笑みを土屋に向ける。

「えーっと、努力っていうのは……」

「『前世を思い出すこと』と『金を用意すること』。あんたがやるべきことはこのふたつだ」

金という言葉にぎくりとする。けれど、腰を浮かしかけた私を引き留めるように、土屋は早口で話し始めた。

「順を追って説明しようか。コノツキから九尾を引き剥《は》がす方法は、『どうして九尾に呪われたのかを思い出し』『九尾に呪われた場所へと赴《おもむ》き』『第三者である霊能者に特殊な経を読んでもらう』という三ステップが必要になる。そして、どのステップも絶対に飛ばせない。――ここまでは理解できるか？」

「……なんとか」

「わかったけれど理解不能って感じの顔してんな。ま、その理由は察するぜ。前世なんて思い出せるのかっていう疑問だろ？」

私は首を縦に振った。まったくもってその通りだ。

輪廻転生というものが本当にあるのだとしても、自分の前世なんて一切記憶にない。むしろ、覚えている人間のほうが少ないだろう。それをどうやって思い出せというのか。

私がそんな疑問を口にする前に、

「楽とは言わないが、前世を思い出す方法ならあるぜ」

土屋がそう言いきった。私は半信半疑のままで問う。

「方法って……？」

「霊感をつけるんだよ」

土屋は即答した。

「前世の記憶をたどるのに、霊感ってのは必要不可欠なんだ。逆に言えばあんたも、霊感さえ上げてやれば前世を思い出せるようになる」

「霊感って……私、そんなの全然ないんですけど」

「知ってる。だからさっきから『つける』『上げる』って言ってんだろ」

土屋は笑い、ソファの背もたれに身体を預けた。そして、指を三本立てる。

「生来《せいらい》霊感のない人間でも、霊感が上がる場合がみっつある。ひとつは幼少期。ふたつは死ぬ直前。――そしてみっつめは、霊能者のそばにいる時だ」

前ふたつは聞いたことがあると思うぜ、と土屋は言った。

「子供の頃は幽霊が見えてたけれど今は見えないって人間は結構多いし、死に際《ぎわ》の人間が黒い影や先祖の霊を見るっていうのもよくある話だ。……それじゃあどうして『霊能者のそばにいたから霊感が上がった』という話が出にくいのか。答えは単純。時間がかかるからだ」

「時間……」

「霊能者のそばにいれば数分やそこらで幽霊が見えるようになる。……そんな簡単な話なら、この世に生きる人間全員が『見える』ようになってもおかしくないだろ。――たとえばあんたも、霊能者である俺と出会ってからすでに二十分は経過してる。どうだ？　なんか変なもん、見えたり聞こえたりしてるか？」

私は首を振った。聞こえているのは土屋の声だけだし、自分に憑いている狐の姿だって見えやしない。

それが普通、と土屋は言った。

「けれどもしも、俺と一緒に一年間生活したとすれば、あんたにも様々なものが見えるようになるはずだ。……あ、俺、ルームシェアとかそういうのはお断りだから」

私だってお断りだ、と土屋を睨んだ。

「――ただ、仮にあんたが前世を思い出したとしても金の問題が残る」

土屋はそう言うと腕を組んだ。

「あんたが俺に九尾退治を依頼すれば、当然ながら別料金が発生する。が、五百円を出すのも渋る学生が払えるような金額じゃないぜ。なんせ九尾自体が相当厄介な相手だし、あんたの前世まで絡んできてる話だからな」

私は頷いた。そして、今度こそソファから立ち上がろうとする。

――不運をどうにかしたいのは確かだけれど、土屋を雇えるだけのお金などない。五百円で狐の話を聞けただけでも良かったと思うことにしよう。

けれど、腰を上げる私を見て、土屋が「待った」と声をかけた。

「霊感と金。このふたつを同時に解決する方法がある」

「え？」

「あんたがうちで働けばいいんだよ」

「…………は？」

思いがけない言葉に私は唖然《あぜん》とした。自分の顔を指さして、金魚のように口をぱくぱくさせる。

「え、わ、私が？　働く？　ここで？」

「そ。ここで俺と一緒に働けば、否《いや》が応《おう》でもあんたの霊感は上がるはずだ。そうすれば前世を思い出せるだろうし、金も手に入って一石二鳥だろ。──時給は一〇一三円、服装は自由、シフトはあんたの要望に合わせる。悪い条件じゃないと思うぜ」

土屋が頬を引きつらせるようにして笑う。私は困惑した。

時給は東京の最低賃金。けれど「シフトはこちらの要望に合わせてくれる」というのは魅力的だ。ここなら大学からも近いし、かけもちのバイトとしては比較的好条件といえる。

ただ、この事務所は──土屋という目の前の男は、本当に信用していいものなのだろうか。もしも霊感商法だったりしたら、私は犯罪の片棒を担《かつ》ぐことになってしまう。

「……あんた、今すげー失礼な顔してるからな」

低い声で土屋が言った。

「安心しろよ。うちは詐欺《さぎ》グループとかそんなんじゃねーから。税務署に開業届も出してるし、税金もきちんと納めてるクリーンな事務所だ。公式サイトだってあるし、これでも『こっちの業界』じゃちょっとした有名人なんだぜ、俺」

「……へー」

「なんだその棒読みの『へー』は。……まあいい。要はあんたがバイトする気あるのかどうかってこと。うちの事務所はちょうど女性スタッフを募集してたから、あんたが来てくれれば助かるんだけどね」

少しだけ友好的な声で土屋が言ってくる。けれど私は首を振った。

いくら不運に悩んでいるとはいえ、こんな怪しい店で働こうとは思えない。

「えーっと、大変ありがたいお話なんですが、丁重にお断りさせていただこうかと……」

「あっそ。そんじゃ賭けるか？」

「え？」

土屋は私の背後に目をやり、にやりと笑った。

「あんたが九尾のいたずらに悩まされ続けて、再びこの事務所を訪れるようなことがあれば。……その時は文句を言わずに、最低賃金でここで働け。いいな？」

最低賃金という単語をやたらと強調して土屋が言った。私は頷く。

「わかりました」

「……ずいぶん簡単に承諾するじゃねえか。ほんとにわかってんのか？」

時給は一〇一三円で昇給なしだからな、と念を押してくる土屋に私は再び強く頷く。

──大丈夫。こんな変な事務所、二度と来ない。

土屋の腕時計のアラームが鳴り、『プチカウンセリング』の終わりを告げる。私はさっさと立ち上がった。

「じゃ、ありがとうございました」

また来いよ、などと縁起でもないことを言う土屋に頭を下げた。

そうして事務所の扉を開ければ、窓はあるのにどこか薄暗い廊下が私を出迎えてくれた。

来る時はあんなに不気味に思えた廊下との再会が、こんなに嬉しいものだとは。

私は笑みをこぼし、その場で深呼吸した。左手にトイレの扉があっても、外の空気がやたらと清々《すがすが》しく感じられる。

――狐の話を聞けただけで充分だ。ありがとう、怪しい霊能事務所。

スキップしたくなるような解放感を覚えつつ、階段を下りる。

それからわずか十秒後。

私はすごすごと、事務所に引き返すはめとなった。

「………は?」

私の姿を確認した土屋の第一声はそれだった。

「は?　なんで最速で出戻ってきてんだ?　なんか忘れもんか?」

「いやそれが……」

私は首筋――そこにある痣に手をあてながら言う。

「今しがたスキップするように階段を下りていたところ、いきなりバランスを崩しまして……。この事務所のウェルカムボード、また倒しちゃいました……」

土屋があんぐりと口を開ける。私は付け加えるように言った。

「大きなヒビが一本増えてます……」

ついに土屋がふきだして、私は頭を抱えた。

——二度とここに来ない。そう誓った三十秒前の自分が情けなく、悲しかった。

「……あんたさ。さっきの賭けの内容、覚えてるよな？」

笑い声の合間に土屋が言う。私は頷いた。

——再びこの事務所を訪れるようなことがあれば、文句を言わずにここで働くこと。

「で、でも、今のは狐の仕業《しわざ》って決まったわけじゃないですし」

「狐のせいじゃないとも言いきれないだろうが。悪あがきすんな」

土屋にぴしゃりと言われ、私はうなだれた。ここまでくると、返す言葉もない。

「じゃ、明日にでも履歴書持ってきて。ボードの件は見逃してやるから」

見逃してやるとまで言われると、余計に弱みを握られた気分になる。私はついに、弱々しくも頷いてしまった。

私の首肯を見た土屋は、満足げにソファに腰掛ける。そして言った。

「どうやってスタッフを募集しようか悩んでたところだから助かるぜ。……『女心がまるでわかってない』だのなんだの言われながら髪を切るのも、いい加減うんざりしてたしな」

……髪を切る？

「あの、それって」

「あー。あと、言い忘れてたけど」

土屋がぱっと顔を上げた。

「あんたに憑いてる九尾を祓《はら》う料金。五百万だからよろしく」

………。

ごひゃく、まん。

「ごっ、え、はあああ⁉」

「うるせえ女だな。うち、『ぼったくりレベルで料金が高い』ってことで有名なんだよ。なんせ一流霊能事務所だからな」

「有名ってそっちの意味で⁉　ほとんど詐欺じゃないですか！」

大声でツッコミを入れる。けれども意に介する様子も見せず、土屋は言った。

「ま、週四日の六時間勤務で頑張れば、五年くらいで金も貯まるだろ。――あんたが五百万用意できたら、そこにいる九尾は俺が退治してやるよ。あ、さっきも言ったけどうち、全額現金前払いが鉄則だから」

土屋はにやりと笑い、言った。

「自分の不運を変えるためにせいぜい頑張れよ、コノツキ女」

私は土屋を睨んだ。が、土屋は私の視線に構うことなく板ガムを噛み始めた。

――私が土屋と出会ったこと。

これが幸運だったのか不運だったのかは、まだ、わからない。

第二話　隠された本音

「そんじゃ、これ」

土屋霊能事務所でのバイト初日。

所長、土屋鋼より私が仰《おお》せつかった仕事は——

「髪切っといて」

いわくつき人形の髪を切る、というものだった。

「……なんで！　なんで私が髪を切るんです⁉」

「俺よか器用そうだから」

眉間に皺を寄せて土屋が言う。いかにも機嫌の悪そうな顔だが、それが彼のデフォルトらしい。さらに言うなら、冬物のミリタリージャケットも先日見たものとまったく一緒だ。それが事務所の制服だとでもいうのだろうか。

そんな土屋は今現在、文庫本を読むのに夢中である。つまりは明らかに暇そうで、そのくせ働くつもりもなさそうだった。

私は、これと言われた人形に目をやった。

　身長は三十センチほど。赤を基調とした花柄の着物をお召しになられた彼女は、いわゆる市松人形というやつらしい。

　かわいかったんだろうと思う。

　──髪さえ伸びていなければ。

「もとからこんな髪型の人形だった、なんてことありませんよね？」

「もとからそんな髪型の人形が存在するのか？」

　淡い期待を抱いて質問したら、冷たい声でそう返された。「いないですよねー」と私はぎこちなく笑い、市松人形の髪へと視線を向ける。

　ふくらはぎまで伸びている人形の髪は、誰がどう見ても長すぎるうえ、可哀想《かわいそう》なくらいにぼさぼさだった。

　──台風の中を一時間歩いた後、手ぐしで数回梳《す》いただけなの。

　そう言われれば納得できる酷さだ。さらに、唇の位置まである前髪は「人形の顔がまったく見えない」という最高の恐怖を演出していた。

「髪型は任せる」

　話は終わり、といった口調で土屋が言いきった。なんで人形の髪が伸びているのか、どうしてその髪を切らなくてはならないのか。そういった説明は一切ない。

「………」

　市松人形と、その横に置かれたハサミとを交互に見る。伸びた前髪のせいで表情こそ窺《うかが》えないものの、人形がこう言っている気がした。

髪を切ってほしい――

そうだ。彼女だって、こんなおかしな髪型のまま放置されたくはないだろう。

私は汗ばんだ手でハサミを取り、人形の髪にそっとあてがった。

ちゃんと切ってあげればいい。かわいい髪型にしてあげればいいんだ。

……しかし。

万が一にも失敗したら、私は多分、死ぬ。

「――ぶあっはははははは！」

私がハサミを手に取ってからおよそ三十分後。土屋霊能事務所は笑い声に包まれていた。

「笑い事じゃないです！　ど、どうすれば……！」

私はあらゆる角度から市松人形の髪型を確認し、その都度《つど》絶望していた。その間ずっと腹を抱えて笑っていた土屋は落ち着くために息を吐き、ちらりと人形を見て、

「ひぃーひっひっひっ！」

再び笑い出した。

――髪切っといて。そう言われたいわくつき人形は現在、前も後ろも斜めに切りそろえられた、アバンギャルドな髪型となっていた。

左は短く右は長く。斜めとぱっつんを組み合わせることで、流動的なスタイルを編み出し

ました。

　プロならそう言えるかもしれない。しかしそれをやってしまったのはあくまで素人《しろうと》の私であり、大失敗とも大惨事ともいえる出来栄えとなっていた。

「の、呪われる……っ」

　恐怖におののき私は言った。

　短くなった前髪から覗く人形の顔は、やはりというかかわいらしく、けれども今は怒り狂っているように見えた。人形の背後に「怨」とか「憎」といった漢字が見える気さえする。だというのに。

「へーきだよ。どうせまたすぐ伸びるからな」

　笑いすぎて浮かんだ涙を拭《ぬぐ》いながら、土屋がそんなことを言った。私の顔から血の気が引いていく。

「また伸びるからって……それはそれで問題なんじゃないですか？」

「は？　なんで？」

「なんでって……。人形《ほんにん》の前でこう言うのも恐ろしいんですけど、髪が伸びるってことは呪いの人形なんですよね？　人に不幸をもたらすとかそういうのなんじゃ……」

　私の言葉に、土屋は「あー」と伸びた声を出した。かと思えばにんまりと笑い、

「ま、もしもお前がその人形に呪われたりしたら、俺が五十万で祓ってやるから安心しろよ」

まったく安心できないことを言った。

色んな意味で落胆する私をよそに、土屋はうきうきした様子でスマホを取り出す。

「それにしてもこの髪型は画期的だな。面白いからうちのホームページに載せてやろ」

「やめてください！　そんなことして心霊写真になったらどうするんですか！」

「そうなったら二度おいしいだろ、霊能事務所的な意味で」

「ば、罰当たり！　やだもう、ちょっ、……やめてくださいってば！」

土屋と二人、斬新な髪型をした人形を奪い合う。

そうして私が人形を取り上げ、「もしも本当に呪われちゃったら土屋さんのせいですからね！」と叫んだその時だった。

「あのー……」

いつの間にか入り口に立っていた女性が、遠慮がちに声を出した。

驚きのあまり人形を落としかける私を、土屋がさっとフォローする。その顔からは、さっきまでの笑顔が消えていた。

女性は、私と土屋（と人形）の間に視線をさまよわせながらも、おずおずと話を切り出す。

「お取り込み中失礼します。こちらは土屋霊能事務所さん、ですか？」

「ああ。あんたは？」

「友人にこちらを紹介された者です。ええと、幽霊にまつわることで色々とご相談が」

「ふーん。あんたの近くにいる幽霊を成仏《じょうぶつ》させたいのか？」

「え？　あっ、はい。そうなんですけど……」

言い当てられたらしい女性が、困惑しつつも肯定する。土屋は女性の背後をじいっと見つめていたが、やがてその口角を上げた。

「いいねえ、金になるぜ」

そうして意気揚々《いきようよう》と応接ソファに腰を下ろした土屋だが、数秒後には苦虫を噛み潰したような顔を私に向けた。

「……おいこら、いつまで面白人形を抱えてるつもりだ。客が来たら茶だろ、茶！　わかったらさっさと持ってこい」

＊

初夏だし冷たいお茶がいいかと思いきや、事務所にはその準備が一切なかった。

仕方なくメラミン製の湯呑みに熱い緑茶を注ぎ、土屋たちのもとへと戻る。その間も二人は話し続けていて、小声で喋《しゃべ》る女性客の自己紹介を、私はほとんど聞き取れなかった。

「なるほど、ポルターガイストか」

ようやく聞こえたのは土屋のこの、不穏な一言だ。

――ポルターガイストって、勝手にものが動く現象……だったっけ。

私は中身をこぼさないよう注意しながら、女性の前に湯呑みを置こうとした。すると、女性がすかさず湯呑みに手を伸ばす。

「ありがとう」

彼女の言葉とともに、甘い香りがふわりと漂う。恐らく手首に香水をつけているのだろう。同性でもどきりとする芳香《ほうこう》に私は緊張し、危うく彼女の全身にお茶をかけそうになった。

女性はお茶を受け取るとひとくち飲んで、おいしい、と微笑んだ。それを淹れた私に向かってだ。

――綺麗。いい人。モテそう。

私の乏《とぼ》しい語彙力《ごいりょく》が、一斉に彼女を褒めたたえた。ゆるく巻かれたミディアムヘアも、カーキ色のフレアスカートも、美麗な彼女によく似合っている。

――土屋と同じで二十代半ばくらいかな。

そこまで考えてから思い至る。

これだけ綺麗な人が目の前にいるんだ、土屋は鼻の下を伸ばしているかもしれない。

私はお茶を置くふりをして、土屋の顔を覗き見た。

……いつも通りの小難しい、不機嫌そうな表情だ。

「んで？　皿やクッションが動くようになったのはいつ頃からだ？」

「一か月くらい前からです。ただ、その前から不思議なことが続いていて」

「たとえば？」

「誰もいない部屋から物音がしたり、金縛りにあったり。あとは、電気が勝手についたり消えたり……」

「典型的な心霊現象だな」

土屋はそう言ってお茶をすすった。当然、「おいしい」などという気の利《き》いた言葉はない。むしろ眉間の皺がより一層深く刻まれたので、熱かったか渋かったかのどちらかだろう。

土屋は湯呑みを置き、女性客を見据《みす》えて言った。

「そんで。あんたの身近で起きているおかしな現象を解決するために俺のところに来たわけだな？」

「はい。ただ、できればその……問題を起こしている幽霊とお話できたらいいなと思って」

「話？　どういうことだ」

「心霊現象を起こしているのは、夫の仕業《しわざ》だと思うんです」

女性がゆるく微笑む。土屋は露骨に眉をひそめた。

「夫は半年前に不運な事故で亡くなったんですが……彼がいなくなって一か月経った頃から、不思議な現象が次々と起きるようになったんです。ですから、これは夫のせいなんじゃないかなって」

「…………」

「私たち、結婚してからは一年と少ししか一緒に過ごせませんでした。ですからきっと、私に言いたいことが彼にはたくさんあると思うんです。生前は食いしん坊でしたから、これを供《そな》えてほしいなんて要望ばっかりかもしれませんけど」

なにかを思い出したのか、女性がふっと笑った。けれどその目は潤《うる》んでいて、今にも涙が落ちそうだ。

私は二人の会話を遮《さえぎ》り、テーブルの上のボックスティッシュを彼女に差し出す。ありがとう、と言ってくれる彼女はやっぱり綺麗だった。

「――ですから、まずは夫の霊とお話しして、それから成仏させていただきたいと思っているんです。あの、こういうのって可能なんでしょうか」

「まあね。ただ、うちの料金システムは知ってるよな？」

「料金は全額現金で前払い、という件ですか？　足りるかはわかりませんけど、できるだけ持ってきました。ええと……」

女性がレザーのバッグを漁《あさ》り始める。すると、テーブルから小さな物音がした。

「え？」

私と女性が同時に声を出す。彼女は、自分のせいで机上のなにかが動いたのだと思ったらしい。けれどそうじゃなかった。

女性の前にある湯呑みが、ひとりでに震え出したのだ。

土屋の湯呑みも動いていれば地震を疑っただろう。けれど、違う。女性に出した湯呑みだけが、カタカタと音を立てているのだ。

私と女性は呆然として、小さく動く湯呑みを眺めた。

湯呑みはものの数秒で動かなくなった。それからしばらく沈黙したのち、

「種も仕掛けもございません。なんなら調べてくれてもいいぜ」

ふざけた口調で土屋が言った。

「これぞまさしくってくらいのポルターガイストだったな。今みたいな現象が家でも起こってんのか？」

「はい。こういうことがわりと頻繁に……」

「ふーん、なるほどね」

土屋は女性の背後に目を向けた。

私には壁しか見えない。けれど土屋は確実に、そこにいる何かを見つめていた。

「……確認させてもらうけど」

土屋がゆっくりと口を開く。

「依頼の内容は『ポルターガイストを起こしている幽霊と会話すること』と、『その幽霊を成仏させること』。報酬は、こちらが提示した金額を全額現金で前払い。これでいいんだな？」

「はい。あ、でも、もしもお金が足りなかったらその時は――」

「安心しな。多分足りるから」

報酬はこんだけ。

土屋はそう言って人差し指を立てた。それを見た女性が、バッグから銀行の封筒を取り出す。そこから厚さ一センチほどの札束が土屋の前に置かれ、私は息を吞んだ。

百万円。浄霊の相場がそんなに高いなんて。

——かと思いきや。

「なんか早とちりしてないか？　俺が請求したのは、それの十分の一だ」

土屋は面倒くさそうに札束を手に取り、十枚数えて引き抜いてから、残りを女性に返却した。女性は肩透かしをくらったような顔で、土屋のことを見ている。

「あの、でも」

「ここを紹介したっていうあんたのお友達が、浄霊代は百万っつってたのか？　うちの事務所は、浄霊だといくらとか、そういう決め方はしてないんだ。悪霊か、怨霊《おんりょう》か、浮遊霊か、地縛霊《じばくれい》か。幽霊の状態によって金額も変わるってわけ」

「それじゃあ……」

「あんたのお友達が頼んできた幽霊はよっぽど悪質だった。けれど今回、あんたが依頼してきた幽霊はそうでもない。だから九十万円の差が出る。そこまでおかしな話でもないだろ」

土屋は解説しながら紙幣の枚数を数え直し、さらには私に「十枚あるか数えといて」と手渡してきた。妙なところでしっかりしている。妙なところというか金銭面というか。

女性は土屋から返された札束を手に取ろうともせず、「それじゃあやっぱり」と感極《かんきわ》まった様子で言った。

「悪霊なんかじゃないんですね。夫の幽霊はずっと、私のことを見守ってくれていたんですね……」

「それなんだけどさ」

土屋は緩慢《かんまん》な動作でぽりぽりと頭をかく。

そして、目元を拭っている女性に向かって無遠慮に言い放った。

「旦那の幽霊なんて見当たらないから」

「え……？」

「あんたのそばで心霊現象を起こしてる幽霊は、女だっつってんだよ」

それを聞いた瞬間、女性はほんの一瞬だけ顔をこわばらせた。

「――ちなみに、さっき湯呑みを揺らしたのも女の幽霊だからな」

土屋は遠慮なくそう言うと、自身の湯呑みを手に取った。女性は無言のまま、自分の前にある湯呑みを凝視している。

「だからあんたの依頼を受ける場合、旦那の霊じゃなくて女の霊を浄霊することになる。それでもいいなら俺は受けるぜ。旦那の霊じゃないと納得いかないっていうなら他をあたってくれ。さっきの十万は返すからな」

言うべきことを言い終えた土屋は、残っていたお茶を一気に飲み干した。息を吐き、テーブルの上に湯呑みを置く。メラミン特有の軽い音がした。

「……あの」

しばらく黙っていた女性が、深刻な表情で口を開いた。膝《ひざ》の上に置いた手をきつく握りしめ、意を決したように土屋に訊《たず》ねる。

「私に憑いている、湯呑みを動かした幽霊って……どんな人なんですか？」

「お、興味ある？」

土屋がにやりと笑う。まあ、と女性は曖昧《あいまい》な返事をした。

「んー、そうだなあ」

土屋は女性の背後にある壁を眺め、なにかを観察してから言う。

「体型は細身だな、むしろ痩《や》せすぎ。髪の長さは鎖骨《さこつ》あたりまであって、内巻きになってる。色白で幸薄《さちうす》そう……って言ったら失礼だろうけど、そうとしか言えねえ顔。あと、口元にほくろがある」

土屋の言葉に女性が顔を曇《くも》らせていく。けれど彼女の後ろばかりを見ている土屋は、その変化に気づいていない。土屋は壁に目を向けたまま、私たちには見えない幽霊の特徴を、次々と羅列《られつ》していった。

「年齢は三十手前くらい。服装はオフホワイトのセーターに、ベージュのスカート。アクセサリーはなし、靴も履《は》いてない。死んだのは冬だろうな。この感じだと死因はたぶん——」

「自殺」

土屋からの情報を黙って聞いていた女性がぼそりと呟いた。土屋は、視線を壁から女性へと移す。女性の身体はかすかに震えていた。

「この幽霊に覚えがあるんだな？」

「それは……」

女性は目を伏せ、か細い声で、けれどもはっきりとこう言った。

「その人は、私の姉です」

姉はとてもいい人でした――静かな声で、女性は語りだした。

「真面目で、優しくて、しっかりしていて。勉強も運動もできる、まさに自慢の姉でした。けれど……きっと真面目すぎたんだと思います」

女性の目から涙が零《こぼ》れた。

そんな彼女を見ているだけでオロオロとする私とは対照的に、土屋はまったく動じていない。

幽霊の話とはすなわち死者の話だ。だから、相手が突然泣き出すことにも土屋は慣れているのかもしれない。

女性の話は続いた。

大学卒業後、就職してから徐々に、お姉さんの表情が暗くなっていったこと。責任感の強さから、残業や徹夜をしてでも仕事を完遂させようとしていたこと。

「眠れない生活が続いて、病院で薬も貰《もら》っていました。……けれど姉は、私たち家族に愚痴《ぐち》のひとつもこぼさなかったんです。大丈夫、平気だからって、いっつもそればっかり――」

舌打ちが聞こえた。

私と女性はぎょっとして、音のした方へと目を向ける。

舌打ちをした本人――土屋は自覚がなかったらしく、私たちの視線に気づいてようやく「なんでもない」とだけ言った。その声は硬く、平坦だった。

「……悪い、話が途切れたな。それで？　あんたのお姉さんは仕事が原因で徐々に思い詰めていったのか」

土屋に言われ、女性は首肯した。

「仕事は三年程度で辞めて、それからはずっと自宅療養をしていました。……そんな時でも、姉は私に優しくしてくれたんです。大学は楽しいか、無理をしていないかといつも訊《き》いてくれました。自殺を選ぶくらいにつらい思いをしていたのは姉のはずなのに、……っ」

女性がまたもや涙声になり始めた。

――本当に素敵なお姉さんだったんだろうな。

目頭《めがしら》を押さえる女性を見て、私もティッシュが欲しくなった。とはいえ、土屋と女性の間にあるティッシュに私が手を伸ばすわけにもいかない。私は斜め上を向き、涙をこらえようとした。その時だった。

――……て……………し、…………。

高音の、ざらりとしたノイズのような声が聞こえた。

声のした方へと反射的に目を向ける。

女性客の背後――土屋がずっと見ていた場所だ。

「どうした？」

私の挙動に気づいた土屋が訊ねてくる。私は「いえ」と首を振った。女性の手前、変な声が聞こえたなどと言いだすのも気が引ける。

「ええと、ちょっと……」

「幽霊の声でも聞こえたのか？」

土屋からの質問に顔がこわばる。これでは、そうだと言ってしまったようなものだ。

土屋は私の顔を興味深そうに見つめ、「ふうん」とだけ呟いた。それがどういう意味なのかはわからない。

「あの……姉がなにか言っているんですか？」

女性が不安げに、私と土屋に訊ねてきた。

幽霊の主張をきちんと聞き取れなかった私は、返答に窮《きゅう》して土屋を見る。

土屋はなにも、返さなかった。

「もしかして姉は、私のことをすごく心配してるんじゃ……。いえ、きっとそうです。ポルターガイストが起こったのだって、夫が死んだあとでしたから。あれは姉が、私を慰《なぐさ》めに来てくれていたんですよね？」

土屋はこれにも返事をしなかったけれど、女性はそれを良いように解釈したらしい。

もう平気よ、と見えない存在に向かって言った。

「私はもう大丈夫だから、お姉ちゃんは成仏してね。このまま現世をさまよい続けるなんて、あまりに可哀想だわ」

ね？　と諭《さと》すように女性が言う。そして、

「土屋さん。どうか一刻も早く、姉の霊を成仏させてあげてください」

しっかりとした口調で土屋にそう頼んだ。

彼女は、旦那の霊でなくとも浄霊を依頼したいと言っているのだ。土屋からすれば十万円の収入が確定したことになる。

なのに、土屋の表情は明るくなかった。

「……そんじゃあ最終確認だ。『今すぐあんたの姉を成仏させる』、依頼はこれでいいんだな？」

「はい。どうかよろしくお願いします」

「わかった。——おい」

土屋がふいに、私に向かって手のひらを差し出した。

「さっき渡した十万から二万抜いてよこせ」

「へ？」

「さっさとしろ」

土屋に睨まれ、私は慌てて二万円を引き抜いた。土屋はそれを受け取ると、テーブルの上にぱさりと置く。

「報酬額が変わった。八万でいい」

「え……どういうことですか」

「さっきと依頼内容が違うだろ。だから十万だと多いんだよ」

ぶっきらぼうに土屋が言う。女性は首を傾げた。

「ええと……旦那の霊を成仏させるなら十万だけれど、姉の霊なら八万でいい、ということですか？」

「違う」

笑顔も作らず土屋は言った。

「あんたは、心霊現象が旦那の仕業だと考えてた時は『幽霊と会話すること』と『成仏させること』を俺に依頼した。なのに、霊の正体が姉だとわかった途端、依頼の内容を『成仏』のみに切り替えた。……姉の霊と話したいなんて一言も言わなかっただろ？　だから二万を返却したんだよ」

「え？　………あ」

声を漏らしたのは私だった。しまった、と自分の口を押さえる。

女性は驚愕《きょうがく》に目を見開いて土屋を見ていた。自覚していなかったことを言われたというよりも、隠していたことを言い当てられたかのような形相《ぎょうそう》だ。

「そ、それは……」

呻《うめ》くように女性が呟く。「なんだ？」と土屋は笑った。

「姉ともお話ししたいですぅ、なんて今さら言うつもりか？　そうなったら報酬は十万円に戻すぜ。それに俺は、『あんたの話にあわせた美談』を作り上げるつもりもない。お姉さんの言葉をそのままお伝えするけど、それでもいいのか？」

お姉さんの言葉を、そのまま？

私は女性を見た。彼女は爪を噛み、貧乏ゆすりまでしている。先刻まで纏《まと》っていた「いい人そうな空気」はそこに微塵《みじん》も感じられなかった。

――……か…………………て。

彼女の背後から聞こえる、不気味なノイズも止まらない。

――この人はなにかを隠してる？

私の中で、みるみるうちに女性の印象が変わっていく。それを食い止めるように、土屋がぱんと手をたたいた。

「ってことで、お姉さんの霊を成仏させる方向で話を進めさせてもらうけど」

土屋はそこまで言うと少しだけ身を乗り出し、女性に顔を近づけた。そして、とっておきの話をする子供のような顔で囁《ささや》く。

「ヒトの霊を成仏させるには、『キーワード』が必要になる」

「キーワード……？」

女性が繰り返す。土屋は頷いた。

「簡単に言えばその幽霊の『本音』だな。――ヒトの霊が現世に縛られたまま成仏できないのは、誰にも言えなかった一言を、あるいは死後誰かに伝えたくなった一言を、心のうちに抱えているからだ。その言葉を言えない間、幽霊は現世に縛られたままになる」

──か…………て…………………して。

「つまり俺の仕事は、幽霊から『キーワード』を聞きだしてやること。──そうすることで初めて、幽霊は無事に成仏できるってわけ」

──えし、…………かえ…………て。

耳鳴りのようなノイズが大きくなっていく。不安になった私は二人を見た。けれど、土屋も女性も、耳鳴りを気にしているそぶりは見せない。

まさか、この声が聞こえているのは私だけなのだろうか。

私がそんな恐怖を感じ始めた時──

「……ああそうだ。ところでさ」

土屋がふと、思いついたように言った。

「さっき、あんたの旦那が事故で亡くなったって話が出たよな。具体的にはどんな事故だったんだ？」

唐突な質問に、私は違和感を覚えた。

神妙な面持ちで土屋の話を聞いていた女性も、拍子抜けしたような顔をしている。

「……姉の霊を成仏させるというお話でしたよね？　どうして夫のことを訊くんですか」

「悪い、ちょっと気になっただけなんだ。『不運な事故』ってどんなだったのかと思ってさ。ただの野次馬根性だよ」

野次馬という言葉に女性は少しむっとしたようだ。けれどすぐにその表情を改め、当時のことを話し始めた。

「夫が亡くなったのは今から半年前なんですが……二人で出かけている時、強風にあおられた鉄骨が頭上から落ちてきたんです。……夫は私を庇《かば》ってくれました。けれど、そのせいであの人は――」

――え……て……て……か…………して。

彼女の声と耳障《みみざわ》りなノイズが重なる。片耳にだけイヤホンを差しているような気持ち悪さに、私は顔をしかめた。

「夫のおかげで私は無傷でした。けれど彼は……即死でした……」

女性は息を吐き、鼻をすすった。そんな女性を見て、「大変な事故だったんだな」と土屋がわざとらしく眉を下げる。

そして、少し声を大きくしてこう言った。

「『いい夫婦』だったのに気の毒だなあ」

――ちがう。

先程までのノイズとは比べものにならないくらい、はっきりと声が聞こえた。

私は悲鳴を上げないように口を押さえ、自分の周囲に視線を巡らせた。その声があまりにも明瞭《めいりょう》に聞こえたので、今度こそ何かが『見える』と思ったからだ。

けれど、室内には私たち三人の他に誰もいなかった。

「……ああ、でも」

女性の後ろに目を向けたまま、土屋は言う。

「その事故の時、あんたを守ってくれたのは旦那さんだけじゃないんだぜ」

「え？」

「お姉さんの幽霊だよ。彼女もあんたを庇ってくれたんだ」

――ちがう。

誰かがまた、強く否定した。

土屋にはこの声が聞こえていないのだろうか。そんな心配をする私をよそに、土屋は笑みを浮かべて女性の背後を指さした。

「そこにいるお姉さんはな、あんたのことが大好きだったんだよ。だから今でも守護霊として、あんたの後ろにいるんだ。かわいい妹が心配だからってさ」

――ちがう。

大きくなっていく声に耐えきれず、私はついに両耳を塞いだ。それでも、脳内に直接入り込んでくるかのようにその声は消えない。

――ちがう。ちがう。ちがう。

「そうですか。姉が……」

目に涙を浮かべて女性が言う。

――ちがう。

目には見えない誰かが言った。

「姉が、私をずっと守っていてくれたなんて」

――ちがう。ちがう。ちがう。

「それじゃあ私が今生きているのは、夫と姉のおかげなんですね。あの事故の日、姉は――」

『あなたを殺したかったのよ』

ここにはいない女の声が、室内に響いた。

女性が目を見張る。そしてこわごわと、声のした方――自分の背後へと顔を向けた。

そこには誰もいなかった。私から見ても、誰もいない。

けれど、

「――ようやく聞こえたか。あんたのお姉さんの『本音』がさ」

土屋はくつくつと笑っていた。

まるで、初めからすべてを予期していたかのように。

「……どういう、ことですか」

「幽霊ってのは面白いもんでな。怒らせれば怒らせるほど本音を言うし、霊感のないやつにもその声が聞こえるようになるんだ。……悪かったなあ、挑発して。あんたの声を妹さんにも聞かせてやりたいと思ったもんでね」

前半は女性に、後半は女性の背後に向かって土屋が言った。そして、いまだ動転している女性に笑いかける。

「さて、ここからは俺も本音で話をさせてもらうけど。……あんた、俺のこと馬鹿にしてんの？　それとも物事をいちいち美化するタイプ？」

「な、なに言って――」

「幽霊を成仏させるには、本音を聞きだす必要があるって言ったよな？　つまり霊能者は、幽霊と会話できて当然なんだよ。あんたが嘘をついたところで、後ろにいる幽霊がすべて教えてくれるってわけ。――あんたがお姉さんの彼氏を略奪して結婚したことも、そのせいでお姉さんが自殺したことも。お姉さんの遺体を発見したあんたが、自分に都合の悪いことばかりが書かれた遺書を燃やしちまったこともな」

なのにあんたは、と呆《あき》れるように土屋は肩をすくめた。

「お姉さんが『仕事のせいで』鬱《うつ》になって自殺して、挙句《あげく》『姉が私のことを心配してるんだわ』ときた。……心配なのはあんたの脳みその作りだよ。よくもまあそんな適当に物事を書き換えられるもんだ」

顔をゆがめて土屋が笑った。女性の顔がどんどん青ざめていく。

――かえ……て。

女性の顔色が青くなればなるほど、ノイズはクリアになっていった。

「あんたにたぶらかされた男のほうも、自業自得だと俺は思うけどさあ……」

土屋はそう前置きしてから、女性の背後をちらりと見た。

「お姉さんとしては、己の幸せをすべて奪った妹のことが許せなかったみたいだな。だから、鉄骨を落下させてあんたを殺そうとした。……なのにそれはよりにもよって、自分の大好きな男に当たってしまった」

——……かえして。

ようやく聞こえたその声に、私はぞっとした。

——かえして。あのひとを。

かえして。

「……俺がただ『見える』だけの霊能力者で、あんたの語るお美しい姉妹愛を信じるとでも思ってたのか？　ずいぶんと見くびられたもんだな」

くっくっ、と土屋が笑う。

女性は俯《うつむ》いたまま、顔を上げようとしない。

「この際はっきり言うけどさ。俺嫌いなんだよね、あんたみたいな女。なんかあるとすぐに——」

「なによ」

土屋に言われっぱなしだった女性がぽつりと声を漏らす。その声音は、怒気を含んだものだった。

「私のなにが悪いって言うの？」

女性はそう言うと、鋭い眼光で土屋を睨んだ。

「私は別に、あの人に自殺を強要したわけじゃないわ。勝手に死んだのはあっちでしょ？　私が責められるいわれなんてない。――男に捨てられてしまったのはあの人の努力不足。なのに私を殺そうとするなんて、逆恨みもいいところだわ」

かえして、という声が大きくなる。経験したことのない不協和音に私は顔をゆがめた。

「それにあの人は、……お姉ちゃんはなんでも持ってたの。勉強はもちろん運動もできて、大人からはちやほやされて、年下からは頼られて！　私はなにも持ってなかったのに、そんなの不公平じゃない！」

我を忘れたように女性が叫喚《きょうかん》する。土屋は面倒くさそうに頭をかいた。

「なにも持っていない人間が、たくさん持っている人から少し分けてもらっただけ。物事を平等にしただけよ、それのなにが悪いって言うの！」

「――悪くないと思ってるなら、最初から俺に言えばよかっただろ」

ぼそりと土屋が言う。それは呆れているような、あるいは達観《たっかん》しているような声色だった。

「悪くないと思ってるなら、嘘なんかつかずに全部話せばよかったじゃねえか。『亡くなった旦那は、姉の元カレなんです。私たちが結婚した途端に姉は自殺しちゃったけれど、私はなにも悪くないんです。なのに姉が逆恨みして、私を呪いに来てるんですぅ』ってさ。――お姉さんの幽霊が憑いてると教えた時点で、それくらいは思い当たったはずだ。どうして言わなかったんだ？」

「っ……」

「次の発言はよく考えろよ。場合によっては認めたことになる。自分の行動が原因で姉が自殺したことも、自分が悪かったのだということも。それらをすべて自覚していたことまで、……認めることになるんだぜ」

「うるさい！」

女性が湯呑みを床にたたきつけた。半分ほど残っていた中身があたりに飛散する。

「なによ、さっきから偉そうに！　私みたいな女の依頼は引き受けられないとでも言いたいの⁉　何様のつもりなのよ！　あんただって、あんただって結局は――」

「なんか勘違いしてねえか？」

極めて冷静な声で土屋が言った。

「俺が嫌いだっつったのは、あんたみたいに『なんでもかんでも美談にして涙を誘う人間』のことだ。幸せに貪欲《どんよく》なその姿勢は嫌いじゃないぜ」

「え……」

「だから言ったんだ、最初から真実を言えばよかったんだって。そうすればあんたも俺も、ここまで不快な思いはしなくて済んだはずなんだけどね」

それに、と土屋が付け加える。

「浄霊ならもう終わってるから」

「……うそ」

「ほんと。言っただろ？　霊の本音を聞きだしてやれば、成仏させることができるってな」

呆けている女性に対し、したり顔で土屋は言った。

「お姉さんの『本音』はあんたにも聞こえたよな？　あれは成仏の合図でもあるんだよ。……俺は金さえ貰えれば、仕事はきちんとするからな」

じゃあ、と女性が言う。土屋は頷いた。

「これでもう心霊現象はなくなるはずだ。安心しておうちに帰りな」

自信たっぷりに土屋はそう断言した。けれど、

――かえしてかえしてかえして。

その声だけは、なぜか止まらなかった。

＊

女性が事務所から去った後。私はもくもくと、緑茶にまみれた床を拭いていた。

「これで、うちの湯呑みがメラミン製である理由がよくわかったな」

けったいなヘアスタイルをした市松人形を抱え、けらけら笑いながら土屋が言う。つまり、湯呑みを引っくり返すほどに激情する客が多いのだろう。土屋が早々に自身の湯呑みを空にしたのも、女性が怒りだすことを見越したからに違いない。

それにしても、と土屋が興味深そうに私を見た。

「最初に『見える』じゃなくて『聞こえる』を訴える奴は珍しいんだが……。お前も今日で、ちっとは霊感がついたみたいだな。コノツキ脱却に一歩近づいたってわけだ。よかったじゃねえか」

「はあ……」

「前世のことを完璧に思い出すまで、ガンガンうちで働けよー。まあ、仮にすべてを思い出せたとしても、お前が五百万用意できるまで九尾は祓ってやんねえけど」

ひどい。

私はぎろりと土屋を睨みつけた。しかし土屋は私の視線など気にもとめず、ぴぃぴぃと口笛を吹いている。八万円の収入がよほど嬉しかったようだ。

——土屋がどれだけ儲《もう》かっても、私の時給は変わらないもんなあ。

私はがっくりと肩を落とし、継母《ままはは》にいじめられているシンデレラよろしく濡れたソファを一人で拭いた。

ソファにはまだ、香水の甘い香りがかすかに残っている。私は「おいしい」と言ってくれた女性の笑顔を思い出した。

最後まで消えなかった、かえして、という誰かの声も。

「……土屋さん」

「あん？」

「さっきのお客さんですけど……。お姉さんの幽霊、本当に成仏したんですか？」

「したよ、間違いない」

実は成仏してないんだよね、という回答を想定していた私は、豆鉄砲を食った鳩《はと》のような気分で土屋を見た。土屋は上機嫌で、市松人形の髪をいじっている。

「さっきも言ったじゃねえか。お姉さんの霊は成仏したから、お客様がお悩みの心霊現象はなくなるってな。……まあ、しばらくの間だけど」

――しばらくの間？

「それ……どういう意味ですか？」

「あの客に憑いてたのは、『姉の霊』だけじゃなかったってことだ」

土屋は人形の髪をいじるのをやめ、私に目を向けた。

「二体三体ってレベルじゃない。背後にいる幽霊だけでも十は超えてた。……どうせあの女は、姉だけじゃなくて他人のもんまで奪取してんだろ。そのうえで反省もせずに開き直ってんだから、被害者としては恨みたくもなるわな」

「そんな……」

女性の背後に何体も幽霊が立っている光景を想像し、私は絶句した。

けど、変だ。

「土屋さん、あの人に憑いてる幽霊は女の人だって最初に言ってたじゃないですか。なのに」

「一体だけなんて言ったか？」

言われて想起する。あの時土屋は、確かにこう言った。

——旦那の幽霊なんて見当たらないから。あんたのそばで心霊現象を起こしてる幽霊は、女だっつってんだよ。

「あの客に憑いてる幽霊が全員女だったから、『女の霊』でまとめたんだ。そしたら客が、『湯呑みを動かした霊の特徴』を訊いてきた。……あの時湯呑みを動かしたのは一体だけだ。だからその幽霊の容姿を教えてやったら、あっちが勝手に『自分に憑いてるのは姉の霊だけ』だと思い込んだんだよ」

「じゃあ、あの人の後ろで『かえして』ってずっと言ってたのは……」

「ああ、お前にもそれ聞こえてたのか。あれは生霊《いきりょう》だな。現在進行形であの女に彼氏をとられてるから、返してほしいと訴え続けてるんだ。お可哀想になぁ」

大仰《おおぎょう》な動作で土屋が嘆く。学芸会のようなその態度からは、まったくと言っていいほど深刻さが感じられなかった。

心霊現象に泣く人がいても、この人はいい金づるだとしか考えないのだろう。私は大きな溜息をついた。

「それじゃ、あの女の人はまたここに来るんですね」

「は？　なんで」

「だって、たくさんの霊がまだ憑いたままなんでしょう？　それならまた怪奇現象に悩まされて、ここに来るはめになるんじゃ」

「来ないと思う。来る前に死ぬだろうからな」

予言、もしくは突き放すように土屋が言った。

私はソファを拭く手を止める。

「……どうして、そう思うんですか」

「あれだけ悪霊がくっついてて、一か月以上生きてる奴を見たことないから。もって二週間、早けりゃ明後日くらいに死ぬかもな。そうなれば、俺に相談しにくる余裕もないだろうよ」

この人は映画の感想でも話しているのではないか。

そう思えるくらい、土屋の声は冷たかった。

――さっきまでここにいて、会話していた人のことなのに。

「そんな、……そんな状態の人を助けもせずに帰したんですか！」

「ボランティアじゃないからな」

吐き捨てるように土屋が言った。

「俺のコレはあくまで仕事だ。だから仕事として、あの女に『すべての霊を浄霊してほしい』と依頼されれば当然受ける。……ただしその時は、あの女が払えないくらいの大金が必要になるぜ。現金前払いはもちろん、金額だってびた一文《いちもん》負けてやるつもりはないね」

「っ……、そんなの」

「人としてどうかと思う、大切なのは金より命ってか？　学校で教えられる通りのご立派な道徳心だな、間違っちゃいねえよ。……だがな」

いつも以上に低く、沈んだ声で土屋は言った。

「金がないから死んじまう命だって、あるんだ」

その言葉は、さっきの女性客でも私でもなく、別の誰かに向けられているようだった。

これまでとは違う土屋の様子に圧倒されて黙り込む。「大体な」と土屋は言った。

「姉を自殺に追いこむようなヤツでも見殺しにしちゃいけないなんて言うお前も、他人からすれば『人としてどうかと思う』になるかもしれないんだぜ」

私は口を真一文字に引き結んだ。「それでも」という単語がぐるぐると頭をめぐる。けれど、それ以上は言葉にならない。

「言いたいことがあるならどうぞ」と土屋が言った。

私はなにも、言えなかった。

＊＊＊

その夜見た夢は、とても奇妙だった。

私は「九重」ではなく、別の誰かとして生きていた。もちろん、「九重」以外の名前を持っていたはずだ。けれども周囲の人間からはこう呼ばれていた。

泥棒、もしくは盗人。

「待てえ、泥棒！」

私は歯を食いしばって走りながら、追手の身なりを確認した。どこも破れていない着物に、真新しい草履《ぞうり》。ほつれている部分を修繕できていない私の着物や、今にも鼻緒《はなお》の取れそうなボロボロの草履とは比べものにならないほどに綺麗だった。

「くそっ……」

不公平だ、と思った。

私と比べればはるかに裕福そうな人が、「自分のものを盗った」という理由で私を追いかけ回すことが。

分け与えない人間は咎《とが》められないのに、分けてもらおうとする人間は蔑《さげす》まれることが。

身の回りで起こることすべてが、とてつもなく不公平で不平等のように思えた。

この世に私の味方はいない。

いい奴はいない。神様だっていない。

ずっと、そう思っていた。

「やめときな」

あの日、小さな祠《ほこら》の前で、彼に声をかけられるまでは。

第三話　特別な夜食

土屋霊能事務所でのバイト中、突如幽霊の声が聞こえるようになった私は、それから毎日幽霊に絡まれ、恐怖の日々を送ることとなった。

——などということはなかった。

変な声が聞こえたのは、「旦那の霊を成仏させてほしい」と頼んできた女性客と会ったあの日だけ。あれから二日間、戦々恐々として日々を過ごしたものの、これといっておかしな現象には巡り合わなかった。

そもそもあの一件以来、土屋の事務所に顔を出していない。この二日は大学の講義と飲食店のバイトでスケジュールが埋まっていたし、土屋もそれは了承していた。

私がひそかに気にしているのは「変な髪型にされた市松人形は私を恨んでいないのか」という点だったけれど、それだけのために土屋に連絡を取る気も起きない。

結果、私はあわただしくも充実した、健全かつ平和な日々を過ごしていた。

「加納さん、餃子二人前もうすぐ焼けるー」

「はい！」

今日は大学で講義を受けてから、飲食店でバイトする日だ。私はいつも通り、美味しそうな中華料理をせっせと運んでいた。

――あーあ、私もお腹すいたなあ。

お客様へと運ばれるカニチャーハンを横目に、今晩の夜食は何にしようかと考える。きつねうどんが食べたいけれど、冷蔵庫にうどんは残ってなかったよなあ。今日のシフトは午前零時《れいじ》の閉店までだから、そこから買い物に行くとすればコンビニか業務用――

ぱりん。

仕事に関係のない私の思考をいましめるように、なにかが割れる音がした。

「し、失礼しました……」

音のした方に目を向けると、一週間前に入ってきたばかりのバイトの子が割れたレンゲを片づけていた。バイトをするのは初めてだと言っていた女子高生だ。つまり、バイト先で物を壊したのも生まれて初めてなのだろう。真っ二つに折れたレンゲを片手にオロオロとしている。

私は彼女に近づき、声をかけた。

「大丈夫？　怪我ない？」

「か、加納さん、すみません、これ……」

「割れ物だからねえ、うん、仕方ないねえ、うんうん」

声色を変えて言うと、後輩がぽかんとした顔でこちらを見てきた。急激に羞恥《しゅうち》がこみ上げてきて、私はおほんと咳払《せきばら》いする。

「似てないけど店長の真似。……一緒に片づけよっか」

私は折れたレンゲをトレイに載せて、割れ物ならぬ割れた物置き場に後輩を連れて行った。


「もしかしてレンゲ割った？」

後輩が上がった後、私にそう訊いてきたのは男性社員の松岡《まつおか》さんだった。汚れた皿を巨大な食器洗浄機に入れる作業を繰り返しつつ、ちらりと私に視線をよこしてくる。

「私じゃなくて後輩が」と言いかけたものの、なんとなく仲間を売るような気分になって憚《はばか》られた。けれど、黙っているわけにもいかない。

私がしぶしぶ口を開いた時、

「なんか今日、やたらとレンゲが少ないんだよ。何本割った？」

誰が割ったのかではなく、数について訊きなおされた。私は首を傾げる。

「一本ですけど……」

「あ、そうなの？　おかしいな、昨日よりもレンゲが減った気がするんだけど」

これぱっかりは割れ物だからなあ、と松岡さんは苦笑した。食器洗浄機で洗い終えたレンゲを見れば、確かにいつもよりも少ないように思える。

「加納さん、倉庫の場所わかるよな？　新しいレンゲ、持ってきといてくれる？」

「わかりました」

私は言われた通り、新品のレンゲを探しに倉庫へと向かった。

割り箸やストロー、缶詰などがごちゃごちゃと並べられた空間でレンゲを探す。ラップで簡易包装された食器類の中にそれはあった。とりあえず二セット、二十本のレンゲを抱えて厨房へ戻る。

「松岡さーん。レンゲ、持ってき……」

そこまで言ったところで、私は厨房の異常事態に気がついた。

——見たこともない女が正座していたのだ。

「ひゃああっ！」

私は悲鳴を上げた。そしてうっかり、レンゲを落としてしまった。

がしゃん。

ラップ越しとはいえ、硬い床に落とされた陶器は悲しい音を立てた。

「加納さんどうし、……えええ、このタイミングでレンゲ割っちゃうかああ⁉」

駆けつけてきた松岡さんが、失望のまなざしを私に向ける。閉店二時間前。一日中働いている彼の顔は疲れ切っていた。

「すみません、本当にすみません！」

割れてしまったものと無事なものとを選別しながら、私はひたすら謝った。松岡さんは「しょうがないな」とぼやきながらも、折れたレンゲを一緒に集めてくれる。

その背後で、見知らぬ女がにんまりと笑っていた。

「……あのー、松岡さん」

「なに?」

「…………見えます?」

「なにが」

話が途切れた。松岡さんが気味悪そうに顔を上げる。

「え、なに。ゴキブリでもいた?」

「いや、えーっと……」

——松岡さんの後ろに女の人がいるんですけど。

そんな非現実なことを言えるはずもなく、私はへらへらと力ない笑みを浮かべた。

「あ、ああ。すみません、床のシミを虫と見間違えたみたいで!」

「おいおい……」

松岡さんが溜息をつく。その時ホールから、注文入りました、と声が聞こえてきた。

「悪い、注文入ったからもう行くわ。割れてないレンゲだけ食洗機のところに置いといて。怪我しないよう気をつけてな」

「はい、本当にすみませんでした!」

私は深く頭を下げた。

一秒、二秒、三秒。

松岡さんの足が視界から消えるのを待って、そっと頭を上げてみる。

女は、やはりいた。

テレビや映画でよく見る怨霊を、そのまま具体化したような姿だ。顔面を隠す長い黒髪、細い身体、ワンピース。ただし、ワンピースは白色ではなく赤色だった。

髪の隙間から覗く口は妙に大きくて、三日月のような形をしている。つまり彼女は、口の両端を上げて笑っていた。「にっこり」ではなく「ニタニタ」という擬態語が似合う表情で。

そのような風貌《ふうぼう》の女性が、飲食店の厨房に座っているのだ。奇妙なんてものを通り越している。

――いやでも私、幽霊なんて見えないし。違う、きっと違う……！

気のせいだと自分に言い聞かせ、割れたレンゲを拾い続ける。女が動く気配はない。

ところが、私がレンゲを処分しようとした瞬間、

「へ？」

ワンピースの女性が、レンゲに手を伸ばしてきた。

彼女は持ち手が欠けているレンゲを指先でつまむようにして持ち上げ、しげしげとそれを眺めた。

そうしてゆっくりと上を向き、大きな口をかぱりと開けて、

「……へ」

剣を呑み込むパフォーマンスにそっくりな動作で、レンゲを丸ごと呑み込んだ。

「ひいいいぃいいぃいいいぃいいぃいっ！」

「どうした加納さん、指でも切ったか!?」

突如悲鳴を上げた私に、チャーハンを炒めている松岡さんが声をかけてくれる。

私は、「なんでもないです」と「すみません」を連呼するはめになった。


——なにが起こっているんだろう。

汚れた皿を洗い場へと運ぶたび、私はそんなことを考えた。

赤いワンピースの女は、あれからずっと厨房で正座をしている。なにも言わず、ただニタニタと笑って。

そして、「食べる」という行為をひたすらに続けていた。

食べる対象は有機物でも無機物でも構わないらしく、残飯のラーメンや餃子をはじめ、それらが入っていた皿、お冷《ひ》やを入れるグラス、割り箸やお手拭きまでも口にしている。

それも、すべて丸呑みで。

そんな、私からすればとてつもない存在感を誇っている彼女だが、どうも他の人間には見えていないらしい。悲鳴が上がることもなければ、注意されることもなかった。

——まさかとは思うけど、市松人形から生まれた怨霊なんじゃ……。

マジックペンを丸呑みしている女を見ながら私は思う。

先日変な髪型にしたから、呪われたのではなかろうか。土屋に電話して確認するべき？

でも、この前いやな別れ方したからなあ……。

私は先日、土屋と険悪になった時のことを思い出した。

『大切なのは金より命ってか？　学校で教えられる通りのご立派な道徳心だな』

思い返すだけでモヤモヤする記憶だ。いやだ。やっぱり土屋には頼りたくない。

床に落ちていた残飯の唐揚げを拾う女を見つめ、私は無理やり笑顔を作った。

……うん。よく見れば可愛いじゃない。にこにこ笑ってご飯を食べる女の子だなんて素敵じゃない？　そうだそうだ。これは怨霊なんかじゃない。食べてるだけ。この人、……人なのかは知らないけど、とにかく食べてるだけだもの。害もないし大丈夫。ふふふっ。

脳内でそう念じて、厨房から離れようとする。

けれども次の瞬間、ワンピースの女性が手を伸ばしたものを見て私は立ち止まった。

——肉切り包丁だった。

「ちょっと待ったぁ！」

後先考えず声を張り上げてしまった。

レンゲや皿が少なくなっても「割れたのかな」で済むけれど、包丁が消えてしまえば大騒ぎになる。そんなものを呑まれたらさすがにまずい。

私の叫び声に、松岡さんが驚いた顔をこちらに向けた。私はコメツキバッタのように頭を下げる。

——いくらなんでも、これ以上変なものを食べられたら……！

私はあたふたとワンピースの女に視線を戻した。

包丁を諦めた彼女は、あろうことか松岡さんに手を伸ばしていた。

「ちょおおおっと待ったあぁぁあぁぁあ！」

「加納さん、さっきからうるさいよ」

松岡さんにたしなめられ、私はまたもやコメッツキバッタと化した。

そして、懇願《こんがん》した。

「緊急の用事を思い出したんで、五分だけ電話させてください！」

＊

休憩室のロッカーからスマホを取り出し、連絡先から「土屋」を選んでタップする。そうすることに、まったくためらいを感じなかった。

もはや、「土屋とは話したくない」とか「話しづらい」などという次元をはるかに超えている。それどころか、早く電話に出てほしくてたまらなかった。

――早く早く早く！　松岡さんに何かあったらどうするの！

『……もしもし』

八コールほどしたところで土屋が出た。いつも通り、寝起きのようにテンションの低い声だ。

「もしもし！　私です私、加納九重！」

『登録してるから知ってる。つーかお前、運だけじゃなくタイミングまで悪いのな』

「へ？」

『今、カップ麺に湯を入れてから二分と十秒経ったところなんだよ。だからあと五十秒で用件ぜんぶ言え。言わないと切るからな』

そんな無茶な。

土屋の言い分に愕然《がくぜん》としながらも、彼が先日のやりとりを根に持っていないことに私は安堵した。

――とにかく、五十秒以内に用件を言わないと。

私はしどろもどろに説明し始めた。

「えーっとえっと、今バイト先にいるんですけど、そのー、怨霊っぽいなあって感じのする怨霊みたいなのが店にいてですね、さっきから色々食べててレンゲとか唐揚げとか。あ、女の人なんですけど。それで危険な感じがしてて、あの、どうすればいいのかわからなくて」

『わからないのはお前のその説明だよ。「怨霊っぽい感じのする怨霊みたいなの」ってなんだ』

ひとまず落ち着け、と土屋は言った。

『俺が質問するからお前は答えろ。――お前、バイトって何してたっけ？』

「中華料理屋のホールスタッフです」

『で、怨霊みたいなやつはどこにいるって？』

「えっと、厨房に……」

『その幽霊の姿が、色んな人間に見えてんのか？』

「今のところ私にだけ……」

そこまで言ったところで、土屋が『おー』と声を上げた。

『お前、「視認」もできるようになったんだな。思ったより順調じゃねえか。もしかしたら元々、霊能者としての素質があったのかもよ』

あんまり嬉しくないし欲しくない素質だ。

私が反応に困っていると、『ただし気をつけろよ』と土屋が言った。

『お前の霊感はあくまで付け焼き刃にすぎない。特に今は不安定だから、しばらくは見えたり見えなかったりするはずだ。自分の能力を過信するんじゃねえぞ』

「は、はい……」

『そんで？　怨霊みたいなやつが厨房にいて、色んなものを食ってるって？』

受話器の向こうから、パキン、となにかを割るような音がした。次《つ》いで、ずぞずぞと麺をすする音が聞こえてくる。どうやら、割り箸でカップ麺を食べ始めたらしい。

電話を切られなくてほっとしたものの、人の咀嚼音《そしゃくおん》を耳元で聞きながら話すというのはあまり気分のいいものではない。私は急いで言葉を繋《つな》いだ。

「そうなんです。レンゲとかグラスとか残飯とか、とにかく見境なく食べてます。それで」

『――その女、もしかして赤いワンピース姿で正座してねえか？』

土屋が言う。私は目を丸くした。

「それですそれ！　あの、これってまさか市松人形の怨霊――」

『怨霊じゃねえな』

ずぞっと音を立てて、土屋は言った。

『そいつは「包丁呑み」っていうアヤカシだ』

「あ、あやかし？」

『そ。つまりは妖怪だな』

咀嚼音とともに土屋は言う。

『包丁呑みってのは、飢えを満たすために様々な食べ物を丸呑みにするアヤカシだ。食に執着してるから、飲食店や台所といった「食べ物のある場所」に出没しやすい。特に残飯の多い場所なんかは、包丁呑みが棲《す》みつきやすい環境だな』

言われてみればうちの厨房も、食器洗浄機の近くに残飯入れがある。私は「ああ……」と声を漏らした。

『お前のバイト先にいつから棲みついてたのかは知らないけど、飲食店でグラスやスプーンが異様に減るようなことがあれば、包丁呑みが居座ってる可能性が高いぜ。あいつら、金属だろうがガラスだろうが構わず丸呑みするからな。――包丁呑みって名前の由来も、包丁を丸呑みする姿を目撃されたからだ』

肉切り包丁に手を伸ばす女性を思い出して、私は身震いした。

このまま放っておいたら、厨房にあるものすべて食べられてしまうのだろうか。

……いや。

「そ、それなら！　飢えを満たすためにってことは、お腹いっぱいになれば勝手に出ていってくれますよね？」

『満足するようなもんを食えたらな』

麺を食べ終えたのか、ふうっと一息ついて土屋は言った。

『包丁呑みにとっての「満たされる」は、「腹いっぱい」とはまた別のもんだ。あいつらは食にこだわるがあまり、「自分が食べたことのないもの」を求めるようになっちまってんだよ』

「食べたことのないもの……？」

『そ。だから残飯はおろか、皿やスプーンも平気で食うのさ。「これまで一度も食べたことのないもの」を求めてな。……そして、やがては』

「やがては？」

『生きている人間までもを食らうようになる』

――大変なことを平然と言ってくれるな、この人。

人間を食べるという言葉に気を失いかける。それじゃあやっぱり、彼女が松岡さんに手を伸ばしていたのも「そのため」だったんじゃないか。

とにかくこのまま放置したらまずい。あのアヤカシが本当に誰かを食べてしまう前に手を打たないと……！

私はごくりと喉を鳴らした。

嫌な予感はする。けれど今、私が頼れる相手は土屋しかいない。

「あのー、……それで？」

『あ？』

「包丁呑みの退治とかって……土屋さん、してくれます？」

――わかった、俺に任せろ。今すぐ行くぜ！

そんな答えをほんのちょっぴり期待していた。

けれども返ってきた答えは、

『前払いで三万くれたらな』

予想通り、血も涙もないものだった。「あのねえ」と私は声を荒《あら》らげる。

「ピンチなんですよ？　土屋霊能事務所の従業員がヘルプを求めてるんですよ？　義理とか人情って言葉知ってます？　というか、三万なんて払えると思います？　私の食費三か月分を超えてるんですけど！」

『うるせえな、切るぞ』

「ちょっと待った！　じゃあー……あれは？　従業員割引とかは？」

『ない。分割も後払いも認めねえからな』

この人の血液って何色なんだろう……。

　冷酷な土屋の主張に言葉を失う。すると、土屋がふいに『今』と言った。

『俺の前に給料袋がある』

「……きゅうりょう？」

『お前の給料だよ。うちの事務所は十日締めなんだ。……お前の初出勤日、六月八日だったろ。だからあの日だけは、五月分の給料として発生してるんだ。時給一〇一三円、五時間勤務で五千六十五円だ。あ、うち、振り込みじゃなくて現金払いだから』

「は、はあ……」

『で。――包丁呑みの退治の仕方を教えるだけなら、五千円でいいぜ』

　土屋が言った。「はい？」と私は訊き返す。

『だーかーらー、アヤカシを退治するための「情報だけ」なら五千円でいいっつってんだよ。「俺が退治する」なら三万、「退治の仕方を教えるだけ」なら五千円だ。どうする？』

「ど、どうするって……」

『退治の仕方を教えるだけでいいなら、今ここで給料袋から五千円抜いて、このまま話を続けてやる。つまりお前、五月の給料六十五円な』

「はぁあっ⁉」

　慈悲の欠片《かけら》もない土屋の言葉に、素っ頓狂《すっとんきょう》な声が出た。

「いやいやあり得ないでしょ、いわくつき人形の髪を切って、変な声聞いて怖い思いして、ソファだってあれだけ綺麗に拭いたのに六十五円なんて！　ブラック！　土屋ブラック霊能事務所！」

『うるせえな、切るぞ』

「ちょっと待ってください、三十秒だけ！」

私は叫んだ。頭の中で「五千円」と「店の平和」が天秤《てんびん》にかけられる。

貧困に悩む学生にとって、五千円というのは大金だ。滅多に行けないうどん屋で、きつねうどんといなり寿司のセットを五回食べてもおつりがくる。

……けれども話を聞く限り、包丁呑みというアヤカシは相当厄介だ。

最終的に人を食べるようになると言うし、土屋の助言なしに退治できるものでもないだろう。現在厨房に居座っているあのアヤカシが、松岡さんに手を出そうとしていたのも事実じゃないか。

――金がないから死んじまう命だって、あるんだ。

先日の土屋の言葉が頭をよぎる。そうだ、悩む必要なんてない。五千円で店の平和を守れるのならそれでいいじゃないか。

背に腹は代えられない。覚悟を決めるんだ、加納九重！

「…………………………………五千円、給料袋から抜いてください」

『ずいぶん悩んだな。ま、いいけど』

受話器からカサカサと紙のこすれる音がする。今まさに私の五千円が引き抜かれているのだと思うと泣けてきた。

『……ところでお前』

紙幣を無事に抜き終えたのか、静かになった空間で土屋が言う。

『中華料理屋で働いてるって言ったな。それならお前も、簡単な中華くらいは作れんの？』

土屋からの唐突な質問に、私は大きく首をひねった。

「いや、私はホール担当なんで……。きつねうどんなら美味しく作れる自信ありますけど」

『あっそ。ならいいや』

自分から質問してきたくせに、どうでもよさそうに土屋が言う。バイトから抜け出てきている私は土屋を急《せ》かした。

「それで？　包丁呑みを退治するにはどうすればいいんです？」

『あーはいはい。……包丁呑みってのは「自分が食べたことのないもの」で満たされるアヤカシだ。つまり――』

不自然なところで言葉が切れた。

「……ん？　土屋さん？　もしもーし」

耳からスマホを離して、画面を確認する。

空になったバッテリーマークが表示されていた。

「……あれ？」

さっき確認した時、電池残量はあったはずなのに何が起きたのだろう。

私は真っ黒になった画面を執拗《しつよう》にタップした。けれど、反応はない。

「……あれえ？」

充電器は、家に置きっぱなしだ。

黒い画面に映る自分が、心底情けない顔をした。


店内までそろそろと歩き、厨房にいる松岡さんに「戻りました」と声をかける。松岡さんは心配そうに私の顔を覗きこんだ。

「加納さん、もしかして具合悪いのか？　顔色よくないけど」

「いえ……なんでもないです、本当にすみません」

私は笑顔を作り、食器洗浄機の隣にそっと目をやった。もしかすると今度こそ、包丁呑みは刃物を呑み込んでいるかもしれないと思ったからだ。

ところが、私の視線の先に彼女の姿は見当たらなかった。

「あ、あれ？」

包丁呑みが正座していた場所まで近づく。けれど、それらしい気配はまったく感じられない。包丁はもちろん、レンゲやグラスが減った様子もなかった。

「え、なんで？　確かにここに……」

「加納さん？　今度はなにを探してんだ？」

「あ、いえ！　すみません、ホールに戻ります」

——まさかあのアヤカシ、松岡さんにとり憑いたとか？

私はさっと、松岡さんの全身を確認した。けれど、アヤカシがしがみついていることもなければ、身体の一部をかじられた形跡もない。

つまりこれって——

「この店から出て行ったってこと……？」

そうだ、土屋も言ってた。食べたことのないものを探しているアヤカシだって。

きっと彼女は、この店の料理だけでは飽き足らず、他の食べ物を探しに行ったんだ。

——……なんだ。

「五千円、出して損した……」

緊張が解け、一気に脱力する。

けれど変なものに気を取られなくなった分、その後は精力的に働くことができた。

＊

——おのれ土屋。よくも「包丁呑みは人を食べる」なんて不安をあおるようなこと言ってくれたな。返せ私の五千円。

午前零時、閉店作業を終えた私は内心で呪詛《じゅそ》を吐きながら帰路《きろ》についた。

スマホの画面は相変わらず真っ黒なままだ。これもコノツキがゆえの運の悪さだろうか。

それともやはり、タイミングまで悪いのだろうか。

——そもそも土屋が退治の方法をさっさと教えてくれてたら、スマホの電池が切れることだってなかったのに……！

五千円を渡すのに悩みまくった自分を棚に上げて土屋を糾弾《きゅうだん》する。明日事務所で文句を言ってやろうと心に決め、自宅アパートの扉を開けた。

一人暮らしなので室内は当然真っ暗だ。暗い場所が苦手な私は、急いで玄関の電気をつけた。そうして靴を脱ぎ、キッチンを素通りしようとして、

「ぬおわぁっ！」

悲しいくらいに間抜けな悲鳴を上げてしまった。

時間が時間なので、大声を出し続けるわけにはいかない。私は左手で口を押さえ、右手で両目を強くこすった。が、その光景は変わらなかった。

「……なん、で」

指の隙間から声が漏れる。

——視線の先で、赤いワンピースの女が正座していた。

彼女は正座をしたまま、私を見上げてにたりと笑う。

待ってた、と言わんばかりに。

——なんでなんで！　どうして包丁呑みが私の部屋に……！

そこまで考えた時、土屋の言葉が頭をよぎった。

──お前の霊感はあくまで付け焼き刃にすぎない。特に今は不安定だから、しばらくは見えたり見えなかったりするはずだ。

「……まさか」

口元に手を当てたまま、呟いた。

「私には一時的に見えなくなっただけで、本当はずっと私のそばにいたの……？」

包丁呑みが口を開け、にたあと笑う。「あたり」とでも言うように。

それなら今、この部屋に包丁呑みを連れ帰ってしまったのは、

「私、自身……！」

私は頭を抱えてその場に突っ伏した。


──嘆いても悲観してもなにも始まらない。

三十秒ほど現実逃避していた私はのろのろと身体を起こし、現状を確認した。

包丁呑みは現在、冷蔵庫に貼り付けていたマグネットとメモ用紙を丸呑みするのに夢中だ。

それを見た私はまず、彼女に食べられたくないものをキッチンから洋室へと移動させた。特に紛失したくない財布や、お守り代わりのどんぐりなんかはショルダーバッグに入れて斜め掛けにした。

ベッドの近くにある充電器にスマホを繋ぎ、電源が入ることを祈る。けれど、待てど暮らせど充電中のマークが表示されたままだった。

――だめだ、しばらく充電しないと使えそうにない。

スマホをベッドに放り投げ、どうするべきかと考える。その時ふいに、土屋との通話が切れる直前に聞いた言葉を思い出した。

――包丁呑みってのは「自分が食べたことのないもの」で満たされるアヤカシだ。つまり――

「包丁呑みがこれまで食べたことのないもの」を与えてやれば消える、はず……！

結論にたどり着いた私は勢いよく立ち上がった。

この部屋の冷蔵庫には調味料とドリンク、あとはアイス程度しか入っていない。包丁まで呑み込もうとするあのアヤカシが、到底満足するとは思えなかった。

アイスを次々丸呑みしているアヤカシに向かって私は叫ぶ。

「今から食べ物を買ってきますから、ちょっと待っててください！」

包丁呑みからの返事を聞く余裕もなく、私は外に飛び出した。

＊

なんでもかんでも口にしていそうなあのアヤカシが、これまで一度も食べたことがないもの。

――それすなわち、「これまでこの世になかった食べ物」なのでは？

私はコンビニに入るやいなや、「新商品」のシールが貼られた商品を手あたり次第かごに放り込んだ。

初夏らしい柑橘《かんきつ》系のスイーツ、冷やし中華、サンドイッチ。

しばらく見ない間に、チョコミントのお菓子がずいぶんと増えている。チョコミント寒天なる涼しげな食べ物を、私は凝視した。

——見たことない食べ物だ。これならあのアヤカシも食べたことがないはず。

普段なら絶対に買わないチョコミント寒天をかごに入れる。その後、冷凍食品やチルドコーナーも覗いてから、レジへと向かった。

「二千五百八十九円です」

財布と私の精神が、大打撃を受けた。

しかし、憂《うれ》いている余裕などない。私は笑顔で商品を受け取り夜道を駆けた。

新商品だらけのビニール袋が音を立て、運動不足の身体は悲鳴を上げる。コンビニからアパートまでの距離がこんなに遠く感じられた日は他になかった。もっと言えば、先日パンクした自転車を修理していなかったことをこれほど悔やんだ時も、他にない。

「た、ただいま……まだいます？」

そうしてやっとの思いで帰宅した私は、包丁呑みが部屋にいるかを確認した。

幸か不幸か、彼女はまだ冷蔵庫の前にいた。

アイスはすべて呑み込んでしまったのか、今はごまドレッシングを呑んでいる。正確に言えばそれが入った瓶ごと、丸呑みしようとしていた。

――見えても嬉しくないけれど、見えなくなってしまったらもっと厄介だ。

私は息を整え、包丁呑みに近づいた。彼女がドレッシングを呑み終えたタイミングで、なるべく静かに声をかける。

「これ、買ってきました」

私の声に反応し、包丁呑みが顔をこちらにぐるりと向けた。長い髪が揺れて、彼女の口にぱさりとかかる。それでも目元は一切見えなかった。

足がすくむ。けれどもそれを悟られないよう、私はビニール袋から商品を数点取り出した。

「食べたことのないものが欲しいんですよね？　このお菓子、今日発売の新商品らしいんできっと……」

まだ食べたことのないものだと思います。

私がそう言いきる前に、包丁呑みがチョコミント寒天をつまみあげた。涼しげな色をした寒天を五秒ほど眺め、ぱかりと大口を開ける。そして、容器ごとそれを呑み込み始めた。

「あ……」

容器から出してあげたほうがよかったかな。

若干の後悔とともに期待が高まった。チョコミント寒天は、今買ってきた食べ物の中でも異色かつ最新の商品だ。いくら包丁呑みといえども、食べたことはないだろう。

これで満足してくれるはず！

……そう、思っていたのだが。

「あ、あれ？」

包丁呑みはニマニマと笑ったまま、私の前から一向に消え去ろうとしない。私の額《ひたい》から汗が流れ落ちた。

——え、うそ、なんで？　食べたことのないものを与えれば、万事解決するはずだったんじゃ……。

包丁呑みが次の商品に手を伸ばす。バター醤油の焼きおにぎりだ。平べったい丸型のおにぎりを、彼女はやはり数秒ほど眺めてから丸呑みした。

「………」

私の喉がごくりと鳴る。

これで効果がないようなら、認めたくはないけれど——

「私、なにか、間違ってました……？」

冷蔵庫の前で正座したまま動こうとしない包丁呑みにそっと問いかける。彼女はにやりと笑った。けれどここから出ていこうとしないし、身体が透ける様子もない。

——新商品作戦は失敗、だったか……。

私は意気消沈して、残りの商品を並べていった。

汁なし白ごまタンタンメン、ハムカツサンド、オレンジ香るブラックコーヒー。

そうして最後のひとつを手にした時、私は「ん？」と声を出した。

かごに入れた覚えのない、二枚入りの油揚げがそこにあったからだ。

「あれ？　私、こんなの買ったっけ……」

レシートを確認してみれば、確かに百円の油揚げをひとつ購入していた。けれど、自分で選んだものではない。どうも知らない間に、かごの中に紛れ込んでいたらしい。

私は包丁呑みを見た。彼女はじいっとこちらを――油揚げを見ている。

「もしかして……これ、食べたことないとか……？」

わずかな期待を胸に、油揚げを差し出す。

包丁呑みはそれを丸呑みした。

が、消えることはなかった。

＊

コンビニの新商品作戦、失敗。

違うコンビニの新商品作戦、失敗。

ファストフードで期間限定商品を買い漁る作戦、――失敗。

「あーもう、アヤカシが食べたことないものって一体なんなの……！」

そうして迎えた午前二時。私はコンビニで一人、途方に暮れていた。

「目新しいもの」を求めるがあまり、オーソドックスなものを食べたことがないのかもしれないと考え、梅おにぎりや鮭おにぎりを与えてみたが効果はなし。

「食べ物」に飽きている可能性を考慮し乾電池やライターも試してみたけれど、これまたうまくいかなかった。

ただただ時間は過ぎ去り、財布が軽くなっていく。

ちなみにスマホは通話できる程度に回復したものの、何度かけても土屋には繋がらなかった。時間が時間なので眠ってしまったのだろう。人の苦労も知らないで。

腹立ちまぎれに、救援要請のメッセージを立て続けに送ってやった。返事は、なかった。

「明日、土屋の事務所に行くまで耐えられるかな、私……」

この二時間で、一万円札は千円札二枚に変わっている。このままだと破産しそうだ。

かといって何も食べさせずに放っておけば、部屋中のものが食べられてしまう。現に今でも、フライ返しやピーラーといったキッチン用品が少しずつ消えていた。

――なにを食べさせれば、彼女は満足してくれるんだろう。

私はグルメ番組の主人公がごとく「未知の食材」を探し求め、チルドコーナーで立ちつくした。サラダチキン、チーズ、カット野菜。……駄目だ、凡庸《ぼんよう》すぎる。もっと変わったものじゃないと……。

普段なら寝ている時間に起きていると、頭が妙にふらふらしてくる。私はおぼつかない足取りで、おにぎりコーナーに向かおうとした。

その時、背後でぱさりと軽い音がした。

「……ん？」

振り返る。油揚げがひとつ、床に落ちていた。

――……かごが当たった、かな？

落ちていた油揚げを拾って元の場所へと戻す。そうして踵《きびす》を返した時、またもやぱさりと音が鳴った。

振り返ってみれば案の定、油揚げが床に落ちている。

「……おっかしいな」

バランスが悪かったのだろうかと、今度は丁寧に陳列棚に置く。手を放し、商品が動かないのをきちんと確認した。そうしておにぎりコーナーへと向かおうとした、次の瞬間。

尻尾のような何かが、視界の端に映った。

「……え？」

思わず振り向く。

――ぱさり。

タイミングを見計らったように、油揚げが床へと落ちた。

周囲に目を配ってみるものの、動物どころか他の客は一人もいない。店員はカウンターの中でフライヤーを洗っていた。

「……なんで」

落ちた油揚げを拾う。そういえば最初に買い出しに来た時も、知らない間にこの商品がかごに入っていたっけ。

なんで、さっきからこればっかり――

そう考えたところで、土屋がなんの前触れもなく質問してきたことを思い出した。

――お前も、簡単な中華くらいは作れんの？

あの時、「うどんなら作れる」という私の言葉を聞いた土屋は「ならいいや」と答えた。

あれはてっきり「中華が作れないなら興味ない」という意味だとばかり思っていた。けれど。

もしも、あの言葉の真意がそうでなかったのだとしたら。

「――……まさか」

私は油揚げをひとつ、かごに入れた。

＊

「食べたことのないものを欲している」というアヤカシが、飲食店から私の部屋までわざわざ移動してきた理由を、あるいは気持ちを。私は理解しようとしていただろうか。

帰宅してみると、包丁呑みは玄関まで移動してきていた。折りたたみ傘と、買ったばかりのサンダルがなくなっている。

消臭剤の粒をざらざらと口に流し込んでいる彼女に、私は話しかけた。

「……ごめんね、あと二十分だけ待ってもらえる？」

本日何度目かわからない「待って」を言う。

包丁呑みが、こちらにぐるりと顔を向けてきた。

けれど不思議と、恐怖は感じなかった。

油揚げに熱湯をかけ、油抜きをする。

水気を絞りだして、三角に切る。

あらかじめ火にかけておいただし汁に入れて、煮る。

それぞれの工程をできるだけ速く、なるべく丁寧に進めていく。

ふと後ろを見ると、包丁呑みがこちらを向いて正座していた。

待ってる、と言わんばかりの体勢で。

——彼女は、人間に話しかけられたことが一度でもあったのだろうか。

くつくつと音を立てる鍋を前に考えた。

表情が見えないくらいの長髪に、赤いワンピース。なんでも丸呑みしてしまうその姿を見て、気軽に話しかけられる人間はどれくらいいるのだろう。

……話しかけられたことなんてなかったのかもしれない。あったとしても、久しぶりだったのかもしれない。

だからこそ自分の姿が見えている私に——「ちょっと待った」と叫んだ私に、ついてきたのかもしれなかった。

陥《おとしい》れるためではなく、ただ、嬉しかったから。

「――よっと」

愛用のどんぶりに鍋の中身を移した。あとは、刻んでおいたネギをちらせば完成だ。

お盆にどんぶりとお箸を載せて振り返る。

包丁呑みはまだ、そこに座っていた。

「……これ」

彼女と同じ目線になるようにしゃがんで、できあがったばかりのものを見せる。

冷凍うどんにだし汁、油揚げ、それからネギ。

目新しいものなんて何もない、ただのきつねうどんだ。

――……でも。

「あなたのために、作りました」

震える声で私は言う。

包丁呑みから、笑顔が消えた。

――ヒトには気づかれにくい存在であるアヤカシ。飲食店にいても注文することができず、厨房で正座していた包丁呑み。

そんな彼女がまだ食べたことがないものがあるのだとすれば、それはきっと。

「自分のために作られたものって……食べたことありますか」

きっと、ヒトからすればなんてことない食べ物なのだろう。

包丁呑みはしばらく口を閉じたまま、私の作ったきつねうどんを見ていた。コンビニで買ってきた商品には迷うことなく手をつけていた彼女が、ぴくりとも動かない。

時が止まったような空間で、私は次第に不安になっていった。

……怒らせてしまったのだろうか。あるいは、余計なお世話だったかもしれない。

そう思っていたら、包丁呑みがおずおずとどんぶりに手を伸ばしてきた。

まるで、見たことのない物を触る子供のような手つきで。

「あ、あの、熱いですし、よかったらお箸……」

私が言いきる前に、包丁呑みはどんぶりの中に手を突っ込んだ。そうして、うどんを数本つまみあげる。私と包丁呑みの間に、もわりと白い湯気が立った。

包丁呑みは自分のワンピースにぽたぽたとうどんの汁を垂らしつつ、じっくりと麺を観察した。そして上を向き、ゆっくりとそれを口に含んだ。

ごきゅり、と彼女の喉が鳴る。

「……どう、ですか」

天井を向いたまま動かない包丁呑みにおそるおそる訊ねる。彼女は無言のまま、少しずつ私に顔を向けてきた。その表情を見て、私は息を呑む。

——包丁呑みは、笑っていた。

けれどそれは、今まで見せていたような不気味な笑顔ではなくて。

「あ……」

包丁呑みは両手でどんぶりを持ち上げると、口をつけて中身を呑み始めた。麺も汁も一緒に、ごくごくと音を立てて呑み込んでいく。

最後の一滴まで飲み干すと、ふう、と彼女は息を吐いた。

そして、

『――……ごちそうさま』

かすれた声で呟き、音もなくその姿を消した。

＊
「お前、今度からモバイルバッテリーを持ち歩いとけよ」

翌日。事務所に顔を出した私に、開口一番土屋は言った。

「メッセージが来てると思ったら、『エマージェンシー』だの『ヘルプミー』だの馬鹿じゃねえのか。そんな貧相なボキャブラリーで、よくもまあ大学生が務まるもんだ」

「だって本当に大変だったんですよ！　真夜中に走り回ったうえ、財布の中身がほとんどなくなったし……今日だって寝不足なんですから、ほら！」

目の下のクマを土屋に見せつける。けれど土屋はそれを無視して、金庫のダイヤルを回し始めた。そこから出した封筒を、私に向かってずいと突き出す。

「ほらよ」

「……はい？」

「五月分の給料。昨日言っただろうが」

苛《いら》ついた口調で言われ、慌ててそれを受け取る。ちゃり、と硬貨の音がした。

――五月の給料、しめて六十五円か。

六十五円ではあまり足しにならないけれど、昨日頑張った自分へのごほうびに高級なアイスでも買って帰ろうかと封筒を開く。

五千円札が、見えた。

「え、あれ？　五千円入ってる……」

「お前あの時、『退治の仕方』を聞かなかったからな」

土屋は面倒くさそうに頭を掻《か》いた。

「俺は『情報』の見返りとして五千円を要求した。なのに、お前がその『情報』を聞く前にスマホの電池は切れてしまった。……教えてもいない情報料を、受け取るわけにはいかねえだろうが」

至極まっとうな土屋の言い分に私は驚いた。

土屋は私の顔を睨み、低い声で言う。

「今度から絶対にモバイルバッテリーを持ち歩けよ、お前」

「はい！」

「それと」

土屋はデスクの上になにかをどんと置いた。

「今日の仕事、まずはこれからな」

それは、脛《すね》のあたりまで髪が伸びた市松人形だった。


「それにしても」

懸命に市松人形の髪を切っている私に、土屋が感心したような声を出す。

「お前、ノーヒントでよく包丁呑みを退治できたな。つーか、料理できるのがまず意外だったわ」

「……やっぱり、電話の最中に土屋さんが言った『ならいいや』って、『料理できるならまあいいや』って意味だったんですね」

「そ。市松人形のハイカラな髪型を見る限り、お前、相当不器用そうだったからな。握り飯のひとつもまともにできないかと思ったんだよ」

土屋はけらけらと笑った。相変わらず失礼な人だ。

「……ってことは俺のその言葉をヒントに、包丁呑みを退治したのか？」

「いや。どっちかというと油揚げ、ですかね……」

「あ？」

土屋が眉間に皺を寄せる。私は「ええと」と昨夜のことを思い出した。

「包丁呑みのために食べ物を買いに行った時、知らないうちに油揚げがかごに入ってたり、何度も床に落ちたりしたんです。それで閃《ひらめ》いたというか……」

「……油揚げが、何度も床に？」

土屋は怪訝《けげん》な顔をして、私の背後に目をやった。

そして、

「――……ふうん」

どこか納得していないような、なにかが引っかかっているような。

そんな声を、出した。

＊＊＊

夢の中で、私は懸命に山道を走っていた。

視線を下げる。私の手には、冷たい握り飯がふたつあった。ひとつは自分、そしてもうひとつは『彼』の分だ。

――彼への、供え物だ。

ほとんどの人間に信仰されなくなった彼のため、私は毎日食べ物を用意した。

それが、彼と私とを繋ぐ、唯一の名目だと思っていたから。

「握り飯持ってきたぞ、一緒に食おう」

私が言うと、青い着物の彼はいつだって驚いた顔をして、けれど嬉しそうにもしてくれた。

「温めたほうが美味《うま》いと思う。火をくれ」

私が言うと、彼は幾本《いくほん》もある尾を擦《す》り合わせた。ぼ、という音とともに火がともる。私はそこに、握り飯をふたつかざした。

「……なあ初恵《はつえ》」

あぶられている握り飯を見つめながら、彼が言う。

「供え物なんて、なくてもいいんだぞ」

「馬鹿言うな。それじゃああたしが飢え死にするだろ。……握り飯は不満だったか？」

「そんなわけねえさ。ただ……」

彼がなにかを言う前に、私は握り飯を差し出した。


私は理由が欲しかった。

私のような人間が、彼のもとへと通ってもいい理由が。

私は必要とされたかった。

私のような人間でも、誰かの隣にいていいのだと思いたかった。

だから私はほぼ毎日、彼のために供え物を用意した。


——それがたとえ、人から盗んだものだとしても。

第四話　小さなお客様

「土屋さんって、夢占いとかできます？」

七月初旬。市松人形の髪を切っていた私は、デスクにいる土屋に思いつきでそう訊ねた。

雑誌を読んでいた土屋が無言で顔を上げる。その顔を見た私は瞬時に、土屋がこのあと発するであろう言葉を悟った。そして、自分の発言を悔やんだ。

「あ、うそ、やっぱりなんでもありませ――」

「専門外」

夢占いなら何万円。そうふっかけられると思っていた私は、想定外の言葉に呆然とした。

土屋は読みかけの雑誌を閉じて、デスクの上にそれを放り投げる。『夏休みは動物園で決まり！』と書かれた無料のタウン誌だった。

「夢占いだのオーラの色だの未来予知だの、たまーに依頼が来るけどな。そういうのは俺の専門外だ。他を当たれよ」

「……なんか意外ですね。土屋さんなら、いい加減な診断で大金をせしめるかと思ったのに」

「俺は自分の仕事に見合った代金しか受け取らねえよ。対価を貰いすぎたところで、いつか自分に『それ相応のもん』がはね返ってくるだけだからな」

　土屋はそう言うと、椅子の背もたれに身体を預けて私を睨んだ。

「で？　なんでいきなり夢占いだなんて言い出した」

「いや……最近、変な夢を見るんですよね。だから、その夢にはなにか意味があるのかなあと思って」

「どういう夢なんだ？」

　すかさず土屋が訊いてくる。私は人形の髪を切る手を止めて、夢の内容を思い出した。

「えーっと、なんだか時代劇みたいな夢なんです。例えば自分の着ている服が、ボロボロの着物だったり。建物も全体的に和風というか」

「着物か……」

　私の話を聞いた土屋は、しばし神妙な面持ちをした。かと思えば、

「夢の内容はどんなだった？　ストーリー性みたいなもんはなかったのか」

　質問の仕方を若干変えてきた。

　夢占いはできないと言っていたわりに、やたらと話に食いついてくるな。

　そう思いつつ、私はおぼろげな記憶をたぐりよせた。

「はっきりとは覚えてないんですけど……物を盗んでるんです、私。それで、盗んだものを抱えて走ったり、そのことを誰かに注意されたりしていたような……」

「――その夢に、動物の気配はあったか？」

探るように土屋が言う。私は「あっ」と声を上げた。

「そういえば大きな尻尾が見えてました、犬みたいな！　犬を飼ってる人だったのかな……。その人と一緒におにぎりを食べたんですけど、器用に火を熾《おこ》してくれたんですよね」

「人じゃねえな、そいつ」

なにかを確信したのか、土屋は断言した。

「夢に出てきてるのは、まず間違いなく九尾の狐だな。……お前のそれはただの夢じゃない。霊感が上がったことで思い出し始めた、前世の記憶だろう」

「……えっ、ええ？」

前世なんて簡単に思い出せるはずがない。そう考えていた私は、あんぐりと口を開いた。

――まさかこんなに早く、ここまで簡単に思い出すなんて。

「で、でも。その夢に出てきた相手、人の言葉をしゃべってましたよ」

「妖狐ってのは一般的に、『人の言葉』と『鳥の言葉』なら話せるようになるんだ。火を熾したっていうのも、狐火だと考えれば合点がいく」

「狐火？」

「簡単に言うと、狐が作る火の玉みたいなもんだ。――火がつく前に、尻尾を擦り合わせるような動作はしてなかったか？」

言われてみれば、そんな動きがあったかもしれない。「あったような……」と不明瞭に呟く私に、土屋は溜息をついた。

「今日から枕元にペンとノートを置いとけ。おかしな夢を見た時は、忘れないようすぐに記録しろ。呪いを解くのに必要な情報が、いつ出てくるかわかんねえからな」

「これからも、夢の中で前世を思い出すってことですか？」

「前世の思い出し方は千差万別だが、何度か夢で見たのなら、今後も夢に出てくる可能性は高いはずだ。――……それにしても、いやに早いな」

「え？」

「ここんところ、不運の調子はどうだ？」

不自然極まりない話題転換に、私は小首を傾げた。

――なぜこのタイミングで、そんなことを訊いてくるのだろう。

「運の悪さなら相変わらずですよ。大学に提出するレポートを書いてる最中に、ＵＳＢのメモリが全部消えたりだとか」

「……うちの事務所でバイトする日に、おかしなことが集中して起きることは？」

「え？　いや、そんなことは特になかったと思いますけど」

私の発言がよほどおかしかったのだろうか。土屋は視線を宙に泳がせて黙り込んだ。理解できない問題に直面し、考え込んでいる探偵のような表情をしている。

途端に話しかけにくくなった私は、市松人形の髪に再びハサミを入れ始めた。手元に置いた資料と人形とを見比べながら、慎重にセットしていく。

「……ところでお前」

なにか考えていたはずの土屋が、呆れたような声を出した。

「そのハサミとヘアカタログはなんだ」

「え？　ああ、これですか？」

私は、持っていた梳きバサミを土屋に見せた。

「百均で売ってるのを発見して、つい買ってきちゃいました。こういうハサミがあったほうが切りやすいかなーと思って。カタログは、友達がいらなくなったものを貰ってきたんです。色々と参考になりそうですし」

「自分の腕の悪さをハサミのせいにしたわけか。見上げたポジティブ野郎だな」

「でも実際、前より腕は上がりましたから。……できた！」

セットし終えた市松人形をずずいと土屋の顔面に近づける。土屋が、眉間の皺をより深くした。

「今日は思い切ってショートボブにしてみました。どうです？」

「普通だな。変な髪型してるほうが、話題性がある分まだおいしい」

「うっわ最低！　女心をまるでわかってない！」

私の痛烈な批判に、土屋が「うるせえ」と耳を塞ぐ。

次の瞬間、コンコンと事務所の扉がノックされた。

一回、二回、三回、四回。

しつこくノックしてくるわりに入ってくる気配はない。そのうち、ノックではなく力任せにドアをたたくような音に変わってきた。

ガキのいたずらっぽいな、と土屋が険しい目つきで扉を見る。

「一応扉を開けて確認しろ。もしもうるせえガキがいたら、『今晩お前の枕元に悪霊を飛ばす』とでも言っとけ。『お前んちの人形の髪を伸ばすぞ』でもいい」

――こわい。というか大人げない。

私は市松人形をデスクに置いて、ゆっくりと扉に近づいた。すりガラスに映っている人影は確かに小さく、そわそわと身体を揺らしているのが見てとれる。

もしかすると、こちらが扉を開けた途端に「わっ」と驚かすつもりなのかもしれない。そう考えた私は、あえて勢いよく扉を開けた。

「うわぁっ！」

不意を突かれたらしい相手が、短い悲鳴を上げた。

扉の前に立っていたのは、ランドセルを背負った男の子だった。白色のワイシャツを、黒の半ズボンの中にきっちりと入れている。どう見たって小学校の制服だし、胸のあたりには『2ねん2くみ』と書かれた名札がつけられていた。

子供が、おっかなびっくり口を開く。

「……おねえさん、ドアはゆっくり開けたほうがいいで。びっくりするし」

「あ、はい、ごめんなさい……」

小学生に諭され素直に謝る。男の子は「わかればいい」といった様子で頷いた。

その後、無言の時間が数秒続いた。男の子が帰る気配はない。私はまさかと思いつつ口を開いた。

「……えーっと、うちの事務所になにか用事かな？」

「うん。仕事を頼みに来てん！」

「えっ、うそ」

「ほんま。ツチヤさんとお話ししたいんやけど……中に入れてくれへんかなあ？」

——ガキ相手に商売する気はねえよ。帰れ。

そういった言葉を想像したものの、デスクから一部始終を聞いていた土屋は意外にも「通せ」と目で合図をしてきた。私はおずおずと小学生を招き入れる。

「おじゃましまーす」

事務所に上がりこんだ小学生は、書庫に飾られた『呪術のすべて　末代まで祟るための方法百選』、デスクの上に置かれた市松人形、さらには目つきの悪い土屋の顔までじっくりと見て回った。

そして一言、「おもろいところやなあ」と呟いた。

「なんかな、『すごいお坊さんのお弟子さん』って聞いてたから、お寺とか神社にいるんちゃうかと思ってたんやけど……。お兄さんがその有名なお弟子さんで、霊能者のツチヤって人で間違いないやんな？」

「あのジジイが『すごい坊さん』なのかは知らねえが、俺が『すごい霊能者の土屋』なのは間違いないと思うぜ」

「あはは、うまいこと言うなあ。座布団一枚！」

小学生はひとしきり笑うと、短い指で私をさした。

「ところで、そこにおるでっかい犬はちゃんと躾《しつ》けてるん？　いきなり噛みついてきたりせえへんよな？」

「はあ⁉」

小学生に「でっかい犬」呼ばわりされた私は、年甲斐《としがい》もなく抗議の声を上げようとした。

ところがそれを遮るように、冷めた声で土屋が言う。

「あれは犬じゃなくて狐だな。……あそこにいる馬鹿女にしか興味を示さねえ、変わりもんの狐だ。放っておいてもお前に害はねえよ」

「誰が馬鹿――」

そこまで言って、はっとする。あの子供は今、私に憑いている九尾の狐を指摘したのだ。

さっきここに来たばかりの彼は、私の事情なんて知らないはずなのに。

ということは――

「お前、見える体質か」

土屋が言うと、男の子はにこりと笑った。

「体質……言うんかな？　その点も含めて相談したいねん。相談だけやったら三十分五百円でのってくれるんやろ？　それとも、小学生やと相手にしてくれへん？」

男の子は笑顔のままで首を傾げる。どことなくあざとさを感じる動作だ。

土屋は彼を馬鹿にするでもなく、ただ小さくかぶりを振った。

「うちの事務所は、客の年齢も容姿もまったく気にしない。金さえ払ってくれりゃ仕事は受けるぜ」

「よかったあ。まかしといてや、全財産持ってきたから！」

男の子が得意げに、ズボンのポケットからなにかを取り出す。

くしゃくしゃになった、ポチ袋の数々だった。

「……ガキが全財産をはたいたところで、受けられる仕事は限られると思うけどな」

土屋は頭を掻きながらも立ち上がり、ソファに男の子を案内する。

それを見た私は慌てて、お茶を淹れに向かった。

＊

「……もう一度言ってくれます？」

小学生の相談内容を聞き終えた時、そう口にしたのは私だった。

信じられなかったのだ。まだ傷の少ないランドセルを背負った子供が、そのような言葉を使うことが。

「えっとなあのな、おれの大切な人を探してほしいねん。めっちゃかわいくてめっちゃ優しくて、つまりは内面の美しさが外に出てる感じの、とにかく最高の人や。そんでもって……おれとは永遠の愛を誓い合った仲やねんけど、えへへ」

「………」

「おれ、あの人のためならなんでもするで。火の中にでも飛び込んでいけるねん！」

この子は変なドラマの見過ぎなのでは？

歯が浮くようなセリフを次々と口にしていく子供を、私はなんとも言えない気分で眺めた。人を大切にするその気持ちを馬鹿にしようとは思わない。けれどこうもペラペラと愛を語れると、どこか空々《そらぞら》しく感じてしまう。

しかし、男の子はあくまで本気のようだった。

「それでなー、結構さみしがりな人やねん。おれがそばにおっても、いっつもさみしそうやった。憂いを帯びたその顔もきれいで――でもほらやっぱりというか、好きな人にそんな悲しい顔させたらアカンやん？　やからおれな、いっつも頑張って自分の想いを伝えててん。『大好き』って。あの子、おれの声を聞くといっつも笑ってくれてたなあ……」

ここまでくると、もはやその彼女が羨《うらや》ましくなってきた。洋画の字幕のような言葉ばかりではあるが、こんなにも自分を想ってくれる人がいるなんて。

それにしても、この子供はどこから「憂いを帯びた」なんて言葉を調達してきたのだろう。

「おれはな、あの人と会うために生まれてきたんや。やから絶対、もう一回会わなあかんねん。……なあお兄さん、頼むから一緒に探してくれへん？　な？」

男の子は縋《すが》るような目で土屋を見た。彼がどんなにドラマチックなセリフを吐いても徹頭《てっとう》徹尾《てつび》無言を貫いていた土屋は、溜息をついて首を振る。確かに土屋は霊能者であって探偵ではない。人を探してほしいだけなら他所《よそ》をあたるべきだろう。

とはいえ、子供がポチ袋を握りしめて頼みこんでいるのだ。無下《むげ》にするのも心苦しい。

「……この仕事、受けないつもりですか？　土屋さん」

だんまりを決めこんでいる土屋に訊ねる。土屋は面倒くさそうに、私へと視線を移した。

「確かに幽霊やアヤカシとは関係ない事例だから土屋さんの専門外かもしれませんけど……私たちが探せばきっとすぐに見つかりますよ。子供が好きな子に会えなくなる理由といえば、相場が引っ越しと決まってますからね」

狐による神隠しが原因で、親戚のおばさんに引き取られた日のことを思い出しながら私は言った。子供からすれば、学区が違うだけでも相当遠い場所に感じるものだ。ましてや都道府県が違えば、海外ほどの距離があるように錯覚してしまう。

私は子供の名札に視線を落とした。読みやすい字で「こさかはると」と書かれている。

「ね、はると君。はると君はきっと関西……大阪とか京都とかに住んでたんだよね？　会いたい人ってそこにいるんでしょ。幼稚園で一緒だった子かな？」

私の言葉を聞いたはると君は、ぽかんと口を開けて固まった。土屋は私に聞こえるよう、わざとらしく溜息をつく。

「あ、あれ？　私、なんか変なこと言いました？」

「――関西行ったことないで、おれ」

はると君が言う。今度は私がぽかんとした。

「え、だってさっきからずっと関西弁で……あ、保護者の人が関西出身とか？」

「ちゃうよ。そもそも彼女が今どこにおるのかわかってたら……あるいは『どんな姿』をしてるのか知ってたら、わざわざ霊能者のところに相談しに来《け》えへんもん」

なあ、とはると君は土屋に視線を投げた。土屋はそれに答えようとせず、癖毛の目立つ頭をぼりぼりと掻く。そんな二人の態度に、私はますます混乱した。

「え、なに？　それってどういう――」

「前世や」

確信しているような口調で、はると君は言いきった。

「今おれが話したことはぜーんぶ、前世の記憶やねん」

「前世って……」

当惑した私は、解説を求めて土屋を見た。しかし、土屋は黙ったままだ。代わりにはると君が口を開いた。

「おれな、前世で大好きやった女の人に会いたいねん。……ちゃうな。会いにいくって決めててん。生まれ変わっても絶対に見つけ出してやる、そんで昔死ぬほど伝えた『大好き』をもう一回言うんやって……そう決めてんねん！」

洋画の字幕、あるいはラブソングの歌詞のようなセリフが止まらない。私は頬が引きつるのを自覚した。そして、思わず言った。

「でも……その女の人の話って、本当にはると君の前世の記憶なのかな？」

瞬時にはると君が厳しい顔をする。夢を壊しやがって、といった表情だ。

私は「だって」と言い訳のように言葉を繋いだ。

「前世の記憶ってそう簡単に思い出せるものじゃないしさ。……ほら、もしかしたら夢で見た内容が鮮明すぎて、『これは前世の記憶に違いない』って早合点してるとかじゃない？あるいは、赤ちゃんの頃の記憶が若干残ってるとか」

「ちゃうもん。あれは絶対前世やもん。おれ、彼女と一緒に住んでたんやもん」

「だからそう考えちゃってるだけで、実際はただの夢――」

「前世の記憶だと思うぜ」

いつもよりずいぶんと口数の少なかった土屋が、ここでようやく口をはさんできた。私とはると君は土屋に顔を向ける。土屋はいつも通りの仏頂面ではると君を見据えていた。

「前世を思い出すには強い霊感が必要だ。だから、霊感のない一般人は前世なんてまず思い出せない。……が、そんな一般人でも勝手に霊感が強まる場面がみっつある。いつだったか覚えてるか？」

土屋がついと私に視線を移してくる。はると君までこちらを見てきた。

いきなり二人に注目された私は、しどろもどろに答える。

「霊感が上がるのは、えっと……霊能者のそばにいる時と、それから、……あのー」

「子供の頃と、死ぬ直前だ」

土屋は私の記憶力の悪さを憐《あわ》れむような目をしてから、はると君に視線を戻した。

「だから、このくらいのガキが前世の記憶を持っていてもおかしくはない。……ま、前世の記憶が多少あったとしても、それを自覚せずに生きているガキのほうが多いんだけどな」

ほらな、とはると君は私に言った。

「おれ、どうしても彼女に会いたかったからお父さんのスマホでいろいろ調べてん。それでな、ほんまは自力で探し出したかったんやけど……おれにはあんまり時間がないやろ？　それに、このままやとあの人を見つけ出すんは相当困難みたいやし。やから、ここに来ようと思ってん」

……オカルトの知識がほとんどない人間には理解できないような、不親切な話し方をしてくれる。私は再度、詳説を求めて土屋を見た。それに気づいた土屋が、やはり大げさな溜息をつく。

「強い霊感を維持できるガキはそう多くない。一時期は幽霊が見えていても、成長するにつれ見えなくなる人間がほとんどなんだよ。そして、霊感が弱まるとともに前世の記憶もあやふやになっていく。……そもそもガキの頃の記憶なんて、大半が忘れているか曖昧なもんだろ？　前世の記憶も、それと同じ運命をたどるってわけだ」

「おれが前世を忘れたら、関西弁で話さへんようになるんかな？」

「恐らくな。ま、周囲の人間からしてみれば『関西弁の真似をしなくなった』程度にしか思わないはずだ」

土屋は湯呑みに手を伸ばすと、熱い緑茶をすすろうとした。が、中身が水出し緑茶であることに気づき、ちらりと私を一瞥《いちべつ》する。

――もう夏だし、冷たいお茶のほうがいいかと思って。

そう説明する前に、土屋は緑茶を一気に飲み干す。「おいしい」という言葉はもちろん、「気が利く」といったセリフもなかった。

「……覚えてるうちに、忘れる前に、会いたいねん」

はると君がぽつりと言う。土屋は無言で、湯呑みをテーブルに置いた。

「おれな、自分は特別な人間やと思ってた。お兄さんみたいな霊能者になれる……死ぬまでずーっと幽霊が見えるタイプなんやと思っててん。けど、それは違うって最近気づいた。最近、たまにな、……見えへん日があるねん」

今まで自信たっぷりに話していたはると君が、ここで初めて弱った顔を見せた。

「おれんちの近くに、地縛霊が立ってる交差点があるんやけど……ここ二週間くらいかな、その地縛霊が見えへん時があるねん。多分もうすぐ、おれにはなんも見えんようになるんやと思う」

「それは……幽霊がたまに出かけているからその場にいない、とかじゃなくて？」

「地縛霊がふらふら出かけたりすることなんかない。……やんな？　お兄さん」

しかめっ面のままで土屋が首肯する。たとえ子供相手でも、笑顔を作る気はないようだ。無遠慮にはると君を見つめる土屋の瞳は、いつも以上に冷たく感じられた。

「せやから、忘れんうちに見つけ出したいんやけど……転生後の相手を探すんは、そう簡単やないやろ」

「『どこ』はもちろん、『なに』になったかもわからないからな」

土屋の言葉にはると君が頷く。そういった話にことごとく疎《うと》い私は、両者の間に視線をさまよわせた。

「ったく」と呟いて、土屋は苦々しい顔をこちらに向ける。

そして、素人の私にも理解できるようはっきりと言った。

「前世では人間だった魂が、次もまた人間に生まれ変わっているとは限らない。すべては本人の意思と、前世での行い次第なんだよ」

「……はい？」

私がよほど面白い顔をしていたのか、土屋はほんの少しだけ口角を上げた。

「どの動物に生まれ変わるか選べるなんて、ずいぶん都合のいい話に思えるだろ。だが、俺たち霊能者にとってこの話は事実だ。……俺たちは死後、生まれ変わる動物を選ぶことができる。そしてよほどのことがない限り、希望通りに転生できるんだ」

ただし場所は選べない、と土屋は続けた。

「日本人だからといって、来世も日本に生まれるとは限らない。サバンナで生きるライオンになろうと考えていたはずが、檻の中のライオンになる可能性もある。つまり――」

土屋ははると君を指さし、言い放った。

「このガキが探してる女が、なんの動物に転生して、どこで生きているかは現状まったくわからない。……探しようがないってことだ」

にわかには信じられない話だけれど、土屋やはると君にとっては常識だったらしい。呆然とする私をよそに、はると君はこくこくと頷いた。

「そうそう。やからおれ、すごい霊能者さんのとこに来てん。そんだけすごい人なら、きっとあの人を見つけてくれるって――」

「そいつは間違いだな」

突如、突き放すように土屋が言った。部屋の空気がぴしりと凍りつく。

「……なんやって？」

話の腰を折られたはると君は、引きつった笑みを土屋に向ける。そんな彼にとどめを刺すかのごとく、鋭い口調で土屋は言った。

「間違いだって言ったんだよ。……どれだけ高尚な坊さんだろうが、すごい霊能者であろうが、転生した魂を探しだすなんざまず不可能だ」

「……え」

低い声で紡がれた真実に、はると君は衝撃を受けたらしい。「ツチヤ」という霊能者なら、金さえ払えばどんな仕事でも引き受けてくれると信じていたのだろう。

現に私も驚いていた。霊能力だけは人一倍ありそうなこの土屋にすら、受諾できない依頼があるという事実に。

部屋中が不穏な雰囲気に包まれる。

はると君はぎゅっとポチ袋を握りしめた。

「そ、それは金の問題やなくて……？」

「違う。金があろうがなかろうが不可能だっつってんだよ。誰がどこに、どんな姿で転生したかなんて、調べる方法ねえからな」

だから、できない。

そう断言され、はると君はあちこちに視線をさまよわせた。それは決して諦めや失望ではなく、なんとかして大切な人を探し出せないか考えを巡らせているような動きだった。

「いやでもほら、ちょっとはヒントがあるやん？　だってあの人なら、また人間に生まれ変わってるはずやもん。おれとまた話したいと思ってくれてるなら、絶対人間に……」

「人間に生まれ変わりたいと希望したとしても、その通りになるとは限らない」

強い口調で土屋が言う。はると君の顔がさっと青くなった。

「希望通りに転生できるのは『おおよそ問題のない魂』だけだ。前世で大きな罪を犯していればペナルティが発生し、本人の希望は二度と通らなくなる。つまり、あらゆる動物にランダムで転生することにな――」

「そんなわけないやん！」

土屋の言葉を遮って、はると君が怒鳴った。言われたことを認めたくない、否定したい、そんな意思が痛切に感じられる叫び方だった。

「あんな優しい人が罪なんか犯してるわけないやんか！　大体なんやねん大きな罪って！どういうのを大きいっていうんや！」

「生きるために行われるそれとは違う殺生。あるいは傷害、窃盗、欺瞞《ぎまん》――」

「そんなんする人とちゃうわ！」

声を振り絞ってはると君が叫ぶ。先ほどまで青かった顔は、一気に赤くなっていた。目にはうっすらと涙が浮かんでいる。それが興奮したせいなのか、あるいは悲しくなったからなのかはわからなかった。

「……人に迷惑かけたくないっていつも言うてる人やった。ほんまに、しょっちゅう言ってたんや。そんな人が、誰かを傷つけたり陥れたりするわけないやんか……」

赤くなった鼻を擦《こす》って、はると君は俯く。土屋に怒りをぶつけたことで、大切な人に会えない絶望がかえって強まってしまったのだろう。きつく握りしめた小さな拳は、見ていられないくらい震えていた。

彼を励ますのに適切な言葉が思い浮かばず、私は土屋を睨みつけた。土屋は面倒くさそうに、涙を浮かべた小学生を見つめている。それは決して、依頼人に向ける顔ではない。

――土屋は本当に、この仕事を受けないつもりだ。

「土屋さん！」

いてもたってもいられず、私は叫んだ。

土屋が「なんだよ」と短い返事をする。抑揚のないその声に、私は一気に委縮した。

「その……やれるだけのことはやりましょうよ。はると君の大切な人が今どこにいて、どういう姿をしてるのかはわからなくても。それでもなにか、探す手立てはあるかもしれませんし」

「ねえよ、手立てなんか」

にべもない態度で土屋は言った。

「誰かの転生先がわかる方法なんざそうそうないんだよ。それこそ、『転生した相手に不運をもたらし続ける』九尾の呪いくらいしかな」

「で、でもっ」

「――できもしない仕事を受けたら、それこそ詐欺だぜ?」

土屋が冷たく言い放った正論に、私は言葉を失った。

はると君がとうとう嗚咽《おえつ》を漏らし始める。

きっと、土屋に相談すればすぐに見つけてくれると思っていたのだろう。だから全財産を片手に、何度も何度も事務所のドアをたたいたのだ。期待に胸を膨らませて。

「……ごめんなさい」

出しゃばってしまって。なにもできなくて。

両方の意味を込めて私は言った。

はると君がぐずぐずと鼻を鳴らす音がよく聞こえる、重い沈黙が続いた。

土屋が今すぐはると君を追い出そうとする気配はない。彼が落ち着き次第、家に帰すつもりなのだろう。

――本当に、どうすることもできないのだろうか。

そう考えた時だった。

「――わ、ちょ、なんや？」

はると君が唐突に、手足をじたばたと動かし始めた。

「ちょっとくすぐったい、……やめぇって！　あはは！」

一人で身体をくねらせて笑うはると君の姿に、私は目をぱちくりとさせた。土屋は土屋で、珍しく眉間の皺がなくなった――呆気にとられた顔をしている。

「……え？　そうやなあ、そうなるとええんやけど。――……もしかしてそれ言いに来てくれたん？　えへへ、ありがとう」

ようやく落ち着いたはると君が、嬉しそうにお礼を言う。けれど、その相手は土屋でも私でもない。電話をしているのかと疑ったものの、当然そういうわけでもない。

はると君は目頭を強く擦《こす》ると、照れたような顔を私へと向けた。

「お姉さんのキツネ、喋れるんやな。ちょっとびっくりした」

「えっ？」

びっくりしたのはこっちのほうだ。私はすかさず土屋を見やった。

「な、なんて言ってたんですか、今」

「…………」

私の質問を一切無視して、土屋はなにかを考え始める。はると君を見つめるその姿は、さっきまでの白けた態度とは明らかに違っていた。

泣きやんだはると君が、机に置いていたティッシュで豪快に鼻をかむ。

その間も視線を固定したまま固まっていた土屋はやがて、

「――――あっ」

珍しく情けない声を出した。とんでもないことを見落としていた、そんな表情だ。

「土屋さん？」

「マジか……」

土屋は情けない表情のまま腰を上げると、デスクの方へと歩き出した。

デスク横にある金庫の前でしゃがみこんで、手早くダイヤルを回す。そうして取り出したなにかを、土屋はしばらく凝視した。ここからでは土屋の持ち物は見えないけれど、カサカサと紙の擦《こす》れる音がしている。

「……ガキ、お前」

手元に視線を落としたまま、小さな声で土屋は言った。

「お前が探してる女の口癖……なんつってたっけ？」

「人に迷惑かけたくない、やった。迷惑かけてごめんなさいとか」

「そうか……。悪かったな」

土屋が素直に謝罪する。たったそれだけのことに私は目を剥《む》いた。

──あの土屋が謝るだなんて、今日は大雪になるかもしれない。

「悪かったって……どういうことなん？」

訳がわからないといった様子ではると君が訊ねた。土屋は頭を強く掻きむしる。

「見つけられないってのは嘘だ」

「……なんやって？」

「お前の探してる女がいるところ。……俺は知ってんだよ」

土屋はそう言うと、金庫から取り出したものをはると君に見せた。

──一見何の変哲もない、茶色の定型封筒。

その中になにが入っているのかまではわからない。けれど土屋の様子を見る限り、そこに彼女に関する情報が入っているのだろう。

「そ、そんなら……」

「女の居場所、俺なら今すぐ案内できるぜ」

いつもの得意げな表情で土屋が言った。その明言に、はると君と私は顔を見合わせる。

ただし、と土屋は付け足した。

「そこに行くための交通費は、俺の分も含めお前が全部出せ。それが条件だ」

「わ、わかった、はよ行こう！」

よほど嬉しかったのだろう、はると君は今日一番の笑顔で勢いよくソファから立ち上がった。

けれども次の瞬間、すとんと腰を下ろす。

「はると君？」

「いや、ちゃう、その前にやな……」

はると君はそわそわと身体を揺らし、何度もポチ袋に目を落とした。

「か、彼女を見つけてもらった報酬はいくらなん？　だってほら、この事務所は先にお会計するって噂やん。でも、あの、なんちゅうか……」

はると君の声がどんどん小さくなっていく。もしかすると、自分の全財産で足りるのかどうか今になって気になってきたのかもしれない。

土屋も少し呆れたように「今さらか」と苦笑した。

「それならいらねえよ、もう貰ってるから」

「え？」

「お前と『女』を引き合わせるための代金は、『女』のほうから貰ってる」

土屋はにやりと笑い、封筒をひらひらと振ってみせた。

はると君の身体の動きがぴたりと止まる。

「え……そんなら彼女もこの事務所に来て――」

「説明は後だ、とにかく出かけるぞ。早くしねえと間に合わねえからな」

土屋は金庫の扉を閉めると念入りにダイヤルを回し、冷たい視線をこちらによこした。

「コノツキ女、お前はここで留守番だ」

「え？　な、なんで！」

「来る必要ねえだろ。お前が自腹切ってでもついて来るなら止めないけどな」

「うっ……」

自腹という恐ろしい単語が、見事に私を黙らせた。しかし、黙りこくる私の服の裾《すそ》を、はると君がくいくいと引っ張る。

「ええよ。おれ、お姉さんの分もお金出す」

「え、でも……」

「お姉さん、なんだかんだおれのこと助けようとしてくれたやろ。あれ、嬉しかった。せやからお礼がしたいねん。……なあお兄さん。ポチ袋の中、一万円くらい入ってるんやけど足りるかな？」

朗らかな表情ではると君が訊ねると、土屋はこくりと頷いた。

「わりと近い場所だからな。一万あれば余裕だと思うぜ」

「近い場所って……どこなんですか？」

私の質問を受け、土屋はデスクに放置していたタウン誌を手に取った。そして「ここだ」と表紙を指さす。

表紙を飾っているのは、笑顔で歩く親子三人。

そして、煽《あお》り文句はこうだった。

『夏休みは動物園で決まり！　二代目キューちゃんに会いに行こう！』

＊

「……えーっと。大人ふたり、子供ひとり」

小学生がポチ袋から紙幣を取り出し保護者の分まで入園料を払っている様子を、スタッフの女性が訝しげに眺めている。いたたまれなくなった私ははると君から視線を外し、あたりを見渡した。

チケット売り場の前にある、申し訳程度の花壇。どこか古臭いイラストが描かれた看板。必要最低限のものしか置いてなさそうな寂《さび》れた売店。

写真で見る以上に、年季の入った小さな動物園だった。

霊能事務所からは急行電車で一駅分、距離にすると十キロ弱離れた場所に、この動物園があるのは知っていた。けれど来るのは初めてだ。

ゲート近くに大きな鳥かごがあるのに気づき、一人近づいてみる。

かごの中にいたのは一羽の九官鳥だった。

「コーンニーチ、ワッ！　キュウゥゥチャンッ！　ダイダイ、ダアァァイスキッ！」

……なかなか癖のある話し方をする九官鳥だ。鳥かごの下には「二代目キューちゃん」と書かれた説明文があった。

『おしゃべり大好き二代目キューちゃん。オス一歳。いろんな言葉を教えよう！（言われてうれしい言葉を教えてあげてね）』

おそらく最後の一文は、九官鳥に変な単語を覚えさせる輩《やから》がいるからだろう。

説明文の下には、二代目キューちゃんが現在覚えている言葉のリストがあった。こんにちは、さようなら等、オーソドックスなものばかりだ。

その下には米印があり、なにやら追記されていた。

『おでかけ大好き、先代キューちゃんは――』

「なにしてんのお前」

背後から声をかけられ我に返る。振り返ると、機嫌の悪そうな顔をした土屋と、三人分の入園券を握りしめたはると君がいた。蒸し風呂のような屋外に来てもなお、土屋は厚手のミリタリージャケットを羽織《はお》ったままだ。

「いや……この九官鳥、結構喋れるみたいですよ。はると君も見てみる？」

動物には興味のなさそうな土屋を無視して、はると君に問いかける。

けれどはると君は血の気の引いた顔で、九官鳥を見つめていた。

「……はると君？」

「そろそろ中に入るぞ。早くしないと閉園する」

土屋ははると君の挙動を気にも留めず、彼から入園券をもぎ取った。

入園後、私たち三人は無言で園内を歩いた。

フラミンゴ、リス、シマウマ、ゾウ、キリン。そのすべてを無視して、土屋は敷地の奥へと歩いていく。私とはると君はたまに小走りしながらも、土屋のあとを追った。

はると君は、ずっと下を向いていた。

事務所に来た時のような期待もなければ、相談途中に見せた怒りもない。ましてや、動物園に来た子供ならではの笑顔もない。ただただ、良くないことを察知したような暗い表情をしていた。

土屋は、子供とともに来園した保護者とは思えない態度でずかずかと歩いていく。

けれどもやがて――石碑《せきひ》の前に来るとぴたりと立ち止まった。

「ここって……」

石碑に掘られた文字を見て私は絶句する。

『どうぶつ慰霊碑』

八歳のはると君には難しい漢字だ。けれど彼にはその文字が読めたのか、あるいは意味が理解できたのか、慰霊碑を一瞥するやいなや目を伏せた。

「……その顔を見る限り、大分思い出してきたらしいな」

土屋ははると君を気遣うこともせず、いつもと変わらない口調で言った。

「ガキ。お前、前世は九官鳥だったんだろ。飼い主に対して『大好き』ばかりを言う、おしゃべりな九官鳥だ」

私は驚愕した。そして、隣にいる八歳の子供に目を向けた。

――おれな、いっつも頑張って自分の想いを伝えててん。『大好き』って。あの子、おれの声を聞くといっつも笑ってくれてなあ……。

彼の主張を思い出して唖然とする。九官鳥――そう言われてみれば思い当たる発言は確かにあった。

はると君は無言のままで、再度慰霊碑を見た。土屋はそんな彼に構うことなく、淡々と話を続けていく。

「お前が探してる女ってのは前世の妻でも恋人でもなく、お前の飼い主のことだよな。前世では、一人暮らしの飼い主とおしゃべりなお前で、楽しい日々を過ごしてたんだ。だが、思い通りに話せないのが歯がゆかったお前は、飼い主が死んだ時こう考えた。――来世ではあの人ともっとお喋りできるよう、人間に転生しよう」

けれど、そう考えたのはお前だけじゃなかった。

最後の一言に、はると君の顔がぐにゃりとゆがんだ。泣き出すのをこらえるように、ぐっと唇をかみしめている。

土屋は慰霊碑に目を向けた。

「……今からちょうど二年前、ここの看板鳥として親しまれていた九官鳥が脱走した。年寄りの九官鳥でな、脱走した二日後には自《みずか》ら動物園に戻ってきたんだ。ちょっとしたニュースになったんだが……知ってたか？」

　はると君は首を振る。だろうな、と土屋は言った。

「――ご迷惑をおかけします、だとよ」

　なにかを思い出したのか、土屋がふっと微笑んだ。

「脱走した九官鳥がうちの事務所まで飛んできて、最初に話した言葉が『ご迷惑をおかけします』だったんだ」

　――人に迷惑かけたくないっていつも言うてる人やった。

　三十分ほど前にそう言ったはると君は、「彼女らしいな」と小さく笑った。

「――ご迷惑をおかけします。こちら、土屋霊能事務所さんですか。

「羽に艶《つや》のない、素人目にも年寄りだとわかる九官鳥だった。そんな鳥がうちの事務所まで飛んできて、流暢《りゅうちょう》に話し始めたんだ。『前世を思い出したんです』ってな」

　これ自体はおかしな話じゃないぜ、と土屋は言った。

「さっきも話した通り、『幼少期』と『死ぬ直前』ってのは霊感が強まる時期なんだ。人間はもちろん、動物もな。……その九官鳥は、脱走当時九歳だった。九官鳥としての寿命を考えるなら、前世を思い出したとしてもおかしくはない」

　土屋はそう言うと、二年前の話をかいつまんで説明し始めた。

　九官鳥いわく、前世で彼女は人間として生きていたこと。

長年一人暮らしをしていたが、六十歳を過ぎた頃から九官鳥を飼い始めたこと。九官鳥は自分によく懐《なつ》き、いつも「大好き」と言ってくれたこと。独り身の彼女にとって、その存在だけが心の拠り所であったこと。

――けれども九官鳥より先に、自分にお迎えが来てしまったこと。

「来世では『あの子』とお友達になろう。そう思って九官鳥に転生したのに、大事なことをすっかり忘れて、動物園の人気者になっていました。……恥ずかしそうに言ってたぜ、関西弁でな」

土屋が慰霊碑に向かって微笑みかける。

それじゃあ、と私は口を挟んだ。

「先代キューちゃんが脱走した理由って」

「前世で大切にしていた九官鳥――クウタに会いたいと思ったからだ」

土屋はそう言って、はると君を見た。はると君はうつむいたまま話そうとしない。

「そうして脱走したものの、クウタが今世でどこにいるかはまるでわからない。あてもなく探し回っていた九官鳥は、偶然うちの事務所を見つけた。そして、怪奇現象だのオカルトだのと書いてあるボードを見て、『もしかしたら』と思ったらしい。――もしかしたら、前世の話を信じてくれるかもしれない。クウタを探してくれるかもしれないってな」

「それで、土屋さんは……」

「話は信じた。だが、すぐに追い返した」

「えっ」

「なんせ相手は九官鳥だからな。金、持ってないだろ」

当然といった態度で土屋が言う。しんみりとした空気が一気に壊れた。

土屋は面倒くさそうに頭を掻く。

「それにさっきも話したけどな、『転生した相手を探す』なんざ不可能なんだ。だからあの時点で、俺に受けられる仕事はなかった」

「でもそれじゃあ……」

「――追い返した翌日だ。九官鳥が、ボロボロの千円札をくわえて戻ってきたのは」

土屋は事務所の金庫から持ち出していた封筒を開くと、中から紙幣を出した。細かい皺が多く、ところどころが千切《ちぎ》れている――長時間雨風にさらされたのだと一目でわかるような千円札だった。

「どこかに金は落ちてないかと一晩中探したそうだ。結果として唯一見つけられたのがこれだった。……九官鳥には似合わない、申し訳なさそうな声で言われたぜ」

――ご迷惑をおかけしますが、これでお仕事を頼めませんか。

「だが、さっきも言った通り『クウタを探し出す』ことはできない。だから俺は、千円分の仕事のみを引き受けることにした。ひとつめはこれだ」

――もしもクウタがこの事務所に来たら、私の居場所を教えてあげてください。

「……来ない可能性のほうが高いってことは前もって話した。転生したクウタがうちに来る、それも前世の記憶があるなんざ天文学的な確率だからな。ドラマチックな奇跡でも起こらない限り、まずあり得ない」

それでも九官鳥はこう言ったそうだ。

――構いません。可能性が、ゼロじゃないなら。

「そうして九官鳥は自ら動物園に戻り、一週間後に老衰で死んだ。……以上が、『おでかけ大好き先代キューちゃん』の真相だ」

土屋は話し終えると、終始無言のはると君へと視線を向けた。はると君はやはり、下を向いたまま微動だにしない。

大切な人と再会を果たせなかったことが悔しいのか、それとも悲しいのか。彼女が同じ事務所を訪れていたことに対する驚きや喜びよりも、負の感情が勝《まさ》っているようだった。

もう少し早く、土屋のもとを訪れていれば。

もう少し早く、この動物園まで来ていれば――

「……二年前、九官鳥に依頼された仕事はもうひとつある」

その言葉に、はると君はようやく顔を上げた。土屋は千円札が入っていた封筒から、二つ折りにされたメモ用紙を取り出す。

「お前が事務所に来た時、この言葉を伝えること。それがふたつめの依頼だ」

土屋は、メモ用紙をはると君に差し出した。

はると君がこわごわとメモ用紙に手を伸ばす。その指先は、かすかに震えていた。

「――お前の大切な人が、今どこにいるのか俺にはわからない」

メモ用紙を渡し終えた土屋は、両手をポケットに突っ込んだ。そして、珍しく穏やかな笑みをたたえて「けどな」と続ける。

「それだけわかってりゃ……お前らなら充分なのかもしれねえな」

はると君は緊張した面持ちでメモ用紙を開くと、中に書かれている文章に目を通した。

私は隣からメモ用紙を覗きこむ。

そこには、彼女からの伝言が走り書きされていた。

『次はクジラに生まれ変わって大海を泳ごうかと思う。あなたに会えるその日まで』

「……次に会えたら、なんでクジラなのか聞かなあかんな」

しばらく黙り込んでいたはると君が、眉をハの字にして笑った。その笑顔はやはり、動物園にいる子供のものとは言い難い。

けれど、そこにあったはずの後悔や悲哀は、幾分《いくぶん》薄らいでいるようだった。

＊

「――それにしても土屋さん、よくわかりましたね。はると君の正体」

はると君を家の近くまで送った後、事務所へと続く道を歩きながら私は言った。

土屋はしかめっ面をこちらに向けると、足元にまでゆっくりと視線を落とした。夕日にのびた私の影を、あるいはそこにいる何かを、じっと見つめている。

「……九尾のおかげだな」

「え？」

「あのガキと会話してただろ。だからわかったんだ」

言われてようやく思い出す。そういえば、はると君と九尾がなにかを話している場面があったんだった。

「……あの時、九尾はなんて言ってたんですか？」

「ぴーちくぱーちく」

「へ？」

「鳥の鳴き声で、ぴーちくぱーちく言ってたんだよ。……なにを言ってるのか、俺にはまったく聞き取れなかった」

土屋が肩をすくめた。

「それって……」

「言ったろ、妖狐は『人の言葉』と『鳥の言葉』なら話せるってな。――あの時九尾は鳥の言葉でガキに話しかけ、ガキにはそれが聞き取れていた。ってことは、あのガキの前世は鳥だった可能性が高い。前世の記憶を持っているからこそ、鳥の言語も覚えてたってことだ」

あとは二年前にうちにきた九官鳥の話と照合するだけ、と土屋は笑った。

「ま、『前世絡みの相手を探してる』とガキに言われた段階で、二年前の九官鳥を思い浮かべなかったのは俺のミスだ。……正直、あの九官鳥が探してたクウタが本当にうちにくるなんざ考えてなかったからな」

「そう、ですか……」

九尾がはると君に話しかけた。

それを聞いて私が覚えた違和感は、当然土屋の中にもあったのだろう。

「──お前が喚《わめ》き始めてからだぜ」

釈然としない表情で土屋は言った。

「九尾の狐がやたらとガキの周りをうろつき始めたのは、ガキがベソをかき始めた時じゃなく、お前が俺に『どうにかならないか』と言ってきた後だった。鳥の言語でガキに話しかけたのだって、お前がしょげかえってからだ」

「……偶然ではなく？」

「俺にはそうは見えなかった」

地面に視線を落としたまま、静かな声で土屋は言う。

「まるでガキのためではなく、──お前のために動いてるようだったぜ」

湿気を帯びた生ぬるい風が吹いて、私たちの髪を揺らした。私は首筋の痣が見えないように髪を押さえる。犬に噛まれた傷跡にも見えるその痣は、コノツキの証だと土屋が言っていた。

相手が転生した後も追いかけて、不運な目に遭《あ》わせ続ける九尾の狐。

それが、私を助けてくれた……？

引っかかりを感じて立ち尽くす。そんな私に、土屋が「帰るぞ」と声をかけた。

＊＊＊

しとしとと雨が降り続いている夢だった。

迷子の私は母親を探してあちこち歩きまわる。しかし、母親はおろかきょうだいの姿さえ見当たらない。

不安に駆《か》られ、口から勝手に声が漏れた。

「みぃ」

ずいぶんと、か細い声しか出なかった。

雨に濡れた毛が冷たく重い。私は空き家の軒下《のきした》に避難すると、母親を呼ぶため懸命に鳴いた。けれど、誰かが私を探している気配はない。

――このままだと死んでしまうかもしれない。

本能的にそう感じた、その時だった。

「……初恵」

金色の毛を持つ大きな獣が、私に近づいてきた。

人間ではないのに二足歩行で、青色の着物を着ている。そして、彼には大きな尻尾がたくさんあった。

ぜんぶで、八本。

「初恵、おまえ……」

犬でも猫でもない姿をした獣が、私の前でそっとしゃがみ込む。大きな身体には似合わない、今にも泣きだしそうな顔をしていた。

「人間に転生、できなかったのか……」

――どうしてそんな顔をするのだろう。

私は立ち上がると、金色の獣に向かって歩き始めた。大きな牙と鋭い爪を持つ存在。生まれて間もない私だけでは、到底太刀打ちできない相手だと一目でわかった。本来ならば、すぐに逃げるべきだということも。

けれど私はなぜか、『彼』を信頼しきっていた。

母親がいない不安を埋めるため、そして冷えた身体を温めるため、私はみぃみぃと鳴きながら彼のもとへと近寄った。

彼が、そっと手を伸ばしてくる。

爪が見えた。

けれどそれに構わず、私は彼の手のひらに頭を擦《す》りつけた。

「……おまえ」

泣きだしそうな、あるいは笑っているような顔をした彼が言う。

「あっしのこと……良い狐だって、思ってるんだろう」

頭を何度も擦りつけて、私は小さく「みぃ」と鳴いた。

第五話　雨降る家

皆様（といっても土屋さんとイチコさんしかいないのでしょうが）お元気ですか。

夏といえば怪談で盛り上がる季節。土屋さんも一番お忙しい時期かと思います。

そういえば、私が初めて土屋さんの事務所に伺《うかが》ったのも八月でしたね。

暑い日が続きますので、くれぐれもご自愛ください。


「……勝手に人の郵便物を見てんじゃねえ」

気怠《けだる》さと鬱陶《うっとう》しさを混ぜたような声に私はびくりとした。振り返ってみれば、先ほどまでスマホをいじっていたはずの土屋がデスクからこちらを睨みつけている。

「す、すみません。事務所に絵ハガキが来るだなんて珍しいから、つい……」

「もの好きな客が、暑中見舞いだの年賀ハガキだの送ってくるんだよ。よこせ」

郵便屋さんから受け取ったハガキを土屋に手渡す。土屋はハガキの内容と差出人をさっと確認すると、デスクの端にそれを放り投げた。返事は書かないつもりだろうか。

「……ところで、そのイチコさんってだ……」

「――そういや言い忘れてたけどうち……」

私の質問と土屋の言葉が、見事なまでに重なった。

私はさっと口を閉じ、土屋から先に話すよう目で促す。

土屋は水出し緑茶を一口飲んでから、

「うちの事務所、盆の三日間は臨時休業するから。よっぽどのことがない限り俺に連絡してくんなよ」

「えっ」

私は驚いて卓上カレンダーを見た。いつの間にか、八月十三日から十五日まで赤ペンで「休」と書かれている。

「俺も少しは夏休みを満喫したいからな」

土屋はスマホに視線を落とし、ゲームの操作をし始めた。

「お前は釘を刺しておかねえと、すぐに語彙力のない電話をかけてきたり、深夜にメッセージを送ってきたりするだろ？」

「それは『包丁呑み』の時だけだったじゃないですか！」

はいはい、と土屋は私の言葉を受け流す。スマホを執拗にタップする指先は、「これ以上話しかけてくるな」という意思表示のようにも見えた。

――ハガキに書かれていた「イチコ」なる人物は昔いた従業員のことだろう。

私はそう見当をつけて、再度カレンダーに目を向けた。確か、八月十四日は中華料理屋のバイトも入っていなかったはずだ。

「おばさんに会いに行こうかな……」

ちょうど二日前、退院したと連絡をくれたおばさんのことが頭をよぎった。盆休みの間に、退院祝いを持って顔を出すのもいいかもしれない。

「おばさん？」と土屋が復唱した。

「あ、私、一人暮らしを始めるまではおばさんと一緒に暮らしてたんです。それで――」

「……母親って書いてなかったか？」

「え？」

「お前の、神隠し事件についての記事。母親が留守にしてる間に子供が消えた……って話だったよな」

土屋がゆっくりと顔を上げる。私は「ああ」と苦笑した。

「あの事件のあと、私、親戚のおばさんに引き取られたんです。言ってませんでしたっけ？」

「……母親は？」

「海外に引っ越したっておばさんが。でも、それ以上詳しく聞ける雰囲気じゃなくて」

この手の話をするといつも微妙な空気が流れるので、私は明るい笑顔で受け流した。正直、今となっては母親の顔もろくに覚えていないので、特別会いたいとも思わない。

土屋は「ふうん」とだけ呟き、視線をスマホへと戻す。

私はほっと息をついて、おばさんに渡す退院祝いについて考えを巡らせ始めた。

＊

お盆休み真っ只中。学生たちの姿が目立つ駅前を、私は一人で歩いていた。

おばさんの家は最寄り駅から結構離れていて、バイクや車がない人間はバスに乗る必要がある。次のバスが来るまで二十分以上あることを確認した私は、おばさんの家に持っていくお菓子を買うために、駅から一番近いケーキ屋まで意気揚々と歩き始めた。

アスファルトを照らす、ギラギラとした太陽光。全身にまとわりつく湿気た空気。暑さを助長するような蝉《せみ》の鳴き声。

夏は決して嫌いではない。けれど、歩いて一分も経たないうちに後悔の念にかられ始めた。どうして私は炎天下の中を歩こうと考えてしまったのだろう。こんなことならもっと事前に――荷物になるから現地で調達しようだなんて考えず――お菓子を買っておけばよかった。

自分の計画性のなさに嫌気が差す。そして、一刻も早く強い日差しから逃れようと歩みを速めたその時だった。

奇妙なものが、私の前を横切った。

「……は？」

それは見まごうことなく、着物姿の子熊だった。

男性用の青い着物を着流した子熊が、後ろ脚だけで器用に走っていたのだ。町中に熊。大事件になってもおかしくないが、さらに異様なのは子熊がその手に握っていたものだ。

傘だった。

どこからどう見ても、何度考え直してみても、確かに傘をさしていた。それも、ナイロンやポリエステル製のものではない。和紙の張られた真っ赤な和傘だ。

──なにあれ。

子熊が走っていった先を見る。広くはない路地裏を、たどたどしい足取りで進んでいた。転びそうで転ばない、絶妙なバランスを維持している。

けれど、子熊がよろめいた拍子に着物の袂《たもと》からなにかが落ちた。

「…………？」

足音を忍ばせて、子熊が落としたものを拾う。

真っ赤に熟したプチトマトだった。

──あれってアヤカシ、だよね。

あんなにかわいいアヤカシもいるんだな、と子熊に視線を戻してみる。すると子熊もまた、足を止めてこちらを見ていた。

……鼻の下を伸ばしている私とは違い、悲壮感しかない表情をしている。それは、私に存在を気づかれたことに対してではなく、落としたプチトマトへ向けられた感情みたいだった。

子熊はちらちらとプチトマトを見ながらも、私から逃げるように走り始めた。

「あ、待って！」

プチトマトを返してあげようと、子熊の後を追い始める。途端、背後から服を引っ張られる感覚がした。次いで、視界がふっと暗くなる。

「え、な――」

立《た》ち眩《くら》みを疑うよりも早く、目も開けていられないほどの突風が私を襲った。

「――……っ！」

息を吸うことすら苦しく感じられる強風だった。あおられたプチトマトが手から零れ落ちて、けれどその行方を追う余裕すらない。私は腕で両目をかばい、懸命に踏ん張り続けた。

視界を奪う突風は三秒ほど続き、ふいに途切れた。

「――ぷはっ」

無意識に止めていた息を吐きだし、空気を吸う。すると、さっきまでは一切感じられなかった土の匂いがむわりと漂ってきた。それに、どこか涼しげな水の音。

「んん……？」

異変を感じた私がようやく両目を開いた時。

世界には、細やかな雨が降っていた。

＊

晴天だった空は灰色の雲に覆《おお》われ、そこから柔らかい雨が降り注いでいる。

「うそ……」

天気が変わっただとか通り雨だとか、そういう問題でないことはすぐにわかった。目の前の景色が一変しているからだ。

時代劇で見るような、平屋の和風家屋たち。舗装《ほそう》されていない地面。見たこともない釣瓶《つるべ》井戸。幾本も生えている立派な松の木。

それに、着物姿の動物たち。

松の木の向こうで、動物たちがわいわいと遊んでいる。遠目から見る限りウサギにイタチ、それから蛙《かえる》のようだ。ボールを蹴るその遊びはサッカー……いや、蹴鞠《けまり》だろうか。とにかく、鳥獣戯画のような光景がそこにはあった。

大きな松の木が近くにあったので、その陰までこそこそと移動する。雨に濡れたくなかったのと、「動物たちに姿を見られるべきではない」という勘からくる行動だった。

――どうしよう、どうしようどうしよう！

涙目になりつつも、必死に頭を回転させる。自分がなにかしらの事情で、この奇妙な世界に迷い込んでしまったのは明白だ。恐らくここは地球ですらない。地球上に、動物が着物姿で二足歩行している国があるのなら教えてほしいくらいだ。

とにかく元の世界に戻らないと。

けれど、どうやってここに来たのかもわからないのに、出口なんて探せるだろうか。

「……土屋！」

おかしなことがあれば土屋に連絡。そう思い至った私は、ショルダーバッグからスマホを出した。幸い、手持ちの荷物はすべてこの世界に持ち込めている。これで手元にスマホがなければ、私はいよいよ泣き出していただろう。

——よっぽどのことがない限り俺に連絡してくんなよ。

臨時休業について説明を受けた際、土屋がそう言っていたのを思い出す。けれど、今起こっているこれは「よっぽど」だ。きっと、電話したって罰《ばち》は当たらない。

スマホを耳に当て、土屋に繋がるようひたすら祈った。包丁呑みの時もそうだったが、私が土屋に連絡する時はなぜか非常に切羽《せっぱ》詰まっている。

だから早く電話に出てよ、土屋！

『…………もしもし』

ようやく聞こえた土屋の声は案の定というか不機嫌そうで、けれども私は嬉しくてたまらなかった。安堵の溜息が思わず漏れる。

——よかった、この世界にいても土屋と連絡が取れる。

「もしもし、あの私、私ですけど！」

『……オレオレ詐欺か、切るぞ』

「待って待って、本当にピンチなんですってば！」

ここで私は、すぐそばにいた動物たちのことを思い出した。あまり大きな声を出すべきではない。私は声を潜《ひそ》めて土屋に訊ねた。

「もしかして土屋さん、今忙しいですか？　けど、私もかけなおせる状況じゃなくて」

『いや……』

土屋はなにかを言い渋っていたが、やがて観念したように息を吐いた。

『ちょっとした友人に会ってただけだ。それで？　お前の用件はなんだ』

……失礼な話、土屋に「友人」と呼べる人間がいるのがまず意外だった。しかし、そこにツッコミを入れている余裕はない。私は日本語が崩壊しないよう注意しながら、重要かつ深刻な事態を土屋に告げた。

「なんだか私、アヤカシか幽霊の世界に迷い込んだみたいなんです。少なくとも、今いるところは地球じゃなさそうで」

『……本当か？』

「こんな冗談を言うために、わざわざ電話したりしません」

心の底から怪しんでいるような土屋の声に、どこまでも真面目な口調で私は返した。

土屋はしばらく無言だった。無音の時間が続くと、電話を切ろうとしているのではないかとハラハラする。けれど、『その世界に行くまでの過程を教えろ』と言ってきた土屋の声は至って真摯《しんし》だった。

私は、当時のことをできるだけ正確に土屋に伝えた。

町中で傘をさす子熊に出会ったこと。子熊の落とし物を渡すため、追いかけようとしたら突風に襲われたこと。次の瞬間には、雨の降る世界にいたこと。

話を聞き終えた土屋は、『お前なあ』とうんざりした口調で言った。

『変なもんが見えた時点で避けるだろ普通……。知らない人にはついていくなって、ガキの頃教わらなかったのか？』

「『知らない人』じゃなくて『かわいい子熊』ですもん。それに、誰かが落とし物をしたら拾って届けますよね、普通」

『つまりお前がその世界に飛ばされたのは必然ってわけだ。切るぞ』

「待ってくださいってば！　あの、やっぱり私がいる世界ってアヤカシの世界か何かなんでしょうか」

『まず間違いなくそうだろうな』

ぶっきらぼうに土屋が言った。

『気になる点があるにはあるが……今回お前に起こっている事象は神隠しと言っていいだろう。神隠しを起こすアヤカシといえば天狗や狐あたりが代表格だが、俺の経験上では「動物」ってのも案外多いんだ』

へえ、と感嘆の声こそ漏れたものの、今知りたいのはそこではない。優先すべきは日本に戻る方法だ。私は咳払いをした。

「それで土屋さん……。いくら払えば、ここから抜け出る方法を教えてくれます？」

あの土屋相手に遠回しな言い方をする必要はないだろうと、単刀直入に報酬の話を出した。

土屋が声を潜めて笑っているのがかすかに聞こえてくる。

『今回はえらく素直じゃねえか。前はあれだけ出し渋ってたくせに』

「状況が状況ですから、出し渋ってる場合じゃありません」

　本心だった。包丁呑みの時と違い、今回はたった一人で異世界にいるのだ。いざという時に頼れる相手がいないのはとんでもなく心細い。できるだけ速《すみ》やかにこの状況から抜け出したかった。

　五千円か、一万円か。土屋がいくら要求してくるのかと固唾《かたず》を呑む。

　ところが土屋から返ってきた言葉は、

『――金儲けできそうな話だが、俺にできることはなにもないぜ』

　一ミリたりとも予想していなかった言葉だった。

　私は口を開いたままで、土屋の言葉を反芻《はんすう》する。

　……できることはないって、どういうこと。

「まさか、そっちに戻る方法はないってことですか⁉」

『大声出すんじゃねえよ、耳が割れる』

　土屋にたしなめられ、私は口を押さえた。

　――そうだ、周囲にはまだ動物たちもいるんだ。

　そっとあたりに目を配ってみる。幸い、蹴鞠に興じている動物たちがこちらに気づいている気配はない。

『……とりあえず、俺にわかる範囲のことは教えておいてやる』

　珍しく一円たりとも対価を求めずに土屋が言った。私は土屋の言葉を聞き逃さないよう、スマホを耳に押しあてる。

『いいか、お前がこっちに戻ってくる方法ってのは十中八九あるはずだ。だが、脱出するための方法――あるいは条件ってのは、「世界」ごとに異なるもんなんだ。ゲームみたく言うのならラスボスを倒す必要があるのかもしれないし、こちらの世界に繋がっているトンネルを発見すればいいのかもしれない。平和な世界なら「帰りたい」と言うだけで帰してもらえるはずだ。――いずれにせよ、お前のいるその世界にどんなルールが適用されているか、部外者の俺には一切わからない。帰る方法はお前が自力で探し出すしかないってことだ』

「そんな……」

この異世界から脱出する方法はわからない。それだけでも恐ろしかったが、土屋の説明にあった「トンネル」という単語が恐怖をさらに増大させた。私は、閉所と暗所が苦手だからだ。

もしも元の世界に戻る方法が「洞窟探検」だったりしたら、冗談抜きで失神してしまうかもしれない。

絶句する私をよそに、土屋の説明は続いた。

『こっちの世界に戻るための情報を集める意味でも、その世界の住人たちと話す必要がある。だが、そこの動物たちのことを信用しすぎるなよ。もしも、――を転移させ、子熊の……が――……だった場合、最悪お、――――』

唐突にブツブツと音が途切れ、ノイズが混ざり始める。電池残量の問題でないことはすぐにわかった。電波状態が悪いのだ。

「もしもし土屋さん？　さっきから変なノイズが」

『……そろそろ限界み、だな。最後に一つ言……が、そこで食いもんをすすめら――も絶対に食うんじゃねえぞ。も……そこが死後のせ……なら帰れなくな』

通話が、切れた。

スマホから耳を離して画面を確認する。電池残量は充分、けれども圏外のマークが表示されていた。こうなると、土屋に持ち歩くよう言われていたモバイルバッテリーも出番がない。いつか再び土屋に繋がるようにと願いながら、私はスマホをショルダーバッグにしまった。

――ここからは、自力でどうにかするしかない。

深呼吸をして、土屋に言われたことを思い出す。やるべきことはひとつ。

この世界から脱出する方法を探すこと。

対して、注意すべきことはふたつだ。

この世界のものを食べないこと。

そして、この世界の住人を信じすぎないこと――

「……ねえ、こっちの子は人間じゃない？」

背後から突然聞こえてきた声に、私は悲鳴を上げかけた。

「人間」という単語に驚いたのではない。その声が至近距離から聞こえてきたことに戦慄《せんりつ》したのだ。

冷や汗をかきながら振り返る。

——雨に濡れた動物たちが、私の真後ろに立っていた。

「わあっ！」

私と動物たちの喚声が重なる。一歩後ずさろうとした私は木の根に足をとられ、思いきり尻もちをついた。それを見た動物たちがわらわら集まってくる。

「ひっ——」

「人間、大丈夫？」

悲鳴を上げそうな私に遠慮なく声をかけてきたのは蛙だった。後ろ脚だけで立っている彼は、心配そうに私のことを見下ろしている。体長……いや、身長は一メートルほど。よほど蛙が好きでなければ泣き叫んでもおかしくない光景だが、目の前にいる蛙はアマガエルにそっくりで、なんともいえないかわいらしさを醸《かも》し出していた。

蛙が持っているものを見る。さっきまで遊びに使われていた白い鞠だ。泥水を吸って、ずいぶんと変色しているが。

「ねえ、人間、大丈夫？　怪我したの？」

「あ、ううん平気。ありがとう……」

気づけば普通に返事をしてしまっていた。

蛙の隣にいる動物たちに視線を移す。先ほど見かけたウサギとイタチ、それに三毛猫と柴犬が増えていた。どの子も二本足で立っていて、身長は一メートル程度。子供用の着物を着用していたものの、雨の中で遊んでいたせいですっかり濡れそぼっていた。

「こいつ、お日様のにおいがするぞ。うちの子じゃないぞ」

すんすんと私のにおいを嗅《か》いでいた柴犬が言う。そりゃそうよ、と三毛猫が言った。

「うちに人間なんていなかったもの、よその子に決まってるじゃない。きっとうちに遊びに来たのよ。ライキャクってやつ。ねえ？」

「……えーっと」

――この世界の住人を信じすぎないこと。

土屋に言われたことが頭をよぎる。けれど、うまくいけば帰りたいと伝えるだけで元の世界に戻れるかもしれないのだ。やってみるだけの価値はある。

「あのね……私、間違ってここに来ちゃったみたいで。元の世界に帰りたいんだ」

動物たちは互いに顔を見合わせきょとんとした。「わかった」と即答してくれる気配はない。それどころか、三毛猫は「なんで？」と首を傾げた。

「ここにいればいいじゃない。あたし、人間とも家族になりたいなあ。だから、うちで一緒に暮らしましょうよ」

そうだそうだと周りが同調する。私は愛想笑いを返した。

フレンドリーに接してくれるのはありがたい。家族になりたいというその気持ちも嬉しい。けれど、この世界で暮らしたいかと聞かれれば、答えはノーだ。

「……ごめんね。私、どうしても元の世界に帰らなきゃいけないんだ。おうちで私の帰りを待ってる人がいるから」

困りきった顔をしてみせると、動物たちもしゅんとした。特に、「帰りを待ってる人がいる」というのに反応したようだ。

それはいけない、と蛙が言った。

「おうちの人、心配させるのよくない。帰してあげないと」

「そうね……。残念だけど、この子のおうちに帰してあげましょう」

「でも、どうやって帰すんだ？　そんな方法、おれ知らないぞ」

柴犬の言葉に、蛙と三毛猫が顔を見合わせた。「私も知らない」と顔に出ている。

そのまま続く無言の時間に、私は慄然《りつぜん》とした。万一帰る方法がなければ、どんなに嫌でも一生この世界で暮らさなくてはならないのだ。

ところが、

「それならショーヤさんだ」

ここまで無言だったウサギが、初めて口を開いた。

「わからないことがあったらショーヤさん。でしょ？」

ウサギの陰に隠れていたイタチが、ぶんぶんと首を縦に振る。ショーヤさんならなんでも知っている、という安心と信頼がその挙動からにじみ出ていた。現に、他の動物たちも口々に「ショーヤさんだ」と言っている。

「えーっと。その『ショーヤさん』っていうのは？」

「うちで一番の物知りよ。どんなことにでも答えてくれるの」

三毛猫はすうっと爪を出し、向こうに見える立派な屋敷を指さした。

「あそこの大きなお部屋にいるわ。なんでも知ってるけど、ちょっぴり意地悪だから気をつけてね」

「意地悪？」

「いっつもこう言うの。――タダじゃあ渡せねえなあ」

物真似だろう三毛猫の発言に、他の動物たちがけらけらと笑う。私はなるほど、と頷いた。なにを要求されるかわからない、気を引き締めていかないと。

「じゃ、人間、がんばって」

蛙はそう言うと、鞠を持ったまま駆け出した。どうも、ショーヤさんの家までついてきてくれるわけではないらしい。蛙の言葉を皮切りに、他の動物たちも次々と木陰から離れていった。

みんな、雨の中でも傘をさそうとしない。

不思議に思った私は、最後まで私のそばにいたイタチに訊ねた。

「ねえ、どうしてみんな傘をささないの？　濡れちゃうのに」

イタチが真っ黒な目を私に向ける。そして一言。

「おうちだから」

私が質問を重ねる前に、イタチは逃げるように走り去っていった。

＊

ショーヤさんの屋敷は、とんでもない広さを誇っていた。

下が石垣になっている土塀はどこまでも続いているように見えるし、門から屋敷までの距離がまず遠い。門番らしき動物はいなかったため、私は「おじゃまします」とだけ声をかけて勝手に中に入った。

飛び石に石灯籠《いしどうろう》、池、ししおどし。手入れの行き届いた豪華絢爛《けんらん》な日本庭園がそこにはあった。

できるだけ雨に当たらない場所を選んで、そろそろと歩く。そうしてようやくの思いで玄関先までたどり着いた時、遠いところから声が聞こえた。

「――裏に回ってきな、人間」

低く、しゃがれた声だった。恐らく人間ではないのだろうけれど、なんの動物かまではわからない。

言われた通り、屋敷の裏へと回ってみる。そこにはこれまた立派な蔵があった。

「おおっと、そこで止まりな」

今度はずいぶん近いところから声がした。

私はどきりとして足を止める。そして、声のした方――左側へと目を向けた。

掛け軸や碁盤《ごばん》なんかがごちゃごちゃと置かれただだっ広い和室。

その奥に、巨大なトラ猫が座っていた。

遊園地で見かける着ぐるみよりも大きな身体を持つその猫は、私に向かって下卑《げび》た笑いを浮かべている。他の動物たちのものよりも遥《はる》かに高級そうな着物に袴《はかま》、さらには羽織まで纏ったその姿。時代劇に出てきそうな肘《ひじ》掛け。

――……これ、悪代官だ。お主も悪よのうって言いだすやつだ。

「とりあえずこっちに上がってきな、人間。……ああ、『すにぃかぁ』ってやつぁ脱いでくるんだぞ」

悪代官、もといトラ猫に言われてはっとする。気づけば勝手に悪代官扱いしてしまっていたが、見かけですべてを判断してはいけない。

私は言われた通り、濡れたスニーカーを縁側で脱いでからトラ猫のもとへ近づいた。そして、はたと気がつく。

「スニーカー、この世界にもあるんですか」

「うちにはない。が、おれぁ『なんでも知ってるショーヤさん』だからな」

かっかっ、と声を出してトラ猫が笑う。つまりこの猫が、蛙たちの言ってたショーヤさんで間違いないようだ。今のところ敵意は感じられないが、味方になってくれるかどうかはわからない。私はショーヤさんと適当な距離を保ったまま、会話を続けることにした。

「あの……わからないことがあればショーヤさんに聞けばいいと教えられました。それで」

「聞こえてたよ、その会話は。ついでに言うと、おめぇが『でんわ』ってので外と話してる声まで聞こえてたさ。相手は若《わけ》ぇ男だろ」

「えっ」

「おれぁ『なんでも知ってるショーヤさん』だぞ？」

したり顔でショーヤさんが言う。つまり「なんでも知ってる」というのは、博識であると同時に「この世界で起こるすべてを聞いている」という意味でもあるらしい。

ショーヤさんはリラックスした様子でキセルを吸った。

「人間、おめぇをつれてきたのは子熊らしいな。なんでもプチトマトを落としたんだって？あいつの晩飯はプチトマト抜きだなあ、かっかっかっ」

「……晩御飯だったんですか、あれ」

「そうさ。うちはご覧の通り――」

ショーヤさんは言葉を切ると、持っていたキセルですっと外をさした。

「年中しとしと降ってるもんでな。農作物を育てるのがなかなか難しいんだ。だから若ぇやつらが、外まで食い物を探しに行くのさ。家族全員分の食い物をな」

なるほど、と頷きながらも頭の片隅で私は思う。

――この猫、雰囲気がどことなく土屋に似てる。

「それで人間。おめぇ、家に戻る方法を探してんだって？」

ショーヤさんはキセルを吸うと、ふーっと長く息を吐いた。そのしぐさに煙草の匂いを想像したが、ショーヤさんのそれはなぜだか白檀《びゃくだん》のような香りがした。

土屋との通話や、蛙たちとの会話を聞かれていたのなら話は早い。私は頷いた。

「ショーヤさんなら知っていると、みんな口をそろえて言ってました」

「だがこうも言われただろう。——タダじゃあ渡せねえなあ」

ショーヤさんがすうっと目を細める。私は言葉を詰まらせた。

そうだ。なんでも聞いているということは、聞いてほしくない内容まで聞かれているということだ。

「そ、それは……」

「気にしなくていい。チビどもが言ってたことは間違っちゃいねえよ。おれの情報には対価が必要だ。逆に言えば、対価さえ払ってくれればなんでも答えるぜ。それこそ、おめぇを家に帰す方法だってな」

「それじゃあっ」

「……いいのかあ？」

ショーヤさんが口の端を上げてにやりとした。覗いた牙は、虎のように大きく鋭い。

「おれが本当に、真実を教えると思うのか？　……言われてたじゃねえか、この世界の動物を信じすぎるなって。なあ？」

私は今度こそ言葉を失った。目の前の猫に噛みつかれたらひとたまりもないと、無意識のうちに首筋を押さえる。

ショーヤさんはそんな私をしばらく眺めた後、

「……かーっかっかっ！」

愉快そうに笑い始めた。

「なるほど、なかなか間抜けな嬢ちゃんだな。狐がべったり張り付いてんのも頷けるぜ。ちょっとでも目を離せば、他のアヤカシに横取りされちまいそうだもんなあ」

ショーヤさんが、私の隣に向かって笑いかけた。

私には姿こそ見えないが、九尾の狐もこの世界に来てしまっているらしい。九尾の呪いには、「呪った相手とずっと一緒にいなければならない」といったルールでもあるのだろうか。

「さてと……。嬢ちゃんの欲しがってる情報についてだな」

ショーヤさんはそう言うと、キセルに残った真っ黒な灰を落とした。次いで「きざみたばこ」と書かれた箱から葉っぱをつまみだし、器用に丸め始める。どうやらまだ吸うつもりらしい。

「情報を渡してやることはできる。しかし、さっきも言った通り対価が必要だ」

「その、対価っていうのはお金ですか？」

「違うな。簡単に言やぁ『おれの欲しいモン』だ。しかし……ご覧の通り、欲しいモンは大体手に入れてるんでな。これといって思いつかねえんだよなぁ」

ショーヤさんは葉っぱの詰まったキセルで周囲をさした。碁盤に掛け軸、壺《つぼ》といった高級そうな品々をはじめ、紙風船に竹とんぼ、そしてお菓子までもが床に散らばっている。これらすべて、対価としてもらったものなのだろうか。

　ショーヤさんは一服付けるべく、懐からマッチの箱を取り出した。日本でもよく見かける、頭が赤色のマッチだ。

「欲しいモンは特にない。とはいえ、自分のいらねぇモンを対価にするわけにもいかねえだろ。だから……そうだな」

　あれでもないこれでもないと呟きながら、ショーヤさんはマッチを擦《す》る。けれど、何度試しても火はつかない。

「――ちっ、もうだめになっちまったのか」

　鬱陶しそうに吐き捨てて、ショーヤさんは火のつかないマッチを灰入れに捨てた。

「こうも雨ばっかり降ってると、マッチがすぐに湿気て嫌になっちまう。……嬢ちゃん、悪いが火を持ってないか」

「え……」

「そうだ、『らいたぁ』ってのがあればもっといいな。こう、蓋を開けた時にキーンって鳴るやつだ。あんな洒落《しゃれ》たモンうちにはなくてよ。あれをくれるなら、お望みの情報と交換してやってもいいぜ？」

　どことなく悪意を感じる笑顔でショーヤさんが言った。楽しい悪戯《いたずら》を考えついた子供のような表情だ。

　私は「いや……」と口ごもった。

喫煙者でなければキャンプ中でもない私は、ライターを携帯していない。けれど「持っていない」と言ってしまえば、帰るための手掛かりがなくなってしまう気がした。

――ああ。ここにライターさえあれば、元の世界に帰る方法を教えてもらえたのに。

そう考えた時だった。

空中に、小さな火の玉がぽっと浮かんだ。

「……へっ？」

信じられない光景に目を擦《こす》る。ショーヤさんは口の端をにやりと上げると、キセルの先端を火の玉の方へと向けた。

直径二センチほどの赤い火の玉は、意思を持っているかのようにふよふよとキセルへ近づいていく。ショーヤさんはそれに怯《おび》える様子も見せず、キセルに軽く火をつけた。途端、火の玉は消えてなくなる。

「――どうも」

ショーヤさんは私ではなく、その隣に向かって言った。

「さっきから見てりゃあ、その女のためにずいぶん必死なんだな。媚《こ》びてんのか？」

ショーヤさんがふーっと長い息を吐く。その間、返事はなかった。あるいは、私にだけ聞こえていないのか。

かっかっとショーヤさんは笑った。

「媚びるくらいなら殺せばいいと思うけどなあ。この女を長く生かせば、あんたの危険が増すだけだろう。なにせ九尾の呪いってのは、もしも解かれちまったら――」

ぼおっ！

ガスバーナーのような音を立てて、キセルが突然火を吹いた。

ショーヤさんのひげが、あっという間に熱で丸まる。私は思わず悲鳴を上げた。

「あっち、あちぃ！　わかったわかった、言わねえよ！」

火柱の上がったキセルを顔から遠ざけて、ショーヤさんは必死に叫ぶ。その言葉を聞いてか、炎は少しずつ弱まった。が、葉っぱはすっかりと燃え尽きていた。

あーあー、とショーヤさんは焦げついたキセルの匂いを嗅ぐ。

「せっかくの刻み煙草が台無しじゃねえか。――ったく、変な狐だな。これじゃまるで、嬢ちゃんの用心棒だぜ……」

ぶつぶつと文句を言いながら、ショーヤさんは真っ黒になった葉っぱを捨てた。そして
「しょうがねえな」と不満げに言いつつ、自身の近くに転がっていたものを掴む。

「ほらよ」

ひょいと投げられた何かを両手で受け止める。

ずしりと重い、橙色《だいだいいろ》の柿だった。

「火をくれた対価だ、持っていきな。季節外れだが味は格別だからよ」

「え……でも私、なにもしてない……」

「いいから持ってけ。じゃないと今度はなにを燃やされるかわかったもんじゃねえ」

丸まったひげを伸ばしながら、ショーヤさんは溜息をついた。

「それに嬢ちゃん、『らいたぁ』なんて持ってねえんだろ？　だから、おれから渡せる対価はそれくらいだな」

私はぎくりとして、ショーヤさんを見た。彼はなんでもない顔で、焦げたキセルの手入れをしようとしている。

私はおずおずとショーヤさんに訊ねた。

「……私がライターを持ってないって、いつからわかってたんですか？」

「最初っから」

さらりと放たれた言葉に固まる。かっかっかっ、とショーヤさんは笑った。

「だから言っただろ、おれぁ『なんでも知ってるショーヤさん』ってな。……せいぜいその柿ひとつで頑張ってみろ、コノツキのお嬢ちゃん」

ショーヤさんは意地悪そうな、けれども温かみのある笑顔を私へと向けた。

＊

「……この柿ひとつで頑張れ、かあ」

実質ショーヤさんの屋敷を追い出された私は、大きな栗の木の下をとぼとぼと歩いていた。

小雨は相変わらず降り続いているのに、動物たちは傘もささずに出歩いている。犬や猫が雨に打たれる様子を見るとどうも落ち着かない。雨が似合っている動物といえば蛙くらいだった。

——私が元の世界に戻る方法を知っているのが、ショーヤさんだけだったらどうしよう。

考えれば考えるほど恐ろしくなってきた。仮にショーヤさんしか知らないのなら、私はもう元の世界には戻れないかもしれないのだ。

不安と心細さから何度もスマホを確認する。けれど、表示は圏外のままだ。

どうしたものかと考えあぐねていると、くう、と控えめな音がした。

私のお腹の音だ。

「こんな時でもお腹は鳴るか……」

空腹を感じると同時、疲労感までもが襲い掛かってくる。少しだけ休憩しようと、私は近くにあったボロボロの納屋《なや》まで歩いていった。

納屋の軒下《のきした》でぼんやりと柿を眺めながら、ショーヤさんがこれをくれた理由について考察してみる。けれど、柿そのものに特別な意味があるとは思えない。あの時のショーヤさんは、手近にあったものを適当に放り投げたようにしか見えなかった。

——もしかして、この世界のものを食べろって意味だとか？

考えてみるものの、ショーヤさんにこれを食べろと言われた覚えはないし、それらしい話もしていない。むしろ土屋からは「この世界のものを口にするな」とまで言われている。

「……だめだ！」

考えているだけでは元の世界に戻れない。どうにかして、帰るための手掛かりを探さないと。

そう考え、奮起した私が再び歩き出そうとした時だった。

「あ、カキだ」

一匹の小さな子猿が、柿につられてこちらに近づいてきた。やはり傘はさしておらず、全身雨に濡れている。

「いいな、いいな、カキいいな」

二本足で立ち上がっていてもなお小さい子猿は、柿に視線を固定したまま私の足元をうろうろし始めた。そのかわいらしさに、思わず頬が緩む。

「柿、好きなの？」

「すき！」

子猿がぱあっと目を輝かせた。

「うちじゃあんまり手に入らない、だからあんまり食べられない。いいな、いいな、カキいいな。いいな、いいな、カキいいなあ」

あげようか、と言うべきか私は悩んだ。

自分で買った柿なら、迷わずプレゼントするだろう。けれどこれはショーヤさんがくれたものだ。どういう意図で渡されたのかわからない以上、そう簡単に誰かにあげるのも躊躇《ためら》われる。

「いいな、いいな、カキいいな」

そんな悩みに微塵も気づいていなさそうな子猿は、同じフレーズを何度も繰り返した。けれどもやがて、自分が握りしめていたものと私の柿とを見比べて、ぽつりと呟いた。

「これと『取りかえっこ』してもらえないかなあ」

自然と、子猿の手に視線がいく。

こげ茶色の柿の種のようなものが見えた。

「だめかな、だめかな、これじゃだめかな」

早く柿を食べたいのだろう子猿は、そわそわと身体を揺らしている。

ショーヤさんの柿と、子猿の持っている種との交換。私は悩んだ末に答えを出した。

「……わかった、いいよ」

「ほんと？」

私は頷き、子猿と同じ視線の高さになるようしゃがんだ。

ショーヤさんの柿にどんな意味があるのかはわからないけれど、この世界のものを食べてはいけない私が持っていても仕方ない気がする。それにもしかすると、子猿の持っている種のほうに、帰るための手掛かりがあるかもしれない。

不確かすぎる考えだ、もはや賭けに等しい。

「わあ、ありがとうおねえちゃん！」

私から柿を受け取った子猿は、小躍《こおど》りしそうな勢いで喜んだ。私は子猿からもらった種をじっくりと見る。

——柿の種だ、どう見ても。お菓子ではなく果物のほうの、柿の種。

「ねえ、これって柿の種だよね？」

柿に噛《かじ》りついている子猿に訊ねる。子猿はふるふると首を振った。

「ナーミのタネだって」

「なーみ？」

「ちょっとちがうなー。えっとねえ、ニャーミ？　ナラミ？」

私は頭をフル回転させて、子猿が言わんとしている言葉を推理した。

ナーミの種、ニャーミ、ナラミ、………。

——悩みの、種。

「あのね、それね、にいにがくれたの。それをのみこんだら、どんな子でもしばらくのあいだはクヨクヨしちゃう、すっごいタネなんだって！」

柿をほおばりながら、子猿が邪気のない笑みを私に向ける。私は「そっか」と短く返した。

——にいによ。この種の存在そのものが、すでに悩みの種です……。

「カキ、おいしいなー」

なにも知らない子猿は、天使のような笑顔で柿を食べている。その姿をしばらく眺めていた私は、ふと思いついて言った。

「こっちで雨宿りしながら食べなよ。濡れちゃうし」

「へーきだよ。うちがあめふりなのは、いつもだもん」

なぜか誇らしげに子猿が言う。私は、イタチにしたのと同じ質問を子猿にぶつけた。

「ねえ。雨が降ってるのに、傘をささないのはどうしてなの？」

「だっておうちだもん」

子猿が当然といった態度で言う。

「おうちでカサをさすのは、ヘンだもん」

あっという間に柿を食べ終えた子猿は、じゃあねと私に手を振った。

＊

悩みの種を手に入れてから約一時間。私はあてもなく異世界をさまよっていた。

元の世界に通じるトンネルや穴はないかとこわごわ探してみたものの見つからず、動物たちに話を聞こうと思っても、そういう時に限ってなかなか出会えない。

歩けば歩くほど身体は濡れ、服は冷たくなっていく。

――このままこの世界で死んじゃったらどうしよう。

知らない世界に独りぼっちだと、どうしてもクヨクヨしてしまう。私は、なくさないよう握りしめていたものを見た。柿の種にそっくりな、悩みの種。

柿と種の交換。あれは失敗だったかもしれないと今さらながらに思う。今の私には、悩みの種なんて不要だから。

「というより、こんなの欲しがる人いるかなあ……」

私がそう独りごちた時、

「はぁー、楽しい楽しい楽しいなーっ！　毎日楽しすぎて嫌になっちゃうよ！」

とんでもなくポジティブな言葉が聞こえてきた。

声のした方を見る。真っ白なウサギが水たまりの中をスキップしていた。

蹴鞠をしていたウサギよりも身体が大きく、ショーヤさんと比べればまだまだ小さい。

百四十センチくらいだろうか。黒に近い紺色の着物は、白い身体によく似合っていた。

「……いひひっ。だめだ、楽しすぎて勝手に笑っちゃう！　ひーひっひっ！」

ウサギはひとりでに腹を抱えて笑い始めた。なにがそんなに面白いのか知らないが、その元気を私にも少し分けてほしい。

ウサギの周囲に誰かいないか探してみる。けれど、誰もいない。

――このウサギに話しかけるしかないか……。

箸が転べば大笑いしそうな白ウサギに、私はゆっくり近寄った。

「あのー、ちょっといいかな」

「ん？　あ、人間だ！　なんでうちに人間がいるのさ……ひひっ、ひーひっひっ！」

……箸が転ぶどころか私の姿を見ただけでこの笑いっぷりだ。きちんと話ができるか不安になってきた。

「なんだよー、うちに人間が住むなんてそんな楽しいこと聞いてないよ！　どこの部屋の子なんだい？」

「部屋？」

その日本語に若干の違和感を覚えつつ、私は首を振った。

「ここに住むんじゃなくて迷子になっちゃったの。だから、元いた世界に戻りたいんだ」

「迷子！　いい年して迷子だってさ、ひーひっひっ！」

ウサギは白い前歯を見せてけらけらと笑った。……人が真剣に話しているのに、こうも笑われると少し腹が立つ。

私はウサギの笑い声に負けないよう、「だからね」と声を張り上げた。

「元の世界に帰れる方法を探してるの！　あなたはなにか知らない？」

「人間が人間のおうちに帰る方法かあ、もちろん知ってるよ！」

笑いながらもあっさりとウサギは言った。

「ほ、本当に⁉」

「だってオイラはお外に行けるもの。アレを持ってるからね！」

「アレ？」

「おおっといけない！」

ウサギが両手で口を押さえる。そして、目だけでにやりと笑った。

「そんな簡単に教えたら面白くなくなっちゃう！　ひひっ、ひーひっひっ！」

「あのねえ……」

楽しそうでなによりだが、こちらにとっては死活問題なのだ。教えてもらえないと困る。

私は怒りを振り払い、ぱんと両手をあわせた。

「ちょっとでいいから教えて！　ねえ、アレってなんなの？」

「えー、教えたら楽しくなくなっちゃうなあ」

「今でも充分楽しそうだしいいでしょ、ね？」

「まあ確かに、オイラは毎日とっても楽しいよ。なにせ、生まれてこの方楽しくなかったためしがないんだ。不安とか心配事で悩んでみたいくらいさ、ひーひっひっ！」

――それだ！

まさか使いどころがくるとは思わなかった。私はずっと握りしめていた――先ほどまで不要だったものをウサギに見せる。

「ねえ。これがなにか知ってる？」

ウサギは眉間に皺を寄せて、私の手元を凝視した。

「んん？　なんだろ、柿の種？」

「ぶっぶー。これはねー、悩みの種。呑み込んだらたちまち不安になっちゃう、すっごい種なんだって！」

「不安になる！　ほ、本当かい？」

ウサギが赤い瞳をキラキラさせた。私は通販番組の司会者のように「すごいでしょー、これいいでしょー」とリズミカルに発言し、ウサギのテンションを上げていく。

ウサギはまんまと私の作戦に引っかかったようだ。

「ねえ人間。その悩みの種ってのは、オイラにもちゃんと効くのかい？」

「もちろん効くよ、すっごい効く！　…………多分」

「すごーい！　なんて面白そうな種なんだ！」

「ふふふ。これ欲しい？」

「欲しい欲しい！」

ウサギがぴょんぴょんと飛び跳ねる。私は身長差を活かし、ウサギからさっと種を遠ざけた。

「じゃあ交換ね。これあげるから、さっき言ってたアレがなんなのか教えて」

「わかった、いいよ！」

……思ったよりもずいぶん素直じゃないか。

私は安心した。少し拍子抜けしたともいえる。

「ねえねえ、先に悩みの種をオイラにちょうだいよ。いいでしょ、ねえねえねえ！」

「あーもう、わかったわかった！」

ウサギがあまりにちょうだいとせがむので、先に種を渡すことにした。

「ほら」と種を差し出すと、ウサギはひったくるようにしてそれを取り、噛まずにごくりと呑み込んでしまう。

水もないのに、喉に詰まらせたりしないだろうか。そんな心配をする私をよそに、ウサギはべえっと舌を出した。

無事に呑み込めたよ、という表情ではない。

──それは、とんでもなく悪意に満ちた笑顔だった。

「ひひっ、引っかかってやんの！」

「……へ？」

「交換するなんて嘘だよ。アレがなんなのか、お前には教えてやるもんか！」

「ええっ⁉」

ひーひっひっ、とウサギが前歯を出して笑う。私は愕然とした。

騙《だま》された。悩みの種だけ持っていかれるなんて……！

「あぁー楽しい楽しい、毎日とっても楽しいなー！」

楽しそうに飛び跳ねるウサギに、私はがくりと肩を落とした。

土屋の言う通りだった。この世界の動物たちを、信用しすぎちゃいけなかったんだ。前もって忠告されていたのに、私はなんて馬鹿なのだろう……！

「楽しい楽しいランランラー……って、うん？」

飛び回っていたはずのウサギが、ぴたりと動きを止めた。うなだれていた私は視線を上げる。ウサギは物音を探るように、大きな耳をぴょこぴょこと動かしていた。赤い瞳は不安げに周囲を見回している。

「あ、あれ……なんで人間がうちにいるんだ？　おかしいな……帰さなくても大丈夫だよな……いや、帰してあげたほうがいいのかも……どっちがいいんだろう……あ、あれぇ？」

頭を抱えて悶々《もんもん》とするその姿は、先ほどまでのウサギとはまるで別人だ。

私ははっとした。

——悩みの種が、早速効いているんだ。

「人間って悪さしないよね？　まさかオイラのこと、とって食ったりしないよね？　元のおうちに帰してあげたほうがいいのかな？　そんな必要ないのかな？　どうしよう、どうしよう」

一人でうんうん唸っているウサギは、人間の存在をやたらと怖がっているようだ。ホラー映画を鑑賞している子供みたいに両手で目隠ししながらも、チラチラとこちらを窺っている。

私はチャンスだと思った。

悩んでいるところ申し訳ないが、その悩みを利用させてもらおう。

「……私のこと、このままこの世界に置いといても大丈夫だと思う？」

わざと声色を低くしてウサギに問いかける。ウサギはぎょっとしてこちらを見てきた。

——よし、いける。

「もしかしたら私はとっても怖い人間かもしれないよ。この世界に厄災をもたらす存在だって可能性もある……。今のうちに元の世界に帰してあげないと、まずいことになるんじゃないかなあ。一生後悔することになるかもね……」

不安をあおるようなことを次々と囁いていくと、ウサギはがたがた震え始めた。

「ど、どうしよう……人間はやっぱりおうちに帰してあげたほうがいいのかな……。で、でもそれじゃオイラが面白くなっちゃう！」

「私がこの世界に居続けたら、もっと面白くなくなっちゃうかも。とんでもなく大変なことが起こるかもしれないなあ……」

「ひぃー！」

ウサギは耳をペタリと伏せた。

私はここぞとばかりにウサギに詰め寄る。

「ね、だから『アレ』がなんなのか教えて！　私が元の世界に帰るために必要なものってなんなの？」

「そ、それは……うわあ、どうしよう、オイラの口から言ってもいいのかなあ、そんなことして大丈夫かなあ」

ウサギはさんざん悩んだ後、ショーヤさんの屋敷とは正反対の方向をさっと指さした。瓦《かわら》屋根の日本家屋が数軒、その奥に鬱蒼《うっそう》とした竹藪《たけやぶ》が見える。

「あ、あの竹藪を道なりに歩いた先に、狸《たぬき》の部屋があるんだ」

「狸？」

「仕事一筋の職人ダヌキさ。詳しいことはその狸に聞いてくれよ。オイラ、どこまで話していいのかわかんないよう……」

私から顔を逸《そ》らしてウサギが言った。どうも、私と目を合わせることすら恐ろしいようだ。いったいこのウサギには、私の姿がどう映っているのだろう。

これ以上ウサギを怖がらせないようにと、私は極上の笑顔を作った。

「教えてくれてありがとう、さっきの怖い話は全部嘘だから安心してね」

「あわわ、嘘っていうのは本当かな、もしかしたらそれすら嘘かもしれない。その笑顔でオイラをだますつもりなのか？　わからない、わからないよー！」

「……その種の効果は『しばらくの間』って言ってたから、そのうち楽しい毎日に戻ると思う。あの、なんかごめんね」

「あわわ、なんでオイラ謝られたんだろう……。気にしないでって言えばいいのかな、それとも謝られた理由を聞くべきなのかな。どう返すのが正解なんだろう、……ああ、わからないよ、悩むよー！」

……駄目だ、今はなにを言ってもウサギが悩む要素になる。

私は苦悩しているウサギからそっと離れ、竹藪へと歩き始めた。

＊

細い竹で構成された藪を数分も歩けば、ウサギの言っていた場所にたどり着いた。

小さな井戸に小さな納屋。そして、ボロボロの掘《ほ》っ立《た》て小屋がそれぞれぽつんと建っている開けたところだ。

一軒だけ孤立している小屋は、それでももの寂しさを感じさせない。むしろ、小屋の近くだけ時間が穏やかに流れているような印象すらあった。

「……すみませーん」

玄関扉は開いていたので、そこから中を覗いてみる。木材と土の匂いがする狭い土間《どま》に質素な台所、その奥に一間《ひとま》あるだけの簡単な造りだった。

畳《たたみ》の上には真っ赤な傘が開いた状態で置かれている。町中で出会った子熊がさしていたのと同じ傘だ。

「――狭いですが、よければお上がりください」

奥から男性の声がした。私が立っている場所からだと、ちょうど傘で死角になっている位置だ。

「あ……私、濡れてるんでこのままお家に上がるのは――」

「かまいませんよ。どうぞ」

私はほんの少しだけ考えてから「お邪魔します」と返事をし、スニーカーを脱いで部屋に上がった。

上がり框《がまち》の先にある部屋は、そのほとんどが傘で埋まっていた。

骨組みだけのもの、完成しているもの、紙を張っている途中のもの。十畳ほどの部屋に所狭しと傘が並んでいる。それらのおかげで、部屋はより一層狭く見えた。

そんな座敷の中央に、一匹の狸がいた。

着物の袂《たもと》が邪魔にならないようタスキをかけている姿は、傘張りをしている浪人《ろうにん》そのものだ。ショーヤさんと比べてしまえば子供みたいな体躯《たいく》だが、先ほどの落ち着いた声音や傘を張る手つきを見る限り大人のようだった。

狸は刷毛《はけ》を持つ手を止めて、こちらに座りなおす。

「おや……珍しいですね、人間がここにくるとは。ご用向きはなんでしょう？」

見る限り、他のどの動物たちよりも実直そうな狸だ。けれど油断はできない。

私は、狸のつぶらな目を見据えて言った。

「この世界から、元の世界に戻る方法を知りたいんです。あなたに聞けばいいと教えてもらいました」

「……なるほど。まあ、それ以外の理由で人間がわたしの部屋を訪れることもないでしょう。承知しました」

静かな声で狸が言う。迷子の私を茶化すこともなければ、下に見ることもない。このひとなら信じられる、そう思える態度だった。

しかし、狸は天井を見上げるようにしてなにかを考えた後、

「栗ようかん」

ぽつりとそんなことを言った。

「……え？」

「お持ちではないですか？　わたし、甘いものに目がなくて」

少し恥ずかしそうに狸が言う。栗ようかんを持ち歩く習慣のない私は首を振った。狸は「それでは……」と再びなにかを考え始める。

「木の実がたくさん入った焼き菓子はいかがでしょう。甘栗、甘露煮《かんろに》、焼き芋、干し芋でもいいのですが」

食べ物の名前を次々と列挙していく狸に、私は首を振り続ける。

——そこはかとなく、嫌な予感がした。

「あの、それって……」

「対価です」

真面目かつ真摯な声色で狸が言う。私は絶句した。

「あなたを元の世界に戻すためには『対価』がいります。あなたの世界で言うところのお金ですね。うちでは物々交換が基本なので、なにか甘いものをいただければ嬉しいのですが」

——やっぱり……！

私は膝から崩れ落ちそうになった。

狸に渡せそうな甘味《たいか》なんて持っていない。……いや、持っていた。ショーヤさんから貰った立派な柿を。あれならきっと狸も喜んでくれただろう。

だけどあれは、種と交換で猿に渡してしまった。

ここにきて初めて、私はあの時の交換を本格的に悔やんだ。けれどもう遅い。

　こうなれば、あとはバッグの中身にかかっている。この世界に持ってこられた私物の中に、狸に喜んでもらえそうなものが入っているかどうか。それに賭けるしかない。

　私は「ちょっと待ってくださいね」と声をかけ、冷や汗をかきながらショルダーバッグの中を漁り始めた。

　財布、スマホ、スケジュール帳、電車で読もうと持ってきた本。こういう時に限って自販機で買った飲み物は緑茶だし、持参していたお菓子は手作りの油揚げチップスだけだ。電子レンジで加熱し、カリカリになった油揚げに青のりと塩をまぶした一品。甘味を欲している狸には間違っても渡せない。

　飴《あめ》の一粒でも落ちていないかとバッグの底を入念に調べる。

　……ない。ポケットにもポーチにも、お菓子はひとつも入っていない。

　甘いものなど、一切持ちあわせていない。

「そんな……」

　私は頭を抱えた。

　――ああ、私は本当に運もタイミングも悪いんだな。こんなことなら、おばさんに渡すお菓子を買ってから、子熊の後を追いかけるべきだった……。

　悲しみに満ちた私の顔を見て、狸もさすがに察したらしい。気遣いながら、けれどもきっぱりと「対価は必要ですよ」と言いきった。

「対価になりそうなものがないのであれば、申し訳ありませんが出直し――」

どさり。

私の肩から滑《すべ》り落ちたショルダーバッグが、狸の言葉を遮った。きょとんとする狸に、私は「すみません」と謝罪する。けれども頭には疑問符が浮かんでいた。

——今、誰かにバッグを引っ張られた……？

不思議に思いながらも、畳に散らばった私物を集めていく。ところがひとつだけ、畳の上をコロコロと転がっていくものがあった。

お守り代わりにしているどんぐりだ。

「あ……」

どんぐりは狸の脚にこつりと当たり、静止した。私はあわてて狸へと手を伸ばす。

「す、すみません！　それは大切なものなんで、かえ——」

「これは……」

どんぐりを拾い上げた狸は、矯《た》めつ眇《すが》めつそれを観察した。かと思えば立ち上がり、こちらへひょこひょこ歩いてくる。

私の前までやってきた狸は、細い脚でぐっと背伸びをした。目を細めてなにかを見ようとしているが、うまくいかなかったらしい。

「お嬢さん。すみませんが少し屈《かが》んでもらえますか」

「へ？　あ、はい」

言われた通りに姿勢を低くする。狸は「失礼しますね」と声をかけると、私の髪をさっとはらった。かすかな風と、髪から落ちた雫《しずく》が首筋にかかる。

「ひいっ……！」

いつか、土屋に同じことをされたのを思い出す。土屋は「失礼します」という言葉すらなかったが。

「……ああ、やっぱりそうですか」

私の首筋にある痣を確認した狸が、穏やかな調子で言う。その声にはどこか、嬉しさのようなものがにじみ出ていた。

「あなた、コノエさんでしょう」

「……え？」

「キツネ山にいた、コノエさんだ」


――キツネ山にいたコノエさん。

聞き慣れないフレーズを、私は頭の中で何度か繰り返した。

「それって……」

「覚えていらっしゃらなくても無理はありません。わたしと出会った時、あなたはまだ幼子《おさなご》でしたから。これくらいのね」

狸は、自分より少し高い位置を手で示した。人間の子供なら三歳くらいの身長だ。

……三歳、狐、山。

私の心臓が早鐘を打つ。今の話が真実なら、私はこの狸と会ったことがあるのだ。

かつて——私が三歳の頃、数か月もの間、行方不明となったあの事件の時に。

ネットの記事が正しいのなら、交番に保護された私は失踪《しっそう》当時について「コンコンといっしょにいた」と話したという。結果、事件の不可解さや奇妙さもあいまって、一部の人間からは「狐による神隠し」だと囁かれるようになってしまった。

私は、事件のことをなにひとつ覚えていない。

——けれどまさかこんなところに、当時の目撃者がいるなんて。

「よかった、いつか絶対にお会いしたいと思っていたんです」

狸はそう言って、私にどんぐりを手渡してきた。

「あなたがあのコノエさんなら、お助けしないといけませんね」

「けど、対価が……」

「いりません、というのは正しくないですが。あなたに対価をお支払いしていないのは、わたしのほうなんです」

「え？」

三歳の私は、この狸になにかしてあげたのだろうか。

狸は「少し長くなりますが」と前置きしたうえで話し始めた。

「うちでは農作物の育ちが悪いため、食べ物は『外の世界』で調達すると決まっています。それで……その調達係なんですが、若い頃に絶対一度はやらなくてはならない決まりなんです。どれだけ不器用で、引きこもりがちな動物であってもね」

狸は、自嘲《じちょう》に近い笑みを浮かべた。

「わたしは、傘張り以外のことはまるでできないやつでして。……他の動物たちからは仕事一筋の職人だなんて呼ばれていますが、実際は傘張り以外の能がないだけなんです。家にこもって、ひとり黙々と仕事をするのが幸せな……」

話がそれました、と狸は苦笑した。

「とにかく、そんな不器用なわたしでも一度は調達係をせねばなりません。どこに調達へ行こうかと悩んだわたしは、狐が住まう山へと赴きました。その山は四季折々の美味しい食べ物で溢《あふ》れている、という噂を耳にしたからです。溢れているのなら、わたしでもどうにかなるだろう。短絡的にそう考えました」

ところがそううまくはいきません、と狸は力なく笑った。

「しばらく山の中をうろついてみても木の実が落ちている場所にはたどり着けず、それなら川で魚をとろうと試みたのですが、これまたうまくいきません。……このまま手ぶらで帰ることになるのか、またみんなに迷惑をかけてしまうのかと落ち込んでいたわたしが、とぼとぼと歩いていた時でした」

——コンコン見て！　たぬきさん！

「……愛らしいお嬢さんでした。はじける笑顔をこちらに向けて、手まで振ってくれて。そばにいる狐となにやら話し合っているなと思ったら、小さな両手になにかを握りしめてこちらへと走ってきたんです」

――これどーぞ！

「あなたは笑顔でそう言って、自分で拾ったのだろうトチの実やシイの実を、惜しげもなくわたしにくれました。それと同じ、くぬぎの実もね」

狸に指さされ、私はどんぐりに目を落とす。これまでずっと「どこで拾ったのかもわからない」と思っていたが、今ようやくはっきりした。

このどんぐりは、狐に隠されたあの時期に、山で拾ったものなんだ。

捨てたほうがいいのだろうか、と一瞬思った。なにせこれは、私を呪っている九尾が絡んだ代物なのだ。普通に考えれば持ち歩くべきではない。

――けれど、どうしても、捨てたくない。

「あの時のお礼をまだしていません」

狸が言って、私は顔を上げた。

「あの時あなたは、わたしに木の実をたくさんくれました。……どんぐりごときでと思われるかもしれませんが、あの瞬間わたしは本当に救われたんです。調達係すらうまくできない、そんな焦りからあなたはわたしを救ってくれた――ですから今度は、わたしがあなたを救う番です」

狸は微笑むと、畳の上に置かれた和傘を一本手に取った。傘に穴が開いていないか、糊付《のり》けが甘くないかを念入りに調べてから私に差し出してくる。

「これは……」

「あなたが元の世界に帰るために必要なものです。受け取ってください」

狸に促されるがまま、私は傘を手に取った。私が普段使っているものより一回りも二回りも小さく、骨や柄《え》は竹でできている。

ぼんやりと傘を持つ私に、狸は優しく微笑みかけた。

「その傘をさして、あなたが帰りたい場所について考えながらしばらく歩いてみてください。そうすればきっと、戻れますから」

「……この傘をさして、歩くだけでいいんですか？」

「ええ、それだけです」

狸が頷く。私は再び傘を見つめた。

傘をさして歩くだけで元の世界に戻れるだなんて、本当だろうか。

私の顔にそう出ていたのだろう。狸は苦笑いして質問してきた。

「コノエさんが、傘をさすのってどういう時です？」

「え……」

私は、開いている障子《しょうじ》戸から見える曇天《どんてん》へと目を向けた。

「雨が降ってる時、です」

「それから？」

「え？　えっと……日焼けしたくないとき……？」

「なるほど、日傘ですね。では、他には？」

「他って……」

傘を使う状況なんて、他にあっただろうか。

私が悩んでいると、狸がぽつりとヒントを出した。

「コノエさんは雨が降っている日、いつでもどこでも傘をさすのですか？」

その言葉に私は「あっ」と声を上げる。

――傘をさすのは、雨が降っていて、

「外に出る時……！」

狸は満足げに頷いた。

「人間からすればおかしな話かもしれませんが、我々にとってこの世界は『家』なんです。この世界にいる限りは『家の中』。……ですから、雨が降っていようが傘はさしません。家の中で傘はささない、でしょう？」

言われて、私はイタチとの会話を思い出した。

どうして傘をささないの。そう訊いた時、イタチは確かにこう言った。

――おうちだから。

「この世界そのものが『家』ですから、動物たちの住居のことは『部屋』と呼びます。そして、この世界《いえ》に住む者みんなが『家族』です。犬も猫も蛙もウサギも、すべからく平等に、家族」

「……素敵ですね」

「ありがとうございます」

口からぽろりと漏れ出た言葉に、狸は笑って答えてくれた。

「そんな我々にとって、『外』とはすなわち『異世界』のことです。ここ以外の世界——たとえばあなたの住む町や、狐のいる山ですね。そういったところに外出する時だけ、我々は傘をさして歩く。……ですからコノエさんも、我々の『家』から出たいのであれば、どうぞこの傘をさしてお出かけください」

説明を受けた私は、ようやくはっきりと頷くことができた。狸は「やっとあの日のお礼ができますね」と目を細めてから、ほんの少しだけ寂しそうな顔をする。

「コノエさん。あの時のこと、本当になにも覚えていないんですか？」

「……すみません」

「ああ違います。わたしとのことではなく——」

狸は私の隣に目をやった。おそらく、私の近くにいる九尾を見ているのだろう。

——あの時のことを知っているひとに会えたなら、聞いておくべきだ。

私は意を決して訊ねた。

「……以前山でお会いした時、私と狐はどんな様子でしたか？」

狸が悲しそうにこちらを見る。けれど、一切の迷いなくこう言った。

「幸せそうでした」

狸の口から放たれたその一言に、私は衝撃を受けた。

「誰よりも、今よりも。……おふたりとも、とても幸せそうでしたよ」

がたん、と扉をたたくような音がした。

私と狸は音のした方に目を向ける。傘と襖《ふすま》以外、なにもない。

けれど「余計なことを言ってしまったみたいですね」と苦笑する狸には、なにかが見えているようだった。

「コノエさん。その節は本当にお世話になりました」

狸は寂しげに笑うと、深々と頭を下げた。

そして、最後まで慇懃《いんぎん》な態度でこう言った。

「どうぞお気をつけて。……行ってらっしゃい」

＊

狸からもらった赤い和傘を開いて、雨の中を歩き始めた。

雨粒が紙をたたく小気味好《よ》い音がする。視界は赤っぽく染まり、けれど不気味な感じはしない。私は水たまりに足を取られないよう注意しながら、道なりに進んでいった。

狸に言われた通り、自分の帰りたい世界について考える。

私を育ててくれたおばさんの家や、現在一人暮らしをしているアパート。大学のキャンパスに、バイト先の厨房。ここから脱出できるのなら、土屋の事務所に飛ばされてもいいとすら思えた。

――キツネ山にいた、コノエさんだ。

狸の言葉が頭をよぎる。そのままずるずると、狐の神隠しについて考えた。

かつて私が狐に隠された時、その世界から脱出する方法はなんだったのだろう。

帰りたいと言うだけで帰してもらえたのか。脱出するためのトンネルでもあったのか。それとも今回のこの傘のように、なにかしらのアイテムが必要だったのか。

私はどうやって狐の神隠しに遭い、そこから解放されたのか。

「……いけない」

ふるふると首を振って気を引き締める。このまま狐について考えながら歩いた結果、キツネ山へ飛ばされましたとなったらさすがに笑えない。今は、自分が戻りたい世界のことだけを考えるべきだ。

私はなるべく正確に、数時間前まで自分がいた場所を思い浮かべた。

おばさんの家の最寄り駅。日除けのないバス停。八月中旬の暑い日差し。ケーキ屋に行くために歩いた歩道。

――あの場所に、帰りたい。

そう願った瞬間、突如視界が暗転した。身体を裂くような強い突風が私を襲う。

「っ……！」

――そういえば、子熊を追いかけた時もこの風が吹いたっけ。

強風にあおられた髪がバシバシと顔に当たる中、私はふとそう思った。つまりこの風は、「私のいた世界」と「雨の降る異世界」の中間で起こっているのだろう。

それならもうすぐ、元の世界に戻れるはず……！

そう考えた直後だった。

「あっ！」

傘が、私の手からするりと離れた。

赤い和傘は風に飛ばされ、闇の中へと消えていく。私は冷静さを一気に失った。

――どうしよう、あれがないと外に出られないのに……！

無理を承知で、傘の飛んで行った方向に手を伸ばす。けれど当然届かない。私の手はすかすかと虚空《こくう》を掴んだ。

突風が吹きやむ様子はない。

もしもこのままこの場所に閉じ込められてしまったら――

そんな不安に苛《さいな》まれた瞬間。

あたたかい誰かの手が、私の手首を強く掴んだ。

――どしゃっ。

最初に聞こえたのは、そんな情けない音だった。

「……いったあ」

本日二度目の尻もちに顔をしかめる。けれどもすぐに、自分が座り込んでいる地面の感覚に違和感を覚えた。

――アスファルトだ。

慌てて空を仰《あお》ぐ。

大きな入道雲と青い空が、見えた。

「戻って、こられたぁ……」

全身から力が抜けた。

路地裏の景色と、近くに転がっているプチトマトから、自分の現在地を把握する。ここは、私が子熊を追いかけようとしたあの場所だ。本当に、思い描いていた場所に戻ってこられたんだ。

「よかった……」

――そうだ、まずはおばさんと土屋に連絡しないと。

私は急いでスマホを取り出した。異世界にいたのは三時間ほど。途中で電話をした土屋はもちろん、私の帰りを待っているおばさんだって心配しているに違いない。

そう思ったのに。

「……え、なんで？」

スマホが表示している時刻は、「神隠しに遭った時刻」と大して変わっていなかった。

いや、厳密には十五分ほど経過している。異世界での三時間は、こちらの世界の十五分ということなのだろうか。

――……十五分？

「バス！」

スマホの時刻が正しければ、乗る予定だったバスが五分後に出発するはずだ。急がないと。

私は走り出した。

アスファルトを照らす、ギラギラとした太陽光。全身にまとわりつく湿気た空気。暑さを助長するような蝉の鳴き声。

すれ違う人にじろじろ見られてようやく、自分がずぶ濡れであることに気づいた。異世界での三時間は、こちらの世界の十五分。なのに、長時間雨に打たれた事実だけはしっかりと残るらしい。なんという理不尽。

「…………」

右手首に目をやる。誰かに掴まれた痕《あと》が、赤くくっきりと残っていた。

――あの場面で私の手首を掴めるのは、九尾の狐だけだ。

だとすれば狐が、あそこから私を引っ張り出してくれたのだろうか。

そんなことを考えた時、懐かしい記憶が脳裏をかすめた。

着物姿で歩く狐。楽しそうに話しかける小さな私。寂しげに笑う狐の横顔。

……ああ、そうか。

キツネの山から下りる時も、私は狐と、手を繋いでいたんだ。

＊＊＊

それは、自分の姿が次々と変わる夢だった。

猫、犬、魚、――海亀の姿になっていることもあった。自分をとりまく環境も様々で、人間の姿に怯えながら路地裏で暮らしていることもあれば、人間の膝の上でぐっすりと眠っている時もあった。

自分の姿も周りの景色も変わっていく。そんな中で唯一変わらないものといえば、

「探したぞ、初恵」

彼の存在くらいだった。

「おまえが転生したと知ってすぐに飛んできたんだが、こんなところに隠れてるとは思わなくてな。……今度は熊か。この穴倉が寝床なんだな」

獰猛《どうもう》な生き物であるはずの私に、彼は気軽に触れてくる。撫でられるのは好きではないが、その手に噛みついてやろうとも思えなかった。

彼は私の背を撫でながら、祈るように言う。

「せめて、鳥に生まれてきてくれればなあ」

――けれど、何事もそううまくはいかない。

次に目覚めた時、私には確かに羽が生えていた。しかし、その正体は鳥ではない。蟬だった。

仲間の声はまったく聞こえず、あたりはしんと静まり返っている。人間にとっては涼しく、私にとっては寒い気温。しくじったのだと私は察した。

――土から出るのが早すぎた、あるいは遅すぎたんだ。

声を出すこともできず、私はどうにか寒さを耐え忍ぼうとする。けれど、暖《だん》を取れる場所も見つからない。

このままひとりで死ぬしかないのか。

そう思った時、身体がふっと温かくなった。

「……今日は少しばかり冷えるな。明日は暑くなるといいんだが」

いつの間にか、いつものように。彼だけは私のそばにいてくれた。

どれだけ私の姿が変わろうと、どんな場所で生きていようと、彼はいつだって私の近くにいる。声をかけてくれる。

彼だけは、変わらない。

――ああ、でも、違う。

私は彼の後ろを見る。

九本あったはずの大きな尾は、残り二本になっていた。

第六話　山中の人探し

夏風邪は馬鹿がひくだなんていうけれど、雨の降る世界でずぶ濡れになったうえ、猛暑の中を全力で走ったりすれば、誰だって体温調節がうまくできなくなるものだと思う。

体温調節ができなくなれば、風邪をひく。

つまり私が風邪をひいたのは必然であり、決して馬鹿というわけではない。

「わかったっつってんだろ、うるせえな」

「土屋さんが私のことを馬鹿バカ言うからじゃないですか！」

耳を塞ぐ土屋に聞こえるよう大声で叫んだ。

雨降る異世界から脱出できた翌日、私は朝から悪寒《おかん》に悩まされていた。この時点で嫌な予感はしていたが、昼頃からやたらと喉が痛み出し、咳が出始め、身体の節々《ふしぶし》が悲鳴を上げた。

そうして夕方にはついに発熱。それも、三十九度近い高熱だ。

結局、その日は中華料理屋のバイトを休んで病院へ行った。

「で、結果がインフルエンザだもんな。この馬鹿」

「どんな天才でも、インフルエンザのひとつやふたつかかりますからね！」

観葉植物の葉にうっすら積もっている埃《ほこり》を払いながら私は喚いた。

インフルエンザと診断された段階で、バイト先には一週間休むと連絡を入れた。中華料理屋の先輩はすぐさま「大丈夫？」とか「ゆっくり休んでね」といったメッセージをくれたのに、土屋はその時から「馬鹿」という単語ばかりを投げつけてくる。この人は気遣いという言葉を知らないのだろうか。

「というより、いつまでこのインフルネタを引っ張るんですか。もう一か月近く経つのに！」

私が言うと、土屋は「はっ」と鼻で笑った。

そう。私が雨降る異世界に行った（おかげでインフルエンザになった）のは八月中旬の話。そして今日は九月の十四日だ。長袖で過ごせる快適な気候になりつつあるし、彼岸花《ひがんばな》も咲き始めている。いい加減、この話に飽きてくれたっていいのに。

「最近暇だからな。お前をいじり倒す以外、やることねえんだよ」

不機嫌そうに土屋がぼやく。私は名前も知らない観葉植物の大きな葉を、一枚一枚丁寧に拭いていった。

私がインフルエンザから復帰して以降、事務所は驚くほどに暇だった。

一か月の間にあった依頼は一件だけ、心霊写真の鑑定だ。

「合成写真を見せられたうえ、儲《もう》けはたったの一万円だぞ。赤字なんてレベルじゃねえ」

心底面白くなさそうに土屋が言った。そりゃあ、私のバイト代を支払った段階で土屋は大赤字だ。そこに事務所の賃料や公共料金なんかが重なれば、心底面白くない顔にだってなるだろう。

だからといって、

「おいこらコノツキ女。お前さっさと前世を思い出せよ。宝くじでも当てて金を貯めろ。で、九尾を祓うよう俺に依頼してこい。うちに五百万ドロップしろ」

私にあたることないじゃないか。

「そんなこと言ったって……ただでさえ九尾に呪われてて運が悪いんですから、そううまくいきませんよ」

私がむすっとして答えると、土屋は「どうかな」と笑った。

「案外うまくいくかもしれねえぞ」

「え？」

「あっという間に前世を思い出して、何らかの方法で金も集まって。……そういう未来があるかもしれない」

——他人事だと思って、ずいぶん気楽に言ってくれるな。

土屋の語る希望的観測に私は眉をひそめた。

私が九尾に呪われた存在である以上、そんな幸運続くはずがないのに。

そんな思いが伝わったのだろう。「確かに」と土屋は言った。

「お前が九尾の狐に憎まれてるならまず無理だろうな。だがもしも、そこにいる九尾がお前の味方なら話は変わるぜ？」

土屋がにやりと口の端を上げた。

私がどれだけ目を凝らしてみても、土屋の視線の先には薄汚れたフロアタイルしか見えない。そこにいるだろう九尾がどんな表情をしているのかもわからなかった。

味方。もしもそうならどれだけ嬉しいだろう。

……けれど、

「九尾の狐って悪いやつなんじゃないですか？」

最近こっそり調べていた妖狐の話を思い出しながら私は言った。

「確か、人をたぶらかしたりする悪い妖怪だって書いてありました。あんまり良い話はなかったというか……」

「確かに、九尾といえば悪者のイメージが強いからな。だが実際、必ずしも『そう』だとは限らないぜ」

土屋は言った。

「九尾の狐ってのは昔から意見が分かれる存在なんだ。人間を食べるような悪い妖怪とされることもあれば、瑞獣《ずいじゅう》や神獣だとする書物まである」

「ずいじゅう？　しんじゅう？」

「見かけたらいいことがある、おめでたい存在ってことだ」

オカルトの知識がない私にも伝わるよう、やたら丁寧に噛み砕いて土屋が言った。

「つまり、どちらでもあり得るんだよ。お前に憑いているその九尾が、良いやつであっても悪いやつであってもおかしくはない。どちらにもなれるだけの力がそいつにはあるんだ」

「……けど、九尾の呪いは『人間に不運をもたらし続けるものだ』って前に土屋さんが」

「確かに言った。通常、コノツキに憑いている九尾は悪質なやつばかりだからだ。良い狐が、人間の魂を消滅させようとするなんて考えにくいしな」

――あっしのこと……良い狐だって、思ってるんだろう。

いつか夢で聞いた言葉が頭をかすめた。

「……だが、そこにいる九尾を凶獣だと仮定すると、矛盾する点が目立つ」

土屋は思案顔で顎に手をあてた。

「まず、九尾がお前のために動くことが多すぎるんだ。一か月前、お前が異世界に行った時もそうだった。いくら馬鹿でも思い当たる節あるだろ」

私は頷いた。異世界からこの世界に戻る直前――突風に傘が飛ばされた時、右手首を掴まれた感覚がよみがえってくる。

「最後に私を引っ張り出してくれたのは、九尾の狐でした」

「それだけじゃねえ。お前の話を聞く限り、『デカい猫の屋敷』でキセルに火をつけたのも間違いなく九尾だ。そもそもあの世界で、数分とはいえ俺と連絡が取れたことだっておかしいしな」

「え、そうなんですか？」

「そうなんですかって、お前なあ……」

土屋は、頭が痛いとでも言いたげに深く溜息をついた。

「普通は異世界に迷い込めば、スマホで外部と連絡を取るなんざ絶対に不可能なんだよ。こっちの世界の電波は、あっちの世界まで届かねえからな」

デスクの上のスマホを、土屋はこつこつとたたいた。

「だが実際、お前は異世界から俺に連絡してきた。あれは『通常絶対にできないこと』だ。なのにそれが可能になっていたのなら、なにかしら特別な力が働いたと考えるのが妥当だろ」

「それが、九尾の狐……」

土屋は頷いた。

「とにかく、お前が厄介ごとに巻き込まれた時に九尾の力が働くケースが多すぎるんだ。お前のために動いてるとしか思えない」

他にもあるぜ、と土屋は言った。

「お前が包丁呑みのことで奔走《ほんそう》していた時、『油揚げが何度も床に落ちた』って話があったな。あれも九尾の仕業だと俺は思う」

「……私が包丁呑みを退治できるよう、九尾がヒントを出したってことですか？」

「そういうことだな。俺の予想が正しけりゃ、他にも様々な場面で九尾はお前を助けたはずだ」

言われてみれば、と記憶をたどる。

雨降る異世界に迷い込む前――私が子熊を追いかけようとした時、後ろから何者かに引っ張られるような感覚がした。てっきり服をどこかに引っかけたのだと思っていたけれど、もしもあれが九尾による「警告」だったとしたら？

――子熊を追いかけるな。異世界に迷い込んでしまうから。

狸の部屋でもおかしなことがあった。私のバッグが誰かに引っ張られ、そこから飛び出たどんぐりが狸の足元にまで転がった。

あのどんぐりのおかげで狸は私を「キツネ山にいたコノエさん」と認識し、傘をくれた。

逆に言えばあの場面で、どんぐりが狸の足元に転がらなければ、私は異世界に閉じ込められたままだった可能性もある。

「そんな……」

九尾が私のために動いていたのだと考えると、あらゆる現象に説明がつく。けど、なんで。

「いつも不運なことばかり起こしておいて、肝心な時は助けてくれるなんておかしいじゃないですか……」

半ば独り言のように呟くと、「確かにな」と土屋は言った。

「だが、そうじゃないとしたら」

「え……？」

「お前の感じてるその『不運』が、九尾とは一切関係ないものだとしたらどうだ？」

土屋の問いかけの意味がわからず、私は口をつぐむ。それに気づいた土屋が話を続けた。

「出来事ってのは様々な見方ができるもんだ。主観によって色を変える。……例えばお前、前に車の話をしてただろ。車がお前の真横を通った時、雨水が撥ねたせいで派手に転んでしまったってやつだ。スマホにひびが入っただの、図書館の本は弁償だっただの、お前はひたすら文句を言ってた」

奮発して買ったブラウスが汚れて、お気に入りのバレッタまで壊れたら、誰だって文句を言いたくなるはずだ。

私の顔にそう出ていたのだろう。「気持ちはわかるがな」と土屋は苦笑した。

「ポジティブな人間がその話を聞けばこう思うはずだ。──轢《ひ》かれなくてよかったね」

「それは……多少はそう思いますけど」

「真っ先に『轢かれなくてよかった』と思うか、自身の不運っぷりをさんざ嘆いたあとで『轢かれなくてよかった』ととってつけたように考えるか。それだけでも事故に対する印象は大分変わるはずだ。──それに俺の記憶が正しければ、あの時スマホやらなんやらが壊れたってわりには、お前自身が怪我をしたとは聞いてない。実際どうだった？」

土屋の言葉に、私は目を見開いた。そう言われてみれば……。

「無傷でした。かすり傷ひとつない」

「それこそが、九尾の加護だとしたら？」

土屋が、九尾のいるだろう場所へ視線を向けた。

「あの時お前が転倒したのは単なるアクシデントだった。そして、転んだお前が傷つかないよう守ったのは九尾だった。そういう見方もできる」

　土屋が九尾に向けてにやりと笑う。しかし、九尾からの反応はないようだ。

　私は、「それじゃあ」と話を続けた。

「今まで私が感じてた不運は……」

「旅行に行けば雨が降る、買ってきた卵が割れる、USBのデータが消える——。運が悪いのは確かだが、多くの人間が経験することだ。お前が特別ってわけじゃない。だが、そういうことが起こるたび『まただ』『どうしてこんなに運が悪いんだ』と考えていれば、あたかもそれが九尾による悪戯《いたずら》であるように感じるだろうな。……実際、そこに九尾の力が一切働いていなかったとしてもだ」

　土屋の説明に、私は黙り込んだ。

　もしも土屋の推測が正しいのであれば、私はなんの罪もない九尾の狐を勝手に悪者扱いしていたということになる。たちが悪いのは九尾ではなく私のほうだ。

　けれど、九尾を良い狐だと判断するのであれば、疑問も残る。

「それじゃあどうして、九尾は前世で私を呪ったりしたんですか……」

　九尾の呪いは簡単に解けるものではなく、最終的には九尾もろとも人間《コノツキ》の魂まで消滅してしまう。

　……明らかに不穏な話だ。私のことを想ってくれている存在が、そんな呪いをかけるだなんて考えにくい。

仮に九尾が悪者でなかったのだとしたら、なぜ私を呪ったりしたのか。

「――それは、お前が思い出すべきことだ」

静かな声で土屋が言った。

土屋の言う通りだと少し反省した。他人が、私と九尾の関係性を知るはずがない。私が覚えていないことを土屋に求めてどうする。

なぜ呪われたのか。

その手掛かりはすべて、私の前世にある。私がまだ思い出せていない、前世の中に。

「……しかしさっきも話したけどお前、このままいけば本当に、近いうちに全部思い出すかもしれねえぞ」

土屋はそう言うと、九尾の狐がいるのだろう場所を指さした。

「なんせ九尾の狐が、それを認めてるんだからな」

「認めてる……？」

言葉の意味が理解できず、私は首を傾げる。土屋は腕を組むと、椅子の背もたれに身体を預けて話し始めた。

「おかしいと思わねえか？　お前がこの事務所で働くことを、なぜ九尾は邪魔しないのか」

「邪魔？　どうしてですか」

「この事務所で働き続ければ、お前は前世を思い出し、九尾の狐を祓えるようになる。最初に俺がそう説明したよな。――それはつまり、九尾からすれば妨害したいことのはずだ。お前がこの事務所で働かなければ、自分が祓われる心配もなく、好き放題できるんだからな」

なのにお前は、と土屋は私を指さした。

「この事務所に来る道中、事故に巻き込まれたり怪我をしたりした試しが一度もない」

当たり前じゃないですか、と喉元まで出た。けれど、呑み込んだ。土屋の言わんとしていることを察したからだ。

土屋の事務所で働き始めてから数か月、怪我をするような事故に遭遇したことはなかった。先日のインフルエンザを除けば、体調を崩したことだってない。

大きな不幸に見舞われることのない、平和な生活。

——けれど確かに、コノツキとして考えるのなら不自然だ。

「結果、お前はいとも簡単に前世を思い出し始め、コノツキ脱却へと近づきつつある。九尾がそれを快く思っていないのなら、もっとアクションを起こしたはずなのにな」

つまり、と土屋が言った。

「九尾は、お前が前世の記憶を取り戻すことを肯定している。それを望んでるってことだ」

「そんな……」

ますます訳がわからなくなる。だって、九尾の呪いを解くのに必要なのは「前世の記憶」と、霊能者である「土屋」、そして「呪われた場所に行くこと」だったはずだ。

私が前世の記憶を取り戻すことを良しとし、土屋と繋がることを阻止しようともしないなんて、

「それじゃまるで――」

電話が鳴った。

私と土屋は同時にデスクの上に視線をやる。事務所用のスマホが着信音に合わせて振動していた。相手の番号は「非通知」となっている。

土屋は、手元にスマホを手繰《たぐ》り寄せた。

「話は後だ。今からスピーカーフォンで出るから、コノツキ女」

「え、私？」

「もしもこれが悪戯電話だったら、俺の背後で亡霊っぽく『呪う』とか『祟る』とか言いまくれ。二度と悪戯電話する気にならないようにな」

「なんてこと注文するんですか」

私は先ほどまでの会話を一旦頭の隅に置いて、デスクの電話に集中した。土屋は咳払いをひとつしてから通話ボタンを押す。そして、いつもと変わらない口調で言った。

「はい、こちら土屋霊能事務所」

無言だった。

「……もっしもーし。土屋霊能事務所ですけど聞こえますぅー？」

茶化した声で土屋が言う。が、これにも反応はない。

無言電話だと判断した土屋が、こちらに視線をよこしてきた。なにか言え、とその目が訴えている。

——こんなことしたら、こちらのほうが悪戯電話扱いされるのではないか。

そう思いつつも私は口を開いた。

「た、たたてっ」

『もしもし』

祟ってやる、とうまく言えずに私が噛んだ瞬間、電話の相手が声を出した。中年男性と思《おぼ》しき声だ。恥ずかしさのあまり、私の頬はいっぺんに紅潮した。

土屋は私に向かって「待て」と手で合図をし、先ほどよりも身を乗り出す。

「もしもし、土屋霊能事務所だ。用件は？」

『……幽霊を成仏させてほしいんですが』

聞き取りにくい声でぼそぼそと男性は喋る。隠し事を密告する人間のような、後ろめたい感情がそこに含まれている気がした。

「浄霊か。悪いけど、うちは『浄霊いくら』とは決まってないんだ。幽霊の状態や祓いづらさによって金額が変わる」

『状態……？』

「浮遊霊なら十万前後、よっぽどの悪霊なら百万くらいだな。現金前払いが絶対だから、うちに来る時はとりあえず百万持ってきてくれ。予約するか？」

『いやー、あの一……』

男性が口ごもった。土屋は『やっぱり悪戯電話か』という顔を、私は『百万円なんてしり込みするに決まってる』という表情を互いに向ける。

けれど、男性が口ごもった理由は他にあった。

『……この電話で、お仕事を依頼することはできませんかね』

「あ？」

『そちらにはお伺いできそうにないんです』

それは、ずいぶんと憔悴《しょうすい》した声だった。土屋に無理難題を言われて困ったのではなく、日頃から疲れている人間が出すような声。

「こっちに来られないって……どこに住んでるんだよ、あんた」

『………』

「そんな遠方なら、よそをあたればいいだろ？　なんでわざわざうちを選んだ」

『成仏させてほしい幽霊のいる場所が、そちらの事務所から近いんです。あとは、そちらの評判を聞いて……』

なるほどね、と土屋が納得していない声で言った。悪戯電話の可能性をいまだに疑っているのだろう。

一方私は、半信半疑で男性の話を聞いていた。疲弊している男性の声からは、土屋に縋りつきたいという気持ちがひしひしと伝わってくる。演技にしてはうますぎるし、けれども依頼にしては怪しすぎるようにも思えた。

土屋は、デスクの端に置いていたプライベート用のスマホを手に取った。

「一応聞くけど、その幽霊がいる場所は？」

『……小春山《こはるやま》です』

小春山ね、と土屋が検索する。所在地と画像、それにニュースがいくつか出てきた。

マップで小春山の位置を確認した土屋が、眉根を寄せる。

「おい。どこをどう見たらうちの事務所から近いんだ？　電車を乗り継ぎまくって二時間半はかかるぞ」

『すみません。その周辺に、頼れそうな霊能者が他にいなかったものですから』

「あっそ。……この山のハイキングコースで怪我人が続出してるみたいだな。あんたが俺に依頼しようとしてんのは、その事故の元凶ってことか？」

『そう……だと思います』

なんとも歯切れの悪い答えだった。男性本人が幽霊を視認したのではなく、その噂を聞いたから退治を依頼しているような口ぶりだ。この男性は、小春山の関係者か何かなのだろうか。

土屋はしばらくの間、スマホ画面を無言で眺めた。スクロールとタップを何度か繰り返し、山で起きた事故をいくつか確認している。

男性が受話器の向こうで『あの……』と控えめに声を出した。土屋は瞬時に顔を上げる。

「百万だな」

『えっ……』

「こっちが指定する口座に百万円振り込めるか？　それと、あんたの口座を俺に教えろ。このふたつを呑めるなら、その仕事受けるぜ」

受話器越しに男性が息を呑むのがわかった。当然だ。本当に仕事をするかどうかもわからない胡散臭い相手に、百万円を払うだなんて普通はできない。

けれど、土屋は条件を変えるつもりはないらしい。「どうすんだよ」ときつい口調で男性に詰問《きつもん》した。

『――……代金はどうにかします』

振り絞るような声で紡がれた言葉に私は驚いた。面識のない相手に百万円を振り込むだなんて正気だろうか。

男性は、『お金は払いますが……』と言いにくそうに付け加えた。

『こちらの口座を教える必要はありますかね』

「なるほど、よっぽど訳ありみたいだな」

『え……』

「口座名義、すなわちあんたの名前。俺に知られたくないんだろ」

沈黙。それが答えだった。

土屋はふうっと息を吐く。

「口座を聞いたのは、あんたの名前を知るためじゃねえよ。今回依頼された幽霊が案外悪質でもなかった場合——たとえば三十万程度で祓える幽霊だった時、残り七十万をあんたに返すためだ」

『……………』

「実際に問題の幽霊と対峙《たいじ》してみないことには、報酬がいくらとは決められないだろ？　百万以上を請求することは絶対にないが、百万を下回る依頼だったら金は返す。そういうことだ。あんたの名前を探るためじゃない」

『……そういうことでしたら、お金は返してもらわなくても』

「うちの事務所にチップって言葉はない」

土屋はきっぱりと言いきった。

「俺は、俺の仕事に見合う代金しか受け取らない。仮にあんたが俺の仕事っぷりを見て『百万円払う価値がある』と考えたとしても、俺が三十万だと判断したなら報酬額は三十万だ。この理念を曲げるつもりはない。——もしもあんたがどうしても口座を教えられないって言うんなら、他をあたってくれ」

一息にまくしたてた土屋は、スマホから距離を置くように背筋を伸ばした。

男性は悩んでいるらしい。スピーカーから彼の息遣いだけが聞こえてくる。土屋はいくらでも待つといった態度で頬杖《ほおづえ》を突き、非通知と表示されたスマホの画面を見つめた。

数秒、数十秒。

男性が答えを出した。

『──わかりました。今から口座をお教えします』

土屋がにやりと笑うのを、私は見逃さなかった。

男性は金融機関と口座番号を述べ、最後に消え入りそうな声で名前を告げた。

『テシガワラ。……テシガワラ、ノリヒコです』

テシガワラなる客と通話を終えた土屋は、ジャケットの襟《えり》を正して立ち上がった。

「そんじゃ俺は、お前の給料を下ろすついでに百万振り込まれてるか確認してくる。留守番頼むぜ」

「……あの男の人、本当に百万円振り込むつもりなんでしょうか」

「さあな。とりあえずお前は、こいつの髪でも切っといて」

土屋は、市松人形の頭にぽんと手をのせた。

「もしも今日中に百万振り込まれたら、明日は一日事務所を空けることになるから。ベリーショートにでもしといてくれ」

「わかりました」

そんじゃ行ってくる、と土屋は手を振り出かけていった。なんだかんだでご機嫌だ。百万円が振り込まれることを期待しているのではなかろうか。

私は、バッグからハサミとヘアカタログを出してテーブルに並べた。市松人形の髪は腰のあたりまで伸びている。

「えーっと。ベリーショート、ベリーショートっと……」

ヘアカタログのページを繰《く》り、市松人形に似合いそうなショートヘアを探す。そういえば、ベリーショートの市松人形なんて見たことがない。

──どうせなら、かわいくしてあげたいなあ。

そんなことを考えた時だった。

『──……ル、ワ……』

女の子の声が、した。

「──っ！」

私はカタログから顔を上げ、半歩後ずさった。目の前に女の子の幽霊がいる様子を瞬時に想像したからだ。しかし、それらしきものは見当たらない。

──気の、せい……？

『ユ、ワ……』

「ひいぃっ！」

再び聞こえた謎の声に、悲鳴を上げた。

金庫や書庫といった、今すぐ中を確認できない場所が恐怖を増長していく。視界になにも映らないのなら、見えない場所になにかが潜んでいるとしか思えない。

ところが。

『フワ……』

やたらと近いところからその声がしていることに、気づいた。

ごくりと唾《つば》を呑み込み、声のした場所を見る。

……まさかとは思う。まさかとは思うが、それ以外考えられない。

そうっと、市松人形に耳を近づけてみる。

しばらく無音が続いたのち、切実な声が頭に響いた。

『ユルフワ、シテ……』

「ふおおおおぉぉぉぉぉぉぉぉおおおおおうぅっ！」

生まれてこのかた、出したことのないような声が出た。

さらに半歩下がり、市松人形から距離を取る。人形が動く気配は微塵もない。ただ執拗に「ユルフワ」という単語を繰り返しているだけだ。

破裂寸前だった私の心臓が、いくらか落ち着きを取り戻してきた。深呼吸をして、人形に声をかけてみる。

「……あのー、ゆ、ゆるふわにしたいの？」

『――……シタイ……カワイイ……』

「お、おおぉ……」

人形と会話が成立したことに対する感嘆と奇異《きい》に、変な声が漏れた。

ヘアカタログからゆるふわのページを探して、市松人形と交互に見比べる。せっかく人形本人のご要望を聞けたのだ。ぜひともゆるふわにしてあげたい。

「が、頑張ってみるね！」

『アリガト……コノエ、……スキ……』

なんだこのかわいい人形は。

土屋からは絶対に言われることのないお礼と好意に、私はでれでれと頬を緩ませた。今まで気味悪がってごめん、と内心で詫《わ》びておく。髪が伸びる人形だなんて、てっきり怨念のこもった代物だとばかり思っていた。

「よく私の名前まで覚えてるね。……そうだ、あなたの名前はなんていうの？」

私が訊ねると、人形は『フフフ』と笑った。そして、心なしかいつもより柔らかい笑顔で答えてくれた。

『……イチコ』

＊

「で、イチコの髪があんな感じになってたわけか」

ボックス席で車窓の眺めを堪能《たんのう》していた土屋が言う。私が頷くと同時、電車がぷあああんと警笛を鳴らした。

――百万振り込まれてたぞ、明日は登山だな。

昨夕、そんな言葉を発しながら事務所の扉を開けた土屋は、私の努力と根性によってゆるふわにセットされた市松人形を目にし、固まった。

『セミロングのゆるふわパーマで大人かわいく』という、ヘアカタログの見出しにでもなりそうな市松人形の願望は、不器用ながらに叶えてあげられたと思う。少なくとも、初めて切った時の「斬新なる斜めぱっつん」よりかは遥かにマシだ。

ただ、市松人形のゆるふわ姿というのはやはり見慣れない。

――……ユルフワ、ハジメテ。

満足げにイチコちゃんが言った。土屋が今にも笑いだすのではないかと不安になったが、デリカシーのかけらもないはずの土屋は、イチコちゃんの頭に手をのせ微笑んだ。

――よかったな、イチコ。

土屋の言葉に、イチコちゃんは照れたように『ウフフ』と笑った。

「……というか、土屋さんが最初から言ってくれればよかったじゃないですか。『人形がゆるふわにしたがってるから、そうしてやって』って」

電車の中で、私はふくれっ面をした。

あの時、土屋は「ベリーショートにしろ」と私に注文していた。もしもイチコちゃんの声が私には聞こえず、土屋の言う通りにしていたなら、今頃イチコちゃんは心のうちで泣いていただろう。

土屋が、窓の向こうに見えるススキ畑に目を凝《こ》らして言う。

「俺から教えちまったら意味ねえからな」

「意味ねえからって……」

人形の願望を教えてあげないことになんの意味があるんですか。そう言いかけて、私はふと思い至った。

「まさか、私がイチコちゃんと話せるようになるかテストしてたんですか？」

土屋は視線だけをこちらに向けてきた。あたり、とその目が言っている。

「ま、五年はかかると思ってたけどな」

「え？」

「あの人形の声が聞こえるレベルになるまで、五年はかかると思ってたぜ」

土屋がついと私の隣に視線を移す。その意味を私はすぐに察することができた。

私が土屋の事務所に通うことを――私の霊感が強くなることを、九尾の狐が妨害しなかったからだ。

「……印象と違いますよね」

「あ？」

「三歳の子供を誘拐した犯人って聞くと悪者みたいなのに。……私が困ったら助けてくれる存在だなんて、思ってた姿とずいぶん違うなって」

本音だった。私には、神隠しに遭った頃の記憶がない。だから、土屋にも見せたネットの記事だけを読んで、それがすべてだと思い込んでいた。

留守番をしていた三歳の女児をさらい、数か月もの間隠し続けた狐。

その狐がいまだに私のそばにいると聞いた時は、正直不気味で仕方なかったのに。

「──事実が真実とは限らないぜ」

再び窓の向こうに視線を向けて土屋が言った。車窓から見える景色はどんどん緑が増え、一駅一駅の間隔が長くなっている。

「俺はそもそも、お前に見せられたあのネット記事が正しいとは思っていない」

「ソースが不確かだからですか？」

「それもある。だが……あの記事、なんか引っかからなかったか？」

電車が再び警笛を鳴らした。カーブに差しかかり、私と土屋の身体が右に傾く。

私はそっと居住まいを正した。

「引っかかるって……なにがです？」

「わかってたら『なんか』とは言わねえよ。だが、変だ」

土屋は腕を組むと、ネット記事の概要を空で言い始めた。

三歳の女児が母親の留守中、行方不明になった。その際、衣類やリュックも消えていた。

四か月後、交番の前で泣き叫んでいる女児を警官が保護。無傷で栄養状態も悪くなく、自分の名前や年齢も答えることができたという。

行方不明だった当時、誰と一緒にいたのかと訊くと、女児は「コンコン」と答えた。

「そして事件後、女児は親戚に引き取られた。──……なんか引っかかる」

至極真面目な顔で呟いた土屋は、私と目が合った途端に眉根を寄せた。

「なんだよそのツラは」

「いや……私の事件について、そんな熱心に考えてくれてたのかと感動しちゃって」

「将来五百万になる案件だからな。今から下調べしておかねえと」

いやに強い口調で土屋が言う。「お前のためじゃない」という言葉が聞こえた気さえした。

「――ま、ネットから得られる情報が正しいだの間違いだの、ここで論じるつもりはねえよ。手軽に調べられるのは確かだしな」

土屋はポケットからスマホを取り出すと、私に向かって差し出した。

「参考程度に一応読んどけ。『テシガワラ』と『小春山』で検索したら出てきたページだ」

土屋のスマホに目を落とす。

そこにあったのは、神隠し事件よりも遥かに現実的な記事だった。

＊

土屋霊能事務所の最寄り駅から電車で一時間。

地下鉄に乗り換え二十分。

そこからローカル線に乗って三十分。

さらに、バスに揺られること三十分。

「疲れた」「遠い」「まだなのか」と土屋が愚痴り始めて十分経った頃、ようやくバスは目的地である「小春山ハイキングコース入口」に到着した。

「……想像以上になんもねえな」

バスから降りた土屋の第一声はこれだった。「自然を楽しむところですからね」と、田舎生まれの私は感慨にふけりながら言う。

ハイキングコースの入り口ともなると、周囲に見えるのは緑ばかりだ。ビルはもちろん、コンビニのひとつもない。青空と山の稜線《りょうせん》しか見えないその風景は、見ているだけで空気がおいしくなりそうだった。

けれど「あの事件」があった場所だと知ると、途端に薄気味悪く思える。

すでに帰りたそうな顔をしている土屋が、すぐさま帰りのバスの時刻を確認した。五時のバスには絶対乗るぞ、とわざわざ私に宣言してくる。

「日が沈んだら厄介だ。さっさと行って、さっさと終わらせる」

「わかりました」

「……ところでお前、俺が言ったもんはちゃんと持ってきたのか？」

私の全身をじろじろ見ながら土屋が言う。もちろんです、と私は返した。

「冬用の分厚いアウターですよね、ちゃんと持ってきましたよ」

私はリュックに詰めていたパーカーを取り出した。一見薄い生地だが裏起毛で、冬にでも使える優れものだ。

本来、どう考えても九月に使う代物ではない。それでもこれを持ってきたのは、昨日土屋にこう言われたからだ。

――お前、明日は上着持って来いよ。ＯＬがオフィスで羽織るようなうっすいカーディガンじゃなくて、大袈裟なくらい分厚いやつだ。

「……でも、こんな分厚いの必要あります？　確かに山は肌寒いですけど」

「間違いなくいる。この先に進めば進むほど寒くなるはずだからな」

土屋はミリタリージャケットのポケットに両手を突っ込んだ。しっかりとした生地のジャケット、そこから見えるインナーまでもが冬物のトレーナーだ。私は失笑する。

「土屋さんが寒がりすぎるんじゃないですか？」

「悪霊と接する仕事をやってれば、寒がりにもなるだろうよ」

「え……悪霊と寒がりって関係あります？」

「あるに決まってんだろうが」

土屋がぴしゃりと言った。けれど、その言葉を聞いてもピンときていない私の顔を見て、嘆くように息を吐いた。

「悪霊ってのは冷気を纏ってんだ。だから本物の心霊スポットは寒く感じるもんなんだよ」

この山もそうだ、と土屋は周囲を見渡した。

「ハイキングに来る客を次々に襲う悪霊がいるのなら、そいつに近づけば近づくほど気温は下がるはずだ。だからお前もその上着、すぐに羽織れるよう準備しとけよ」

なるほど、と私は頷く。悪霊退治を仕事としている土屋が、夏でも構わずミリタリージャケットを羽織っている理由がようやく理解できた。

――いや、ちょっと待て。

「アヤカシは？」

「あ？」

「悪霊が冷たいのなら、アヤカシは温かい……なんてことあります？」

私の質問の意図をすぐに察したのだろう。土屋は私の足元に視線を下げた。

そして、言った。

「アヤカシでも悪さをするやつなら冷気を感じる。――もしも温かいと感じたのなら、そのアヤカシは友好的で、お前に好意を抱いてるってことだ」

思わず息を呑んだ。

夢の中で九尾に触れた時。あるいは、異世界に閉じ込められそうになった私を九尾が引っ張り上げた時。私はその手を冷たいとは感じなかった。体温のような温もりが、確かにあったはずだ。

つまり、やっぱり九尾の狐は――

「悪いが、今はお前の狐について話してる暇はないぜ」

土屋が空を仰いだ。太陽の位置は真上に近づきつつある。

「テシガワラからの依頼――この山にいるだろう悪霊を浄霊するのが先だ。わかったらさっさと行くぞ」

ハイキングコースの入り口に向かって土屋は歩き出す。

私はパーカーを腰に巻いて、土屋の後を追った。

土屋とハイキングコースを歩き始めてから十分。心霊スポットにいる恐ろしさから口数が多くなっていた私は、徐々に話すのをやめていった。

話のネタがなくなったのではない。ただ単純にバテたのだ。

「ハイキングってもっと、こう……ウキウキ、気分で、……やる、ものだと、……思ってました……」

「息が切れすぎてて聞き取りづれえ。つーかもう喋んな鬱陶しい」

予定のない日は家でゴロゴロしている出不精《でぶしょう》人間が、いきなり山道を歩くとこうなるということを初めて学んだ。

一方の土屋は、ほとんど息切れもせず快調に山道を歩いていた。意外だ。普段事務所のデスクに座っているだけのこの男に、こんな体力があるだなんて。

「ペースが落ちてきてるぞコノツキ女。もっと早く歩け」

「わかって、ますっ……！」

「この山はスマホが使えねえからな、迷子になったら面倒だ。――俺のそばから離れるんじゃねえぞ」

字面だけ見ればキュンとくるセリフだが、言った相手があの土屋なので一ミリたりとも心が震えなかった。

ついに喋る体力も気力もなくなり、私は無言で土屋の後ろを歩き続けた。現在地はよくわからないけれど、おそらく『事件のあった場所』に近づいているのだろう。歩き続けているにもかかわらず、どんどん肌寒くなってきている。私でも、よくない霊が近くにいるのがわかった。

——映画で見るような怨霊が、いきなり飛び出してきたらどうしよう。

そんなことを考えた時、上から降ってきたなにかがこつりと私の頭に当たった。

「——ぃ！」

悲鳴を上げたはずが、かすれた呼吸音しか出なかった。

私の頭に当たったなにかは、確かに地面へと落ちた。けれど足元を見ても、落ち葉や木の根、湿《しめ》った土など、秋の山らしいものしか見当たらない。

なにが降ってきたのかわからず、今度は頭上に目を転じる。大きな木が、わさわさとその葉を揺らしていた。

——この木ってもしかして……。

私は再度、視線を下げた。そうして、落ち葉の隙間に落ちているそれを見つけた途端、テンションがぐんと上がった。

——どんぐりだ！

いくつになっても、どんぐりが落ちているのを見かけると嬉しくなる。私は割れてなさそうなどんぐりをひとつ拾った。ずんぐりとした丸いフォルム。くぬぎ、もしくはアベマキだと見当をつける。このふたつはどんぐりだけで区別するのは難しいのだけれど……。

いけない、夢中になりすぎた。

「あの、土屋さん」

拾ったどんぐりを握りしめたまま顔を上げる。

しかし土屋は、すでにそこにはいなかった。

＊

「……土屋さーん、どこですかー？」

土屋とはぐれて五分。私はのろのろと山を登りながらも土屋の名を呼び続けていた。

普通に考えれば、私がついてきていないと気づいた時点で土屋も引き返すはずだ。なのに、まったくと言っていいほど土屋が近くにいる気配はない。スマホは何度確認しても圏外のままだ。

「土屋さーん？」

歩けば歩くほど周囲が薄暗くなってきた。近くに生えている木々も、なんだか恐ろしい形に見えてくる。私はぶるりと身震いした。

「下手に動かないほうがいいのかな……」

腰に巻いていたパーカーを羽織って呟いた。

それにしても、土屋はどこまで歩いて行ってしまったのだろう。私がどんぐりに気を取られていた時間なんて、そう長くないはずなのに。

「あーもう、……土屋さーん！　どこですか土屋さーん？」

下手に動かないほうがいいと思う反面、幽霊が出ると噂される場所に長時間座っているのも恐ろしかった。もう少しだけ歩いてみようと、私は怠《だる》い足を動かし続ける。

そうして一分も経たないうちに、分かれ道にたどり着いた。左右どちらにも進むことができる、きれいなY字の道である。

「うわ……」

藪《やぶ》の中に『ハイキングコースはこちら』と書かれた看板が落ちているのを見つけて声が漏れた。『こちら』の下に描かれていただろう矢印は汚れて見えなくなっている。これでは、どちらがハイキングコースなのかわからない。

右か左か。どちらに進むべきか皆目《かいもく》見当もつかない。土屋が引き返してくるまで、ここで待つのが無難だろうか。

そう考えた時だった。

「ママぁ……」

子供の声がかすかに聞こえてきた。左側の道からだ。

道の先に目を凝《こ》らすものの、木々が光を遮っているせいでやたらと暗く、なにがあるのかまるでわからない。様子を見に行くべきか悩んでいると、子供が再び「ママ」と呼んだ。泣いているのか、その声は震えていた。

「ママ……どこ……？」

私は腹をくくり、左の道へと歩き始めた。

陰鬱《いんうつ》な雰囲気の漂う道をゆっくりと進んでいく。崖道《がけみち》とまでは言わないが、道のすぐ隣は急斜面になっていて、ちょっとでも足を踏み外せば転げ落ちそうだ。

ごくりと喉が鳴る。こんな恐ろしい場所に子供がいるなんて考えられないし、考えたくもなかった。

けれど、いた。

「ママ……」

木陰《こかげ》とも言い難《がた》い、ジメジメとした暗い細道に男の子が座り込んでいた。

両手で目隠ししたその体勢は、かごめかごめをしている子供のようだ。ハーフパンツから出ている足は細く、青白い。怪我をして動けない……というわけではなさそうだ。

「こんにちは」

私が声をかけると、男の子は顔を上げた。涙と汗で顔がベタベタになっている。見知らぬ私を警戒してか、彼の身体にさっと緊張が走った。

「お姉ちゃん、だれ？」

「えーっと……通りすがりの迷子かな」

こんなにおかしい自己紹介をしたのは初めてだ。子供ですら変だと感じたのか、一瞬だけふっと笑った。

「僕といっしょだ」

「迷子になっちゃったの？」

「うん、ママをさがしてるの。……お姉ちゃん、ママと会わなかった？」

「ごめん、会ってないや」

会話が終わってしまった。

再びぐずぐずと泣き出す彼に、私は慌てて声をかける。

「お、お姉さんはね、土屋って男の人を探してるんだ！　お姉さんと同じくらいの身長で、髪の毛がボサボサで、眉間にこーんな皺を寄せてるお兄さん。見なかった？」

「知らない、見てない……」

「そっかそっか。それじゃあえーっと」

一瞬悩んだ。この子をここで待機させておいて、私一人で土屋を探しに行くべきかどうか。けれどこんな、シダだらけの湿っぽい場所に子供を残していくのも気が引ける。

「あのさ、お姉さんと一緒に行こうよ」

「え？」

男の子が目をぱちくりさせた。私は彼を怯えさせないよう、できる限りの笑顔を作る。

「お姉さんは土屋を探すから、一緒にママを探しに行こう。二人で探せば早く見つかるかもしれないし、ね？」

我ながら頼りないセリフだ。けれど、せめてもう少し明るくて暖かい場所に彼を案内したかった。

「一緒に行こ？」

手を差し出すべきか迷ったものの、やめた。

男の子はしばらく悩んでいたけれど、首を縦に振ると立ち上がった。彼の着用している長袖Tシャツもハーフパンツも、土で酷く汚れている。見ているだけで心配になる姿だった。

「よし、行こっか」

不安を悟られないよう男の子に笑いかけると、私は彼の隣を歩き始めた。

＊

男の子に名前を聞くと、彼は「翔太《しょうた》」とだけ名乗った。九歳で、小学三年生。きょうだいはおらず、母親と二人でこの山に来たのだと彼は話した。

「ママどこ？　ママー！」

会話の途中途中で、翔太君は声を張り上げた。

当初は彼と一緒に「土屋さーん」と叫んでいた私だけれど、すぐにやめた。翔太君の声は、きっと土屋にも届くだろう。そうすれば土屋もこちらに来てくれるはずだ。それに、ママを探している翔太君の邪魔をするのも憚られる。

Y字道の左側――翔太君がうずくまっていた道に土屋は来なかったというので、私たちは右側の道を登り始めた。薄暗かった左の道に比べ、右の道はまばゆいくらいに日光が差し込んでいる。鬱々《うつうつ》としたあの場所よりも、こちらのほうが精神にいいのではないかと思えた。

「ママ……」

母親がなかなか見つからない不安から、翔太君がまたもすすり泣く。私はおろおろと彼に話しかけた。

「あの、えーっと……、そうだ！　翔太君、好きなゲームはなに？」

「え……」

「楽しい話しよう、楽しい話！」

私自身が迷子である今、翔太君を安心させることは難しい。なので少しでも彼の気がまぎれるようにと、私は現状にそぐわない――ママとは関係のない話題をあえて持ち出した。

翔太君はパッと顔をほころばせて、有名なゲームのタイトルを挙げた。魔王を倒さんとする勇者たちの冒険を描いたRPGだ。三十年以上前から続く人気シリーズで、ナンバリングタイトルだけでも十一作はある。私でも知っているゲームであったことに、心底ほっとした。

「お姉さんもそれ、昔ひとつだけやったことあるよ」

「ほんと？　何番目のやつ？」

「えっとね、ファイブ」

「え、知らない？　私の小学校じゃ結構流行《はや》ってたんだけ……あ」

「……知らない」

ジェネレーションギャップがひどい。私はいよいよ口をつぐんだ。

私の気まずさが翔太君にも伝染してしまったのか、私たちはしばらく無言で歩き続けた。

翔太君のママはもちろん、土屋の姿も見当たらない。肌寒いにもかかわらず、私は全身に嫌な汗をかいていた。

「……ねえ、お姉ちゃん」

翔太君が口を開いた。「なあに？」と私は極力笑顔で訊ねる。

「さっきから思ってたんだけど……お姉ちゃん、狐飼ってるんだ？」

「え……」

私はぎくりとして、翔太君の視線の先を追った。

「狐……見えるの？」

「うん。いいなあ、かっこいい。なんて名前なの？」

翔太君はそう言うと、私に向かって手を伸ばしてきた。私のすぐ近くにいる狐を撫でようとしたのだろう。

けれども次の瞬間、ばちんと嫌な音がした。

「うわっ！」

翔太君の指先で小さな火花が散り、それに驚いた彼は慌てて手を引っ込めた。

「ご、ごめん！　大丈夫？　怪我してない？」

「へいき。ちょっとびっくりしただけ」

狐に拒絶されたのが恥ずかしかったのか、照れたように翔太君は答えた。

私は翔太君の手を確認する。火花が当たった指先に火傷《やけど》の痕《あと》はない。

けれど、Tシャツの袖口からケロイド状の傷が覗いていた。

私の視線に気づいた翔太君が、慌てて背中に手を隠す。

「これはちがうよ！　これは僕が、不注意で、怪我しちゃったの」

その時、学芸会のセリフみたいだと私は感じた。何度も繰り返して頭にたたき込み、出番が来たらさっと口から出せるよう練習した言葉。

――僕が、不注意で、怪我しちゃったの。

「でもね。この傷、ママが治してくれたんだ」

翔太君がはにかんで言った。

「ママがね、毎日薬を塗ってくれたの。早く治りますようにって、おまじないもしてくれるんだよ」

翔太君は服の上から火傷の痕を押さえると、歯を見せてにっと笑った。

不注意で怪我をした。そう話していた時と、表情も口調もまるで違う。けれどそれが悲しくて、私は「そうなんだ」としか返せなかった。

「ママ、どこにいるのかなあ」

翔太君が言う。

「早く会いたいなあ」

私は、「そうだね」とすら言えなかった。

「――あ。お姉ちゃん、見て」

やがて私たちは、第一休憩所と書かれた場所にたどり着いた。田舎のバス停にありそうな屋根付きのベンチと、簡易トイレが設置されただけの、見晴らしのいい場所だ。

「ママ、ここかもしれない」

女子トイレに向かって翔太君は「ママ」と叫んだ。けれども返事はない。

「ママ、いないー？」

トイレ横にある小さな物置小屋まで覗き込んでいる翔太君を、私はなんともいえない気分で眺めていた。

子供と喋るのは苦手ではない。

ただ、翔太君になんと言ってあげればいいのかわからなかった。

「……ねえ、ちょっとだけベンチで休んでいかない？　翔太君も疲れたでしょ」

結果、笑って提案するつもりが、ぎこちなく頬を引きつらせてしまった。

翔太君は私の不自然な笑顔については言及せず、ベンチにすとんと腰を下ろした。私は彼から少しだけ距離を置いて座る。

「ここ高いね、お姉ちゃん……」

ベンチからの景色に、翔太君は身震いした。夜になれば夜景が楽しめそうな絶景だが、高所恐怖症の人間が見れば確かに怖いかもしれない。

「もしかして翔太君、高いところ苦手？」

「うん。高いところと、狭いところと、暗いところは怖い」

翔太君の答えに、私は「わかるよ」と共感した。

「お姉さんもね、狭くて暗い所は駄目《だめ》なんだ。なんか息が苦しくなっちゃうよね。だから、エレベーターとかも乗れないの」

「へえ……お姉ちゃんもそうなんだ」

少し驚いた様子で、翔太君は私を見た。自分より十も年上の人間が、閉所や暗所を怖がるとは思っていなかったのかもしれない。

「……お姉ちゃんも、一緒なんだね」

翔太君が嬉しそうに繰り返す。私は「そうだよ」と微笑んだ。

「お姉さんくらい大きくなってもね、怖いものは怖いんだよ？」

「うん。――なんか、似てそうだよね」

「え？」

「お姉ちゃんを見た時から思ってたんだ」

翔太君が、目だけをこちらに向けてきた。

「僕たち、きっと、似てるんじゃないかなって」

一気に体温が奪われるような感覚がした。土屋に見せられたネット記事の内容が頭をよぎる。

――複数の痣、切り傷や火傷の痕、母親、日常的な。

「……そう、かな」

かすれた声が出た。

「似てないと思う、けど……」

あるいは、そう思いたかったのかもしれない。

額から汗が伝ってくるのを感じて、服の袖でそれを拭う。どうして自分がここまで動揺しているのか理解できない。けれど、理解したくないとも思った。

――あの記事、なんか引っかからなかったか？

土屋の言った言葉が、ふと頭をよぎった。

「……ふうん。そっか」

私の様子をつぶさに観察していた翔太君が、やがてぽつりと呟いた。面白くなさそうな顔をして。

「確かに似てないね」

「え……」

「僕とお姉ちゃん、やっぱり似てない」

翔太君はそっぽを向くと、わざとらしく足をぶらぶらさせる。それから小さな声で「いいな」と付け加えた。

――やっぱり似てない。

どういう意味でそれを言われたのかはわからない。

けれどもその言葉の真意を聞くのが怖くて、私は黙り込んだ。

それからしばらく、気づまりな沈黙が続いた。翔太君の口からママという単語を聞くのが恐ろしくて、私は声をかけることもできない。土屋が早くここに来ることを願い、何度もあたりを見回した。

けれど、翔太君はそんな私の気持ちなど知る由《よし》もない。ぶらぶらさせていた足をぴたりと止めると、彼はこちらを見た。

「そろそろ行こう、お姉ちゃん。ママを探さなきゃ」

ママを探さなきゃ。その一言が重くて、私は「そうだね」とだけ返した。

けれど、私がずっと浮かない顔をしていることに翔太君は気づいていたのだろう。憂慮《ゆうりょ》するように、こんなことを言った。

「お姉ちゃん、ママが見つからないと思ってるの?」

――どう、答えてあげればいい。

私は答えられなかった。見つかるとも、見つからないとも。

どう言ってあげれば彼が納得するのか、あるいは安心するのかまるでわからない。事実を伝えればきっと悲しむだろうし、かといってその場しのぎの言葉で安心させたところで、後々嘘だと判明するだけだ。

かける言葉が見つからない。——けれど、

「ねえ、ママ、見つかるよね？　じゃなきゃ僕、家に帰れないよ」

翔太君の言葉を聞いて、私は拳を握りしめた。

このままママが見つからなければ、翔太君は山に残ると言うかもしれない。そうなればずっと、彼は永遠に来ない母親を待ち続けることになる。

何年も、何十年も。

「……翔太君」

決心して私は顔を上げた。まだ幼い翔太君と目が合う。

「ごめんね。ママはもう、この山にいないの」

ぽかんとした表情で翔太君が私を見た。

「翔太君のママはもうこの山にはいないんだ。……そのお話をするために、私と、土屋ってお兄さんはここに来たんだよ」

ごめんね、と内心で再び謝る。

目の前にいる男の子——勅使河原《てしがわら》翔太くんは、「うそだ」と小さく呟いた。

＊

平成元年6月。××県にある小春山で、スポーツバッグに詰められた遺体が発見された。遺体は同月、捜索願が出されていた勅使河原翔太君（9）。県警は傷害致死及び死体遺棄の疑いで、翔太君の母親である光子容疑者（34）を逮捕した。

翔太君の遺体には複数の痣、切り傷や火傷の痕があり、日常的な虐待があったとみられている。光子容疑者はすべての容疑を認め、「怪我をした子供を看病する母親を演じれば、みんな優しくしてくれた」「暴行中に子供が動かなくなったので、死んだものと思い、バッグに入れて山の斜面から落とした」などと供述している。

しかし司法解剖の結果、翔太君が死亡したのは山の斜面から落とされた後とみられている。翔太君の捜索願を出したのは光子容疑者本人であり、周囲には「子供が帰ってこない」と相談していた。また、父親は虐待の事実を一切知らず、翔太君が怪我をしていても「やんちゃだから」と聞かされていたという――

＊

テシガワラと小春山で検索した結果だ、と土屋から渡されたスマホには、凄惨《せいさん》な事件の内容が無機的に記されていた。

――依頼人のテシガワラは、そこにある事件の関係者かもな。

土屋が眉間に皺を寄せて言った。

——単純に考えるのなら、ハイキングコースで度々事故を起こしているのは「勅使河原翔太」って子供の幽霊だろう。成仏できないでいる幽霊が赤の他人を巻き込む……すなわち殺そうとするってのはよくある話だ。

だから、小春山で子供を見つけたら注意しろ。

土屋にそう言われていたからこそ、暗い山道でしゃがみこんでいる翔太君を見た時、彼が幽霊であることはすぐに理解できた。そして、彼が「ママを探している」のだとわかった時は、かける言葉に悩んだ。

そのママこそが、翔太君を殺した犯人だからだ。

さまよえる幽霊と対峙しても、どう対処すればいいのかわからない。だから私は翔太君に「一緒に行こう」と声をかけた。

土屋のもとに、連れていくために。

「……うそだ」

ママはもうこの山にいない。私の言ったその言葉に対し、翔太君は何度も「うそだ」と繰り返した。私は翔太君から視線を外して「ごめん」と呟く。

——まだ九歳である翔太君に、真実をどこまで告げればいい？

土屋が早くここに着くよう願いながら、私は口を開いた。

「翔太君はきっと、ママと一緒にこの山を下りるつもりだったんだと思う。だからママを探してたし、ずっと待ってたんだよね？　けど、翔太君はもう……」

死んでるの。ママとは会えないよ。ここにいるべきじゃない。他の人たちを巻き込んじゃだめ。

どれも言えなかったし、代わりの言葉も思いつかなかった。

けれど、翔太君と話せば話すほど、彼はここにいるべきではないのだと思い知らされた。

特に強くそう思ったのは、ゲームの話をしようとした時だ。私がプレイしたのは「ファイブ」だと教えた時、翔太君はそれを知らないと言った。

彼が生きていた頃――平成元年にはまだ、ファイブは発売されていなかったから。

彼の時間はもう進まない。それに気づかされた時、早く成仏してほしいと心の底から思った。この言葉もやっぱり、翔太君本人には言えなかったけれど。

「――僕」

しばらく足元に視線を落としていた翔太君が、ぽつりと言った。

「ママのこと、ずっと待ってた」

「うん」

「ママに会えたら話そうと思ってたことも、いっぱいあった」

「……うん」

「でも……ママはもうこの山にはいないんだ」

私は頷こうとして、そのまま下を向いた。土屋なら、翔太君にどう説明しただろうかと考える。けれどきっと土屋のことだから、翔太君の年齢や境遇に遠慮することなくすべてを伝えていただろう。どんなことでもひょうひょうと言ってのける土屋の姿が頭に浮かんだ。

翔太君が泣き出すのではないかと、私はそっと彼の様子を窺う。

けれど意外なことに、彼はすっきりとした表情をしていた。

「――あのね、お姉ちゃん。僕知ってるんだ」

「え？」

「僕はもう死んじゃったんだって、知ってた」

私は驚いて、翔太君に顔を向けた。「それくらいわかるよ」と大人びた様子で彼は笑う。

「お姉ちゃんみたいに僕の姿が見える人、めずらしいんだ。声をかけてくれたのもうれしくて、だから仲良くなりたかったの。……狐には怒られちゃったけど」

翔太君が苦笑した。

九尾が翔太君をよく思っていないことは、私もさすがに気づいていた。翔太君が九尾を撫でようとした時、九尾が火花を散らして威嚇《いかく》したのも、「山で事故を起こしているのは翔太君の霊かもしれない」という前情報があったからだろう。

翔太君本人も、自分が幽霊であると自覚していた。

けれど、彼は死因を覚えているのだろうか。

……聞かないほうがいい。そう考えた私は、話題が逸れない程度に話を続けた。

「私が探してる土屋ってお兄さんもね、翔太君の姿が見えるし、お話だってできる人なんだよ」

「そうなんだ。僕、仲良くなれるかなあ」

「えっ……うーん。正直あんまり笑わないし、がめついし、やりにくいタイプなんだけど、悪い人じゃないと思うよ」

子供の前で思いきり本音が漏れた。翔太君が面白そうに笑う。

「じゃ、早く土屋のお兄ちゃんを探さなくちゃね。行こう、お姉ちゃん」

翔太君に急かされ、私は立ち上がった。少し休んでいる間に太陽の位置が変わっている。

確か、土屋は夕方五時のバスに乗ると言っていた。下山するための時間も考慮すると、早く合流したいところだ。

「……あ。お姉ちゃんちょっと待って」

先を急ごうとする私を、翔太君が引きとめた。

「僕ね、ママに会ったらわたそうと思ってプレゼントを用意してたの。そこにかくしてあるんだ」

翔太君はそう言って、トイレ横にある木製の物置小屋を指さした。ママを探して覗き込んでいた場所だ。

翔太君は少し恥ずかしそうに言った。

「あのね。ママにわたせないなら、お姉ちゃんにあげたいなって……」

「え、私？」

「うん。いっしょにきて」

翔太君が物置小屋へと向かう。その歩調には彼の喜びが滲《にじ》み出ていた。もしかしたら本当に、幽霊が見える人間に出会ったのは久しぶりだったのかもしれない。

「あのね、あそこの奥にかくしたの」

入り口の前で翔太君は立ち止まり、錆《さび》ついた手押し車を示した。小屋には窓がなく、入り口から差し込む光だけが内部を照らし出している。雑然とした小屋の中には、トイレの掃除道具をはじめロープや梯子《はしご》もあった。

「探してみて」

宝探しをするようにウキウキと翔太君が言う。なんとなく嫌な予感がしたので、訊ねた。

「びっくりするやつじゃないよね？　虫とか」

「ちがうよ、そんなのママにわたせないもん。ねえ早くー」

待ちきれないように翔太君が言い、私はおそるおそる小屋の中に入った。カビや埃の混ざった、独特の臭《にお》いが小屋の内部に充満している。老朽化した小屋は今にも崩れ落ちそうで、翔太君のプレゼントが虫である可能性よりもそちらのほうが不安になってきた。

それに、エレベーターにも乗れない人間にとって、狭くて暗いこの小屋はつらい。翔太君が隠したものを見つけて早く出よう。

「……ねえお姉ちゃん」

私が手押し車に近づいた時、翔太君が静かに言った。私は手押し車の奥に目を凝らしながら「なあに」と返事をする。

「ママ、今、どこにいるの？」

私の足が、自然と止まった。

「……それは」

「この山にいないなら、もう家に帰ってるの？　ママは元気？　どうして僕に会いに来てくれないの」

次々となされる質問に私は押し黙る。

土屋に見せられたニュース記事には、翔太君の母親に関してこう記載されていた。

――裁判長は、勅使河原光子被告に懲役8年の実刑判決を言い渡した。しかし服役中の平成五年、勅使河原受刑者が独居房で衣服を使い首を吊っているのを刑務官が発見。まもなく死亡が確認された。

「……翔太君のママは」

亡くなっているのだと話すべきなのだろうか。けれど、なんて説明すればいい。

まごついている私を見て、幼い翔太君は敏感になにかを感じ取ったようだ。「もしかして」と不安そうに言った。

「ママ、もう、死んじゃったの……？」

私はゆっくり頷いた。ここで「ママは生きている」と言えば、今度はきっと「それじゃあどうして会いに来てくれないの」と聞かれてしまう。それならいっそ、真実を伝えたほうがいいのではないかと思った。

「そう、なんだ……」

ママはもうこの世にいない。その事実を知った翔太君はがくりと肩を落とし、溜息をつく。

そして、言った。

「——せっかく僕が殺してあげようと思ってたのに残念だよ。ママ」

次の瞬間、耳をつんざくような音とともに視界が暗くなった。

「……え？」

翔太君が放った言葉や、自分の置かれた状況が呑み込めず、私は口を開けたままで固まる。

けれどもすぐに息苦しさを覚え、開いていたはずの扉をたたいた。

「翔太君、開けて翔太君！」

——翔太君が私をここに閉じ込めた？　けど、どうして。

閉塞的な空間、暗い視界、カビの臭い。そのすべてが私に牙を剥いているようだった。自分が扉をたたく音が室内に反響する。それすらも不快で、全身が瞬時に冷たくなった。

「翔太君、翔太君！」

「……お姉ちゃん。僕、知ってるんだ」

扉の向こうから、くぐもった声が聞こえた。「なにを」と私は叫ぶ。

「僕はママに殺されたんだって、知ってた」

はっきりと聞こえたその言葉に、私は扉をたたくのをやめた。

「ねえ、僕はママに『ぎゃくたい』されてたんだよね？　ママはしょっちゅう僕をぶったり、つねったりした。腕にやかんのお湯をかけられたりもした。……あの日、僕はママに突き飛ばされて頭を打ったんだ。僕は動けなくなっちゃって、ママは僕を大きな鞄に入れた」

「……翔太君」

「ママは僕の入った鞄を車にのせて、ここまで来た。それから……どうしたと思う？」

私はその答えを知っていた。けれど、答えられなかった。

翔太君が、冷たい声で言う。

「ママは、僕の入った鞄を、高いところから落としたんだ」

翔太君がしゃがみこんでいた場所を思い出す。道のすぐ隣は急斜面になっていて、見ているだけでも恐ろしかった。実際に落とされた翔太君の気持ちは計《はか》り知れない。

「――僕はまだ生きてたのに」

翔太君が静かに言った。

「僕はまだ生きてたのに、ママは僕を捨てた。ゴミみたいに捨てたんだ。だから僕はママを許さない。ママを殺す。僕とおんなじ思いをさせて、ママを殺してやる。そう決めてたんだ」

なのに僕に殺される前に死んじゃうなんて、と翔太君は嘆《なげ》いた。

ママはどこかと泣いていた翔太君の姿が思い出される。そして、彼がママを探していた理由を頭が急速に理解した。こもった空気と埃っぽさも手伝って、吐き気がこみ上げてくる。

私は片手を胸に当て、空いている手で力任せに扉をたたいた。

「翔太君、お願いここを――」

「開けないよ」

それは、意地悪をする子供のものとはまったく違う声だった。

人を地獄に突き落とすのを厭《いと》わない、その思いを隠していない声だ。

「ママが死んでるのならもう誰でもいい。お姉ちゃんもこの山で死んでよ。……暗くて狭い場所に閉じ込められて、ゴミみたいに捨てられて、死ねばいいんだ」

「――っ、」

「土屋ってお兄ちゃんなら来ないよ」

呼ぼうとした名前を先に言われ、私は愕然とした。

「土屋ってお兄ちゃんは、僕が座ってたあの道のほうに来たんだ。けど、僕はお兄ちゃんが通り過ぎるまで隠れてた。……今頃は、悪戯好きのアヤカシたちがお兄ちゃんを足止めしてるはずだよ。しばらく動けないと思う」

「うそっ……」

「――みんなここで死ねばいいんだ」

抑揚《よくよう》のない声で翔太君が言った。

「お姉ちゃんもお兄ちゃんも。僕が、ここで、殺してあげる」

ガチャンと固い音がした。

それきり、翔太君の声は聞こえなくなった。誰かが扉の向こうにいる気配すらない。

「うそ、……翔太君！　翔太君開けて！」

私は翔太君の名前を呼びながら、執拗に扉をたたいた。たたけばたたくほど室内の埃っぽさが増していく。薄い木製の扉は、思いのほか頑丈でびくともしない。自力で扉を開けようとしても、耳障りな金属の音が響くだけだ。

──外側から鍵をかけられたんだ。

ひゅ、と自分の喉が鳴る。いよいよ息が苦しくなってきて、私はその場にへたりこんだ。冷や汗は止まらない。もはや、扉をたたき続けることすら難しかった。

「──っ、つちや……」

暗闇の中、手探りでスマホを探す。けれど、本来頼りになるはずのそれには圏外のマークが表示されていた。頬を伝った汗が地面に落ち、意識が遠のく。

その瞬間、私は急激に死を意識した。

死ぬ。

死ぬ死ぬ死ぬ……死ぬ。

──うるさいんだよこのクソガキ！　一生そこから出さないからね！

子供の頃、嫌というほど聞いた女の金切り声が、脳裏によみがえった。

……ああそうか。

私、あの時も怒らせたんだ。歯向かってはいけない絶対的存在を怒らせて、閉じ込められた。

私がうるさかったから。私が機嫌を損ねたから。

悪いことをしたのは、私だ。

こみ上げていた酸っぱいものを無理やり呑み込み、のろのろと顔を上げる。力の入らない手で、どんと扉をたたいた。

「――ごめ、なさい」

謝らないと。

怒らせたのなら、ちゃんと謝らないと。

はんせいしないと、ここからだしてもらえない。

「ごめんなさい……ごめんなさいごめんなさいごめんなさい！」

あやまるから。

もううるさくしないから、かってにテレビもみないから、おうたもうたわないから、いい子にしてるから邪魔にならないようにするからもう泣かないから！

「あけて、お母さん！」

――…………あ、れ？

自分の口から飛び出た言葉に瞠目《どうもく》する。握りしめていた手の力が自然と緩んだ。

――……ああ。

そうだった。

あの日。

『事件当日、母親は女児に留守番を頼み、夜勤に出る』

母親が出かけたのは夕方で、出かけた理由はパチンコだったし、私は留守番を頼まれていたわけでもなかった。

母親の機嫌を損ねた結果、狭くて暗い場所に閉じ込められていたのだ。

私は泣き叫んで、何度も戸をたたいた。けれど母親はもうそこにいなくて、私の助けは誰にも届かなかった。

――はずだった。

『コンコンといっしょにいた』

あの日、私を助け出してくれたひとがいたんだ。

それから――

『女児の洋服や下着の一部、そしてリュックサックまでもがなくなっていた』

『キツネ山にいた、コノエさんだ』

『誰よりも、今よりも。……おふたりとも、とても幸せそうでしたよ』

『強い霊感を維持できるガキはそう多くない。一時期は幽霊が見えていても、成長するにつれ見えなくなる人間がほとんどなんだよ』

……どうして。

『事件発生から四か月後の十月初旬、女児は無事に保護される。交番の前で泣き叫んでいたところを、警察官に発見されたのだ』

——どうして忘れてたんだ、こんな大切なこと。

いつから思い出せなくなっていたんだろう。忘れて、思い出せなくて、だから勝手に悪者扱いして。神隠しと聞いた時もいい印象は抱かなかったし、土屋にお金を払ってでも退治すべき存在なのだと思い込んでいた。

……私、ひどいな。どうしようもない馬鹿だな。

それなのに、

「——九重！」

あなたはそうやって、また私を助けてくれるんだ。

「……おい、おい！」

ゆさゆさと身体を揺さぶられている感覚に薄目を開ける。ぼんやりとした視界に映ったのは金色の毛並みではなく、くせのある黒髪だった。それと、この数か月ですっかり見慣れたミリタリージャケット。

「——……つちや？」

「いきなり呼び捨てか。つーかなにがあった、だいじょ……」

ガラにもなく「大丈夫か」と言いかけた土屋が、私の顔を見てぎょっとした。恐らく、汗と涙と鼻水と涎で顔中べたべたになっているからだろう。倒れ込んでいたせいで頬には土がついているし、口の中はざりざりと嫌な音がする。

土屋が無言で、未開封のミネラルウォーターを渡してきた。ありがたく受け取り蓋を開け、うがいを二回してから一口飲む。残った水で顔を洗った。

「……なんでこんなところで倒れてたんだよ。なにがあった」

私に気を遣ってか、明後日の方向を見ながら土屋が言った。「こんなところ」と言われて改めて、自分が倒れていた場所に気づく。

物置小屋の入り口だ。

小屋の中に足を突っ込み、上半身は外に出た状態で倒れている。

つまり、鍵も扉も開いていた。

「……九尾」

「あ？」

「あ、違います。あの、私、ここに閉じ込められて……」

その時思い出したおぞましい記憶が、頭の中でぐるぐると回った。

暗闇の中で戸をたたき続ける幼い私や、母親の怒鳴り声。自分の存在を否定されるような行為の数々。

——僕たち、きっと、似てるんじゃないかなって。

「……翔太君！」

すべてを思い出した私は、がばりと顔を上げた。

「ねえ、翔太君は⁉」

「ああ？　お前その幽霊と出会っ――」

「翔太君はどこに行ったんですか！　まさかまだ一人で、……ていうか土屋さん大丈夫だったんですか！　アヤカシたちに足止めされてるって聞いて、いやその前に来るのが遅いです！　なんでもっと早く――」

「わかった、いいから落ち着け！」

思い浮かぶ言葉を次々発している私に、土屋が声を荒らげる。そうして今度はポケットティッシュをくれたので、詰まっていた鼻をかんだ。

「――俺は、翔太って幽霊はまだ見てない」

ぶうぶうと音を立てて鼻をかむ私を見て、土屋は露骨に眉をひそめた。

「あと、俺ならなんの問題もねえ。……お前の姿を見失った後、この山に住んでるアヤカシたちが『その女の居場所を知ってる』とか言いだしてな。『探してる幽霊のことも教えてやる』だなんて気前のいいこと言うもんだから、半信半疑でついてったんだよ。ま、どっちも嘘だったけどな」

「そうなんですか……」

「こっちの時間を無駄に使わせた分、あいつらにはそれなりの罰を受けてもらった。しばらくは人間の前に姿を現すこともねえだろ」

どんな罰を与えたのかと思ったが、聞かないでおいた。

みんなここで死ねばいいんだ、という翔太君の声を思い出す。あの時、翔太君がどんな顔をしていたのかはわからない。ママはすでに亡くなっているのだと教えた時も、彼の顔を確認する前に扉は閉められてしまった。

——せっかく僕が殺してあげようと思ってたのに残念だよ。ママ。

きっとあの言葉は嘘ではないだろう。

けれど。

「……本音を聞き出す必要がある」

私は呟いた。「なんだって？」と土屋が訊き返す。

「土屋さん、前に言ってましたよね。幽霊を成仏させるためには本音を聞き出す必要があるって」

「ん？　ああ」

「それってタイムラグがあったりします？　本音を言ってから成仏するまで一年かかるとか。あるいはこう、本音を聞く以外に何かしてあげないといけないとか……」

「いや。浄霊のためにやるべきことは『キーワードを聞き出す』、それだけだ。本音さえ聞いてやれば、すぐにでも成仏するはずだが——」

土屋が言いきるよりも早く、私は土屋のジャケットを引っ張って歩き始めた。

「なんだよおい！」

「探すんです！」

「なにをだよ！」

「翔太君！」

私は叫んだ。

――翔太君はきっと、まだ成仏できていない。

私を物置小屋に閉じ込めたあの時に成仏できていたのなら、「お兄ちゃんも殺してあげる」なんてセリフは出てこなかっただろう。

成仏できていない。ということは。

翔太君はまだ、本音を言ってはいないんだ。

「探すってお前……翔太ってのがどこにいるのか、見当もついてないのか？」

水を差すような土屋の言葉に立ち止まる。土屋は溜息をついた。

「いちいち探してられるかよ、聞き出すぞ」

そう言って土屋が呼び寄せたのは、この山に住んでいるアヤカシだった。先ほど、私たちを分断するため土屋に嘘をついたアヤカシのいっぴきだ。

人間にそっくりな姿をしたアヤカシは、土屋の姿を認めるやいなや、その顔をこわばらせた。

＊

終始びくびくしているアヤカシに案内された先は、私が初めて翔太君と出会ったY字の分《ぶん》岐路《きろ》だった。湿った空気が覆う薄暗い道。それはどこか、私が閉じ込められたあの場所にも似ていた。

「——いたぞ」

先頭を歩いていた土屋がぼそりと言う。翔太君は体育座りをして、膝に顔をうずめていた。私たちの足音は聞こえているはずなのに、ぴくりともしない。

「顔上げろ、クソガキ」

優しさのかけらも感じられない声音で土屋が言った。

翔太君は一向に顔を上げようとしない。けれどその身体に、必要以上に力が入っているのが見て取れた。

「無視してんじゃねえぞガキが。顔上げろっつってんだ——」

「待って！」

翔太君はわざと無視しているのではなく、土屋を怖がっているのかもしれない。そう思った私は土屋より前に立った。そして、土屋に向かって静かに言う。

「私に、……私に話をさせてください」

私の声に気づいた翔太君が、ようやく顔を上げる。そうして私の姿を認めるやいなや、わざとらしくにやりと笑った。

「なんだ、お姉ちゃんか……。死ななかったんだ？」

そして、私の隣――なにもない空間へと目を向けて言った。

「僕とお姉ちゃん、やっぱり似てなかったね」

先ほども言われたその言葉の意味を、私はようやく理解することができた。

翔太君を助けてくれる存在は、最期まで現れなかった。

けれど私には九尾の狐がいる。狭い場所に閉じ込められても、助けてくれる存在が。

だから、似てない。

「……翔太君、私ね」

私は、両手をきつく握りしめた。

「私、お母さんにされたこと、忘れちゃうくらいに怖かった」

翔太君が笑顔を作るのをやめた。

土屋が背後から「おい」と控えめに声をかけてくる。私は片手で土屋を制した。

「だからね、こんなこと言っちゃ駄目かもしれないけど……翔太君の言ってたこと、ちょっとわかるんだ。ママを許さないって言ったよね。それでいいと思う」

翔太君が怪訝な顔をする。もしかしたら「すべてを許しなさい」と諭されると思っていたのかもしれない。けれど私は、そんな寛大な御心《みこころ》を持ち合わせていない。だから、翔太君にそれを強要しようとも思わない。

許さなくていい。

けれどこの後、翔太君が私の想像通りの本音を言ったとしても、きっと変だとは思わない。

「――翔太君はどうして、ずっとママを探してたの？」

翔太君がこちらを睨んだ。一気に空気が冷たくなる。土屋が半歩前に出ようとした気配を感じて、私は再びそれを止めた。

「……殺すためだよ。さっき言ったはずだけど」

「うん聞いた。でも本当にそれだけ？」

ママの話をしていた時の翔太君を思い出す。「不注意で怪我をした」と話した時、彼の口調はあからさまに不自然だった。

けれど、「ママが毎日薬を塗ってくれた」と話す彼の笑顔は、嘘がなかった。

――怪我をした子供を看病する母親を演じれば、みんな優しくしてくれた。

記事によれば翔太君のママはそう話していたという。だからきっと、暴力をふるった後はいつもかいがいしく世話を焼いていたのだろう。

そんなママに、翔太君はどんな感情を抱いていたのか。

「ここでママを待ち続けていたのは、本当に殺すためだけだったの……？」

彼を刺激しないよう静かに、けれどもはっきりと私は訊ねた。

私を睨みつけていた翔太君が、拗《す》ねたようにふいと視線を逸らした。若干ではあるが冷気が弱まる。

「……ママのこと、殺そうと思ったんだ。本当だよ」

翔太君が言った。私は頷く。

「……だって僕、ずっと待ってたんだ」

私は再度頷いた。そして、確信した。

翔太君は、ママを殺すためにここで待っていたんじゃない。

待っていたのに来なかったから。

ママが迎えに来なかったから、殺したいとまで思ったのだと。

「――ママはね、いっつも僕にひどいことをした。殴ったり蹴ったり、もっと痛いこともいっぱいされた。僕がやめてって言っても、ママはやめてくれなかった」

翔太君が言う。「うん」と私は返した。

「……でも、ママ、その後はいつも優しくしてくれたの」

翔太君は膝に顔をうずめた。そして、「今回もきっとそうだと思ってた」とくぐもった声で言った。

「僕は動けなくなっちゃって、ママは僕を鞄に入れた。それでも僕は、きっといつもみたいに薬を塗ってくれるんだと思ってずっと待ってたんだ。鞄の中は狭くて暑くて息だって苦しかったけど、それでも頑張って待ってたんだ。パパはいっつも仕事でいそがしくて、僕とあんまり話してくれなくて、だから僕にはママしかいなかったのに！」

そのパパが百万払ってお前を助けようとしてるんだけどな、と土屋が呟く。私は人差し指を立てて「静かに」と合図した。

「……ねえ、僕、ママのこと許さないよ」

念を押すように翔太君が言う。俯いている彼には見えないのを承知で、私は首を縦に振った。

「ほんとにほんとに許さないよ。僕を殴ったり蹴ったりしたことも、鞄に入れたことも、高い所から落としたことも、ぜんぶ許せない」

「……いいよ、許さなくていい」

「ママが迎えに来てくれなかったのも、絶対に許さないからね」

いいよと私は繰り返す。翔太君の肩が大きく震えた。

「――……でも僕、ほんとは」

翔太君はそこで言葉を詰まらせた。そうして逡巡《しゅんじゅん》してから、それを口にした。

「僕、ほんとは、……薬を塗ってくれるママは、好きだったんだ」

私は「うん」とだけ返す。

彼の発したその気持ちを、私自身もよく知っていた。

「僕、ママが僕にした悪いこと、絶対に許さないよ。許さないけど……薬を塗るときみたいに、いつも優しくしてほしかった。いつかそうなるかもしれないって期待してたんだ。だから僕、ここでママが来るのをずっと待ってたのにっ……」

翔太君は顔を上げると、泣きはらした目でこちらを見た。

「……ねえ。許さないのに待ってたなんて、僕、やっぱり変……？」

「ううん」

私は首を振る。

「変じゃないよ」

翔太君の目から涙があふれた。

ママがまた迎えに来る。そう信じてこの道にしゃがみ込んでいた、三十年以上の歳月。それはきっと、途方もなく長かったに違いない。そしてとても寂しかっただろう。

——ひとりはもう嫌だ。

遠い記憶の中で、私にそっくりな誰かが言った。

「……僕、ずっと待ってたのに」

翔太君が、ぼろぼろと大粒の涙をこぼして言う。

「夜になっても雨が降ってもずっと待ってたのに、どうして迎えに来てくれなかったの！ねえなんで！　なんでだよ！」

一息にまくしたてた翔太君が、大きく息を吸う動作をする。

そして、言った。

『……愛してほしかった、ママ』

——よかった。これで、やっと。

翔太君の身体が透け始めて、成仏するのだと彼自身も悟る。そうして消えるまでのわずかな時間、確かに翔太君の声がした。

「……いじわるしてごめん、お姉ちゃん」

何度目かわからない「いいよ」を、私は言った。

＊

翔太君の姿が完全に見えなくなると、全身から力が抜けた。その場にふにゃりと座り込む私を見て、さすがの土屋も気づかわしげに声をかけてくる。

「おい。大丈夫か？」

「……はい」

涙声で私は答えた。

日が傾いてきたせいか、日中は鳴いていなかった虫の声がする。背後にいる土屋が頭を掻く音までもが、やたらと鮮明に聞こえてきた。

「……今回はさすがに疲れたな。少し休んでから下山するか？」

「土屋さん」

私は両目を擦《こす》り、鼻をすすった。「なんだよ」と土屋が答える。ぶっきらぼうではあったが、いつものような棘《とげ》はなかった。

「私、思い出したんです」

「あ？」

「九尾の狐に隠された日のことも、九尾に呪われた前世のことも。……ぜんぶ、思い出したんです」

土屋が息を呑む気配がした。私はもう一度強く目を擦《こす》る。

……そう。あの日、私がそれを願った。

「私が、前世で言ったんです」

――ひとりはもう嫌だ。だから、どうか。

「私のことを呪ってほしい。私が九尾に、……そうお願いしたんです」

第七話　どんぐりの約束

あれがいつの出来事だったか、はっきりとは覚えていない。

思い出せるのはジメジメとした蒸し暑い気候と、懸命に走る自分の姿だ。

そして、その日は確か失敗した。

「待てぇ！」

私の背後で初老の男性が声を上げる。しぶといやつだ、と私は叫んだ。

「ちょっとくらいくれてもいいだろ、ケチ！」

前方から歩いてくる男性が帯刀しているのを見て、私はさっと脇道に入った。


九重として生まれてくる二百年ほど前。

私は、孤児となり一人で生きていた。

両親は私が十二の時に流行り病で他界した。その後すぐに庄屋のもとに引き取られたものの、その家族と馬が合わず、嫁からはいびられ、子供たちからはいじめられた。

結果、私は庄屋の家を飛び出した。これが十四の時だ。

その後一週間ほど歩き続けた私は、適度に栄えた町にたどり着いた。

町の近くに使われていないボロ小屋があったので、そこを寝床にする。そうして、腹が減っては町へと繰り出し、他人のものを「拝借」する生活を始めた。

平たく言ってしまえば盗人だ。

腐りかけの残飯をもらうこともあれば、店頭に並んでいる商品を盗むこともあった。

自分一人がなんとか生きていけるだけのものを抱えて走り、正義の目に怯えて暮らす。そんな日々が半年は続いていたように思う。

そしてあの日。私はとある民家にあった見慣れぬ木と、そこに生《な》っていた果実に目を奪われた。

今すぐにでも食べられそうな、薄い橙色の果物たち。学のない私はその果物の名前を知らなかったけれど、美味しいだろうことは本能的に理解できた。

食べてみたい。そう思い、手を伸ばしたのがすべての間違いだった。

「――待て、待たんかあ！」

その木の持ち主は、贅肉《ぜいにく》を揺らしながらもしつこく私を追い回し続けた。私はまだ果実のひとつも盗んでいないのに。

やせ細った自分の身体を最大限に活かすため、細い道を選んで走り続ける。一方、私を追い回していた男性は体中の肉が邪魔をして、そのうち走ることもままならなくなった。

「ま、待て……ごほっ」

「誰が待つか、ばーか！」

地面に突っ伏す男を散々馬鹿にして、私はその場を去った。

「はあ……はーあ、散々な目に遭《あ》った」

頬を伝う汗を拭い、顔を上げる。執拗に追いかけられたせいで、町からずいぶん外れた場所まで来てしまっていた。木々で覆われた薄暗い道ばかりが続く土地。周囲には民家も畑もない。すなわち、金目のものは何もなさそうだった。

「走ったせいで喉が渇《かわ》いたし腹も減ったし……くそっ」

とんだ災難だったと思いながら、周囲の木々になにか生《な》っていないかと確認する。しかし、これといって目ぼしいものは見つからなかった。果実の一つでもあれば、飢えも渇きもしのげるのに。

これ以上無駄な体力を使わないように注意しながらも、新しい発見はないかと道を進む。

すると、道端にぽつねんと設置された小さな祠《ほこら》を見つけた。

木製のそれは手入れされた様子もなく、どこか薄ぼけている。人気《ひとけ》のない場所にあることも手伝って、「人々から忘れられた神様の祠」といった雰囲気を漂わせていた。

ところがよほど信仰深い人間がいるのか、小さな饅頭《まんじゅう》がひとつだけ供えられている。ついさっき置かれたばかりなのか真新しく、虫もたかっていない。

「……いいよな？」

なにが祀られているのかは知らないけれど、そこにいるのかもしれない神様に確認した。

——神様ならわかると思うが、あたしは腹を空かせて死にそうな子供だ。ここにある供え物を盗んでも神様なら……そう、寛容な神様なら、見逃してくれるだろ？

内心で言い訳をして、私は饅頭に手を伸ばした。ところがその時、

「やめときな」

背後から声をかけられ、手を止めた。

「その饅頭は、ここに置かれた時から傷《いた》んでるんだ。腹を壊したくないならやめとけ」

親切な忠告だった。低い声だが、さっきまで私を追いかけ回していた男のそれとは違う落ち着いた声色だ。

聞き慣れない声に、おそるおそる振り返る。

——狐が、いた。

狐といっても、私の知っている姿とはずいぶん様子が違っていた。確かに四足獣であるところは記憶通りだが、その毛は見たこともないような白に近い金色をしている。瞳は綺麗な琥珀《こはく》色で、ガラス細工みたいに透き通っていた。

それよりなにより、圧倒的な存在感を誇るその尾だ。

狐には、素晴らしい毛並みの尾が何本も生えていた。一本一本が太いので、それが寄り集まっている姿はまさに圧巻だ。私の視線の先で、右端の尻尾だけがふわりと動いた。

目を疑うような神秘的な光景。けれども同時にこう思った。

——扇子《せんす》にでもできそうな尾っぽだな。

異形の相手にのんびりとそんなことを考えられたのは、決して私の肝が据《す》わっていたからではない。眼前の狐に、害意も悪意も感じられなかったからだ。

私がまじまじと見つめていることに、狐のほうも気づいたらしい。ガラスみたいな目を真ん丸にして言った。

「……おまえ、あっしの姿、見えてるのか？」

私は頷いた。そして、とんでもなく不遜《ふそん》な態度でこう訊ねた。

「あんた、この祠の神様？」

狐は今にも笑いだしそうな、あるいは泣き出しそうな、とにかく不思議な顔をした。

それから、なぜか愉快そうにこう答えた。

「いいや。あっしは……なにかの神様と間違えられた、ただの狐さ」

狐に教えてもらった湧き水で喉を潤《うるお》し、木陰で涼みながら話を聞いた。

いわく、その狐は九本の尾を持った「九尾の狐」という存在らしい。数百年前、この近辺をうろついていたところ僧侶《そうりょ》と出くわし、土地神と勘違いされて崇められた。その直後、大干《かん》ばつに見舞われていたこの土地に大雨が降ったこともあり、狐が神様だという信憑性《しんぴょうせい》が高まってしまったのだという。

「雨が降ったのは本当に、単なる偶然だったんだがなあ」

九尾の狐は苦笑した。

「しかし皆が色んな食べ物をたくさん祠に供えてくれてな。それはありがたかった。というか美味《うま》かった」

「へえ……。それじゃあ今日、祠にひとつだけ残ってたあの饅頭は、あんたの食い残しってわけか」

「いや。あれは、ここ最近で唯一供えられたもんだ」

九尾の言葉に、私は眉根を寄せた。

「神様への供え物が、腐った饅頭ひとつだけ？」

「誰もあっしのことを信じなくなったのさ」

九尾は笑った。

「ここいらも近頃平和だしな、神様に縋りつきたくなることもなくなったんだろう。……あの饅頭はたまに供えられるんだが、いつも傷んでるんだ。あっしのためというよりは、店に出せないもんを自然に還《かえ》してるって感じだろうな」

「──なんか腹立つな」

「うん？」

「勝手に崇めて、勝手に忘れて。……嫌いにならないのか？　人間のこと」

あたしは嫌いだ、と付け加えた。私を蔑む目も、憐れんでおきながら差し伸べられることのない手も、そのすべてに嫌気がさしていた。

九尾は「そうだなあ」と空を仰ぐ。ムクドリが二羽、さえずりながら飛んでいった。

「あっし、人間のことが好きなんだ。だから、あの祠が必要ないくらい皆が穏やかに過ごせてるなら、それでいいんだよ」

その声には一切の偽りがなかった。私はそっと九尾から目を逸らす。綺麗なものが近くにあると、自分の汚れが浮かび上がる気がした。

「……さすが神様、懐が深いんだな」

「いやいや神様じゃねえよ。ちょっと尻尾が多いだけの、しがない狐さ」

あっはっは、と豪快《ごうかい》に九尾は笑った。私はその尾に目をやる。風になびくススキを連想させる、金色の尾っぽたち。

「なあ。どうしてお前、尻尾が多いんだ？」

「これか？　修業してたら勝手に増えるんだよな。面白いだろ」

狐は九本の尻尾をわさわさと振った。

「あっし、こう見えて若い頃は勤勉だったもんで」

「へえ……。その、修業ってのはなんだ？」

「狐が集まって色々と勉強すんのさ。人間でいうところの寺子屋みたいなもんだな。そこで化ける練習をしたり、人や鳥の言葉を勉強したりするわけだ」

見ときな、と九尾が言うやいなや、ぼうんと音が鳴った。九尾の姿は白い煙に包まれる。匂いのしない煙ではあったものの、真横にいた私は咳込んだ。

「あ、すまねえ」

謝ってきたのは私の声だった。私は眉をひそめて、煙の中に目を凝らす。

徐々にあらわになったのは、

「どうだ、似てるか？」

私に化けた狐の姿だった。

艶のないざんばら髪に、黒く汚れた顔。修繕もされず、あちこちがほつれた着物。贅沢《ぜいたく》をしたことがないと一目でわかるようなやせ細った身体。

似ているかと訊かれれば確かに似ている。そっくりだ。

けれど、私の口から漏れ出たのは、

「……最悪」

自分に、あるいは世界に対する言葉だった。

「すまねえ、似てなかったか？」

言葉の意味をわかっていない九尾が、ぼうんと音を立てて元の姿に戻る。私は首を振った。

「もっと他にないのか？　こう、かわいくて面白いやつだ」

「かわいくて面白いやつ……猫か？」

「いや、そういうのじゃなくて。もっと変なのがいい。あの、だから、えーと……」

思い描いたものを口で説明できない自分がもどかしく、私は「やっぱりいい」と口をとがらせた。九尾は、そんな私をじっと見つめていたように思う。

「……狐って、最初から化けたり話したりできるわけじゃないんだな」

少しだけ話を逸らすと、九尾は「そうだな」と笑った。

「なんでも修業は必要さ。あっしたちは何年も何百年も修業して、色んなことを覚えていくんだ。人間だって似たようなもんだろう？」

「……あたしは何百年もかけて、人間と話せるようになりたいとは思わないけどな」

「そうか？　あっしは人の言葉を覚えてよかったと思うぞ」

九尾はそう言うと、曇りのない瞳を私に向けた。

「こうやって、おまえさんとも話せたしな」

それは、久しぶりに向けられた好意的な目だった。その琥珀色の瞳を直視できず、私は明後日の方向を見る。

「……変な狐」

「おまえさんに言われたくないぞ。あっしの姿が見える人間も珍しいが、腰を抜かさない人間なんてもっと珍しいんだからな」

――私は、嬉しかったんだ。本当に。

私を見下したりせず、対等に話してくれる狐の存在が嬉しかった。狐が楽しそうに笑ってくれることも心地よかった。

だから翌日も、私は狐の祠に行ったんだ。

「おい神様。いないのか」

わざとぶっきらぼうに声をかけて、けれども内心はらはらしていた。ここにいなかったらどうしようとか、二度と会えなかったら嫌だとか、そういうことばかりを考えてしまう。けれど、そんな思いは杞憂《きゆう》だった。

「神様はいないが、狐ならいるぞ」

後ろから聞こえてきた声に頬が緩む。それでも私はあくまで涼しい顔をして振り返る――つもりだったのに、狐の姿を目にした途端、ぽかんと口を開けてしまった。

九尾の狐はなぜか、二本足で立っていたのだ。

金色の毛を持つ狐の姿のままで、人間のように立っている。しかもこれまた人間みたいに、安っぽい着物を着流していた。男性用の青い着物だ。

私は、見上げるようにして狐を眺める。大きな図体を持つ狐は、後ろ脚で立ち上がれば完全に成人男性と同じ背丈だった。

狐が「どうだ」と腕を組み、鼻を鳴らす。

「かわいくて、面白くて、変わってるやつ。……一晩中考えたらこの姿にいきついた。どうだ、似合ってるか？」

狐の背後で、大きな尻尾が自慢げにぼふりと音を立てた。私は唖然としてその姿を眺めていたが、ついに噴き出してしまった。

「お？　なんだ、そんなにおかしかったか」

「いやお前、姿かたちは狐のままじゃないか……」

「おう。狐が服を着て二本足で歩いてるなんて、粋《いき》だろ？」

「つまりお前、自分のことを『かわいい』と思ってるんだな……」

狐は「え？」と首を傾げ、数秒後には「あっ」と声を上げた。

「そ、そんなつもりじゃないぞ！　あっしはそんなつもりじゃ！」

「いいよ、そこまで必死にならなくても」

「いやいや、ここはちゃんと否定しておかないとおまえさん――」

「いいって。確かにかわいいから」

羞恥と焦りでぺらぺらとまくしたてていた九尾が、口を半開きにしたまま固まる。私まで照れ臭い気持ちになり、地面に視線を落として言った。

「そっちの姿のほうが、あたしは好きだ」

半開きになっていた狐の口がじわじわと形を変え、笑顔になっていく。その様子がおかしくて、私はまた笑った。

「そ、それで。おまえさん、今日はどうしてここに？」

咳払いをひとつして九尾が言った。私は隠し持っていた饅頭をふたつ、九尾に見せる。

昨日、祠に供えられていたものと同じ饅頭。

けれど今朝作られたばかりの、傷んでいないものだ。

「供え物、持ってきたんだ。……一緒に食べないか？」

私が言うと、九尾は目を真ん丸にして私と饅頭とを見比べた。

そして、とてつもなく嬉しそうに、笑った。

──あの時。

嬉しくて笑ってしまったのは九尾の狐だけではなかった。

私だって、同じ表情をしていたんだ。

こんな自分に笑いかけてくれる存在がいる。自分の存在が喜ばれる場所がある。

そのことを知れて、嬉しかった。

「……あたし、初恵っていうんだ」

久しぶりに自分の名前を口にした。饅頭をひとつ差し出して続ける。

「神様の名前はなんていうんだ？」

九尾は、空いている前脚を饅頭に伸ばした。金色の毛と鋭い爪こそあるものの、その手は人間のような形をしていた。

「あっしの名前は、────」

九尾は恥ずかしそうに、けれど迷うことなく、自分の名前を教えてくれた。

そして、私の差し出した饅頭を手に取った。

私が「盗んできた」饅頭を。

……あの時私は、それが盗んだものであると九尾に告げていなかった。

だから彼は、なにも悪くない。

悪いのは私だ。

最初に間違えたのは、私だったんだ。

＊

私は「食べ物を供える」ため、毎日九尾の祠を訪れるようになった。

持っていくものは日によって違った。饅頭の時もあれば、握り飯の時もある。魚の時があれば、野菜の時もあった。

供えるものは日によって変わる。けれどもそれはいつだって、

「待てえ、この泥棒！」

誰かから盗んだものだった。

当時の私は窃盗以外に、食料を得る方法を知らなかった。そして、なにも持たずに九尾のもとへ行く勇気もなかった。

「供え物を持ってきた」。当時の私が最強だと思っていた言葉のひとつだ。

だって、それ《それ》さえあれば九尾に会いに行く立派な理由になる。九尾に「来るな」と言われることもない。

けれどももしも、身ひとつで九尾に会いに行って、拒絶されたら。

……そんなことをしないやつだと、頭ではわかっていた。

九尾はとてもいいやつだ。私が渡す食べ物が生ごみに近い残飯でも、文句を言ったためしはない。だから私が手ぶらだったとしても、きっと迎え入れてくれるだろう。

そう思っていたのに、できなかった。

また誰とも話さない生活に戻るのが——独りぼっちになるのが怖かったから。

「……なあ初恵。供え物なんて、なくてもいいんだぞ」

私が持ってきた握り飯を狐火《きつねび》であぶりながら、心配そうに九尾が言った。おそらく九尾は、私の持ってくる供え物が「くすねた物」であると気づいていたのだと思う。

「馬鹿言うな。それじゃああたしが飢え死にするだろ」

私が差し出した握り飯を、九尾は逡巡しながらも手に取った。少しだけ困ったように笑う彼は、人みたいに青色の着物を着流している。私が褒めたその姿を彼自身も気に入ったのか、「おまえさんの前ではこの姿って決めてんだ」とまで話していた。

「……すまねえな、初恵」

九尾は、私の盗みを注意したりはしなかった。ただ、私が供え物を持っていくたび、喜びと悲しみを混ぜたみたいな顔をした。

「——それにしても、冷えるようになってきたな」

焦げ目のついた握り飯を頬張りながら私は言った。九尾と出会った頃の蒸し暑さは消え、秋の到来を強く感じられる時期になっている。薄い衣服しか持っていない私にとって、最もつらい冬が近づいてきていた。

私は、九尾の尻尾を一瞥した。もふもふと密集した九本の尾。

「その尻尾を毛布代わりにすればあったかそうだ」

「お、やってみるか？　九本もあるんだ、おまえの全身を包んでやれると思うぞ」

冗談に近い私の発言に、九尾はにこやかに答えてくれた。そうして大きな尾をひとつ、私の肩にのせてくる。まるで、男が女の肩を抱くように。

両肩がじんわりとあたたかくなるのを感じ、私は頬を緩めて言った。

「今年の冬は、寒さを感じずに済みそうだな」

この言葉は間違っていない。

けれど私は、冬を越すことができなかった。

当時の日本ではあらゆる病気が命取りになった。たとえば二百年後の未来では薬物療法で完治したり、あるいはワクチンで予防できる病気でも、二百年前なら不治の病として扱われていたり、恐れられたりした。

雪が降り始め、冬の寒さが牙を剥き始めた頃。私は床に臥《ふ》せっていた。

床といっても寝具はなく、崩れ落ちそうなボロ小屋で倒れているにすぎない。ただ、私のそばから離れようとしない九尾が、自身の尾を毛布代わりにかけてくれていた。

「……熱、引かねえな」

心配そうに九尾が言った。

数日前から続く高熱は、確実に私の体力を奪っていった。ただでさえ栄養の足りていない身体は、あっという間に衰弱していく。私は熱に浮かされた頭で、けれども確かに死を覚悟した。

「――……供え物、ずっと渡せてなくて……すまない」

一番の気がかりを伝えると、九尾は呆けた顔をこちらに向けた。

「そんなの気にするんじゃねえ。あっしは――」

「いてくれるか……？」

「え？」

「さいごまで、ここにいてくれるか……？」

九尾が目を見張った。口を開きなにかを言おうとして、けれどなにも発さずにそっと私から目を逸らす。

私は、自分の命が終わりに向かっていることを知っていた。

九尾もまた、そのことに気づいていた。

気まずさとは少し違う、決して優しくない沈黙。九尾は悩んだ末に答えを出した。

「いるよ」

さいごだなんて言うなと叱咤《しった》するでもなく、なにを言ってるんだとはぐらかすわけでもない。ただ真摯に、真正面から言った。

「ずっと、ここにいる」

私はふっと笑った――つもりだったけれど実際は、表情をほんの少し弛緩《しかん》させたにすぎなかった。

笑うだけの体力すらない。そんな中で九尾の存在は嬉しくも頼もしくもあり、そして悲しくもあった。

「——……でも、あたしが死んだら、もう会えないんだよな」

私の言葉に、ぴくりと九尾が反応した。

輪廻転生について詳しいわけではなかったが、幼い頃に大人から聞かされたことがあった。

生物の魂は、何度でも生まれ変わるものだと。

確証もないその話を私はなんとなく信じていて、だから恐ろしくもあった。

死んだら生まれ変わる。けれどその時にはきっともう、九尾はそばにいてくれない。

「あたし、また、ひとりになるのかな……」

生まれ変わったら富豪の娘になっているだとか、鳥になって自由に空を飛んでいるだとか、そういった都合のいい妄想《もうそう》をした時もあった。けれど衰弱しきった頭と身体では、そんな楽しい想像にひたることもできない。

思い出されるのは、九尾と出会う前の日々。

ひとり空腹に耐え、盗み、蔑まれる生活。

「嫌だな……」

死んだらまたあの生活に戻るかもしれない。私はそれを恐れていた。

だから、言ってしまったんだ。

「……ひとりはもう嫌だ」

この言葉さえ言わなければ、なにかが始まることも終わることも、なかったのに。

九尾は悩んでいるようだった。言うべきか、言わずにおくべきか。けれど私が「ひとりは嫌だ」と繰り返すのを聞いて、腹をくくったらしい。

「――九尾の呪いって、知ってるか」

囁くようなその声に、私はかぶりを振る。小さな動作なのに頭がひどく痛んだ。

「あっしは人間を呪うことができるんだ。そして……呪った人間が転生したあともずうっと、そいつのことを探し出してとり憑くようになる」

だから、と九尾は言葉を区切り、躊躇《ためら》いがちに言った。

「今ここでおまえのことを呪えば、おまえが転生したあともずっと、そばにいてやることができる」

私は横向きで寝たまま、九尾を見上げた。隣に座っている九尾が、琥珀色の瞳をこちらに向けている。その目は優しさと不安で揺れていた。

「――だが、あっしがおまえを呪えば、おまえはあと八回しか転生することができない」

静かな声で九尾が続けた。

本来、半永久的に続く輪廻転生。けれども九尾に呪われれば、それが残り八回に制限されてしまう。そして九回目の転生をする前に、私の魂は消滅してしまうのだと。

あの時九尾は、私を呪うことによって自身がどうなるのかを一切説明しなかった。

私を呪えば九尾自身もやがて消滅してしまう。そのことはもちろん、私が万一その呪いを解いてしまった場合に九尾がどうなるのかということも。

なにひとつ言わなかった。恐らくは、意図的に。

教えない。それが彼なりの優しさだったのかもしれないし、エゴだったのかもしれない。

「……そう、なのか」

そして私には、彼が隠していることを聞きだせるほどの余裕がなかった。

「――……頼む」

小さな声で懇願《こんがん》する。

九回目の転生がなくてもいいから、この魂が消滅してもいいから。

ひとりはもう、嫌だから。

「ずっと、そばにいてくれ」

――あたしのことを、呪ってほしい。

その言葉を確認した九尾は、ぼうんと音をたてて元の姿に戻った。初めて出会った日と同じ、四足獣の姿に。

「……いいんだな？」

九尾からの最終確認に私は頷いた。九尾は「わかった」とだけ答えると、私の首筋にそっと顔を近づける。彼の香りが一気に近くなった。

「――少し、痛むぞ」

九尾はそう言うと、一拍おいてから私の首筋に噛みついた。

肉にぷつりと穴が開き、牙が食い込んでくる感覚。瞬間、呪われたことを肌で理解した。

痛みよりも、強く安堵したのを覚えている。

――よかった。これでもう、ひとりじゃない。

「……次は、人か鳥に生まれてきてくれ。初恵」

私の首から口を離した九尾が、耳元で静かに囁いた。

「あっしは人と鳥の言葉なら話せるから、次はどうか――……」

意識が沈んでいく。

彼が最後になんと言ったのかはわからない。

けれど、「人か鳥に」というその言葉ははっきりと聞こえていたし、覚えていた。

＊

次に九尾と会った時、彼は「九尾の狐」という名にふさわしくない姿をしていた。

八本しかない尾。それに、野生の狐とは程遠い恰好《かっこう》――青い着物姿で立ち尽くしていた。

信じられないものを見るような顔で、彼は私を見つめている。

「人間に転生、できなかったのか……」

震える声で九尾が言った。

母猫とはぐれていた私は、か細い声で「みぃ」と鳴いた。伸ばされた九尾の手に、自分の額を擦りつける。

「あっしのこと……良い狐だって、思ってるんだろう」

九尾は今にも泣きだしそうな顔をして、私の小さな身体を抱き上げた。

輪廻転生は通常、「自らが望む動物」に生まれ変わることができる。

けれど、前世で大きな罪を犯していればペナルティが発生し、本人の希望は二度と通らなくなる。結果、あらゆる動物にランダムで転生するようになってしまう。

人に生まれ変わりたくとも。あるいは鳥に生まれ変わりたくとも。

すべては、運によって決められてしまう。

「――あっしは知ってたんだ」

子猫の私を膝に乗せて九尾が言った。

「輪廻転生の掟を知っていた。それに……初恵、おまえさんがあっしのために盗みを働いていたことも、知ってたんだ」

私はうとうととしながら彼の話を聞く。九尾の姿が見える程度の霊感はあるけれど、前世のことはあまりはっきりと思い出せなかった。

ただ、九尾の狐が自分の味方であることは理解していた。

「……おまえさんを止めてやることが、できなかった」

九尾がぽつりと呟く。私は薄目を開けて九尾を見た。

「あっしは怖かったんだ。おまえさんの盗みを否定して、嫌われることが。……だから、毎日持ってきてくれる供え物を強く拒否することができなかった」

おまえのことを想ってるなら止めるべきだったのにな、と九尾は言った。

「おまえさんにとって一番いい方法はなんなのか悩んだ。あっしの故郷——妖狐の住む山におまえを連れて行けばいいんじゃないかと考えたこともある。魚とか果物とか、食いもんはそれなりにあるところだからな。おまえさんが盗みを働く必要もない」

だが、と九尾は続けた。

「おまえさんはどうも『祠に供え物を届ける』ことにこだわっていたようだし、無理に山に誘って断られて、それきり会えなくなったら？　あっしはそれを恐れてた。……ひとりを恐れていたのはおまえだけじゃなかったんだ、初恵」

けれど、その結果——

九尾はそこで言葉を切ると、膝の上にいる私へと目を落とした。私は「みぃ」とひと声鳴く。彼の体温はとても心地よく、私の喉は勝手にごろごろと鳴り始めていた。

「——思うんだ」

私の喉に手を伸ばして、九尾が言う。

「窃盗ってのは間違いなく罪だ。だが、常に同じ重さで裁《さば》かれることはないんじゃないか。……快楽のために犯された罪と、生きるためにやらざるを得なかった罪。罪状は同じ窃盗だったとしても、そのふたつがまったく同じ重さだとは思えない」

九尾が、そっと私の喉を撫でる。

「おまえさんは確かに、あっしと出会う前から『盗む』ことを覚えていた。だが、それは生きるための行為だったはずだ。……けれどもあっしと出会ってから、おまえさんは盗むものが増えてしまった」

供え物と称して九尾に渡していた、様々な食べ物。

「あれは、それまでの盗みとは意味が違う。余剰、という言葉が適切なのかはわからないが……。おまえさんがあっしと出会わなければ、あるいはあっしが強く止めていれば、重ねる必要のなかった罪だ」

九尾がそっと目を伏せる。そして、「思うんだ」と再度言った。

「初恵。おまえがあっしと出会わなければ、……そうすればおまえは今頃、自分の望む姿で、孤独とは程遠い生活を送れていたかもしれない」

私は首を傾げた。はぐれた母猫が私を迎えに来てくれる気配は微塵もない。それでも私が孤独を感じなかったのは、優しく背中を撫でてくれる存在がいたからだ。

落ち込んでいる九尾の手に、額をこつんと当ててやる。そんな私の姿に、九尾は少し口角を上げたようだった。

「……あっしが神様だなんて、とんでもない誤解だ。本当は身勝手で恣意《しい》的な野郎なのさ」

私はぽかんとした表情を九尾に向けた。それを見た彼は、噛み砕いて言い直す。

「あっしはな。おまえのことを想ってるようで、その実、自分のことしか考えてなかったんだ。わかったか、初恵？」

私は「みぃ」と答えた。

わかった、わからない。そのどちらにも見える態度に九尾はふっと笑った。

そして、言った。

「あっしはな。――良い狐なんかじゃ、ないんだ」

九尾の分まで余分に盗んだことが罪に問われたのか。

それとも、生きるためとはいえ他人のものを奪取し続けた結果がこれなのか。

私にはわからない。おそらく九尾も、はっきりとはわかっていなかったと思う。

――良い狐なんかじゃ、ないんだ。

そう言っていた彼はその後、私がどんな姿に生まれ変わっても「ずっとそばにいる」という約束を果たし続けた。

鯉《こい》に転生して長生きした時も、裕福な家の飼い犬になった時も。彼は言葉の通じない私のそばで、延々と私のことを見守り続けた。時には怪我をしないよう守ってくれたり、先導してくれたりもした。

転生するたび、私の姿は変わっていく。

犬としての生涯を終え、海亀になり、その次はもう一度猫になった。

そうして生まれ変わるたび、初恵としての記憶は遠くなる。九尾の姿は見えていても、私から近づくことはなくなる。

霊感を持つものすべてが、前世の記憶を持っているわけではない。

九尾はそのすべてに気づいたうえで、それでも約束を守り続けた。

猫としての寿命を全《まっと》うした私は熊に生まれ変わり、その後は蝉の幼虫として何年も土の中で過ごした。

そうして土から出た私は、蝉が活動しにくい寒冷な気候の中、他の仲間と会うことすらできずに一生を終えてしまう。

空を飛べなくなった身体が地面へと落ちる。けれども私が落ちた先は、地面ではなく彼の手の上だった。

「――よくがんばったな」

九尾がそっと微笑む。

私は最後の力を振り絞って、空に、もしくは彼の顔に向かって手を伸ばした。

＊

転生する動物が「ランダム」かつ「運」である以上、望む姿に生まれ変わることはできない。

けれど、望む姿になれないとも、限らない。

それは幸運とも偶然ともいえる。ロマンチックに考えるのなら、神様の悪戯とでもいうのかもしれない。

コノツキとして迎えた八回目――最後の転生。

私は、人間としてこの世に生まれた。


「……なんてこった」

私の姿を認めた九尾の第一声はこれだった。

この世には様々な動物たちがいる。「ランダム」とは「すべての動物になる可能性がある」と同義だから、人間として生まれる確率は絶望的だったはずだ。けれど私は、偶然にもそれを引き当てた。

九尾は、布団に寝かしつけられている私にそうっと近づいてきた。私は終始見つめていた蛍光灯から、九尾へと視線を移す。

「……この近くにおまえさんがいるのはわかってたんだが、見つけるのにずいぶん時間がかかっちまった。だっておまえ、まさか――」

九尾が言葉を詰まらせた。

人間に生まれ変わるだなんて夢にも思っていなかった。だからこその動揺が、あるいは高揚が、ひしひしと伝わってくる態度だった。

九尾は私のそばにしゃがみこむと、日焼けした畳に放置されている手帳を見た。

パステルカラーの母子健康手帳。

子の氏名の欄に、走り書きで「加納九重」と記されていた。

「……このえ」

ふりがなをきちんと確認し、九尾が私の名前を呼ぶ。私はそれが自分の名前だとはまだ認識できていなかったけれど、彼が悪い存在でないことはわかった。

着ぐるみのようにも見える九尾の狐に、私は短い腕を伸ばす。

九尾が目を見張った。

「おまえ……」

視界の中で動く彼を掴もうとする私に、九尾がおそるおそる手を伸ばしてくる。私は彼の人差し指を握りしめると、声も出さずに笑った。

「あっしの姿が……見えるのかっ……」

人の姿で生まれ、彼の姿が見えるほどの霊感を持つ。それはもはや奇跡に等しかったはずだ。神様のような狐にすら、予見できないほどの奇跡。

大きな狐を見ても怯えることなくにこにこと笑っている赤ん坊の私を、九尾は微動だにせず見つめていた。けれどもやがて思い出したかのように、自分の手をそっと引く。ご機嫌で彼の指を握っていた私は、不服に思って九尾を見つめた。

「……いや、あっしは」

九尾は私から視線を外し、自身を戒《いまし》めるように言う。

「おまえさんの人生に、なるべく干渉しない」

震えた声だ。けれど、その意志は揺るがないのだろうとも思える声だった。

――おまえがあっしと出会わなければ。

彼は、いまだにその思いを引きずっていた。

自分と会わなければ、初恵は望み通りの姿になれたかもしれない。

幸せになれたのかもしれない。

そんな悔《く》いから生まれた決意。

「おまえさんには関わらないようにする、――九重」

深刻な面持ちの九尾に対し、言葉の意味がわからない私はにこりと微笑んだ。意表を突かれた九尾が、思わずその表情を和《やわ》らげる。そして「いかん」と呟きながら口元を押さえた。

私に優しい瞳を向ける九尾。

その背後で、母親が無感動に私のことを見下ろしていた。

＊

九重として九尾の狐と再会してから約三年後。六月初旬の、蒸し暑い夕方のこと。

私は、閉じ込められた押し入れの中で「ごめんなさい」を繰り返していた。

きっかけはテレビだった。日頃母親に見るなと言いつけられていた機械だ。

母親が昼寝している時も、私一人で留守番している時も、絶対に見てはいけないと言われていた。その機械は大人が、もしくは母親だけが楽しんでもいい代物のようで、楽しい番組が流れていても笑うことは許されなかった。

「うるさい！」

私が、毎日のように母親に言われた言葉のひとつだ。

けれどその日、母親は買い物に出ていて、私はうっかりテレビのリモコンを踏んでしまった。テレビ画面に映し出される楽しげなアニメ。それはちょうど、夕方からやっている子供向け番組だった。

『さいごはみんなでうたってみよう！』

まったく知らない曲ではあったが、音楽に合わせて適当に声を出した。手もたたいた。とても、楽しかった。

「――……なにしてんの」

いつの間にか帰宅していた母親が、私の背後に立っていることに気づかないくらいに。

「おかあさん！　あけておかあさん！」

もううるさくしないから、かってにテレビもみないから、おうたもうたわないから。

私は自分が悪かったと思う点を次々に挙げて謝った。けれど、母親からの返事はない。

彼女は私を押し入れに閉じ込め、襖《ふすま》が開かないようつっかい棒をした後、早々に家を出ていたのだ。

「ごめんなさい、ごめんなさい、おかあさんごめんなさい！」

押し入れの暑苦しさ、開けることのできない扉、夜のような暗がり、カビの臭い。そのすべてが私を恐怖に陥れた。全力で襖をたたき、許しを請《こ》う。涙と汗でべたついた頬に髪の毛がいくらか張り付いた。

「おかあさんっ」

押し寄せる不安が焦燥《しょうそう》へと変わる。私は気分の悪さを無視して、がむしゃらに襖をたたいた。

「おかあさん！　あけておかあさん！」

その時だった。

「――九重っ！」

狐が、勢いよく襖を開けたのは。

予想だにしない出来事に、私は言葉を失った。半開きの口を閉じるのも忘れ、唖然として眼前の九尾を見つめる。

私の人生に介入しないと言いながらうっかりとその姿を現してしまった九尾は、「あ」と声を漏らした。彼の手から落ちたつっかい棒が、からんと音を立てる。

「……だ、だれ？」

私は動くこともできず、着物姿の狐に訊ねた。九尾がほんの一瞬だけ、傷ついたような顔をする。……もしかすると期待していたのかもしれない。

私に、「初恵」としての記憶が残っていることに。

「あの、あっしは……」

九尾はおろおろと視線をさまよわせた。自己紹介すべきか、するにしてもなんと言うべきか悩んでいるのだろう。

私は不思議な気持ちで、彼の様子を眺めた。もふもふとした体毛に、ぎざぎざの歯。彼が、動物であることはわかった。

「わんわん?」

「えっ。いや違う、あっしはわんわんじゃなくてな……」

「にゃんにゃん?」

「いや、違うな。だからえーっと……」

「コンコン?」

その言葉に、俯いていた九尾がぱっと顔を上げた。押し入れの中の私と目が合う。

「……そ、そうだな」

名乗らずに。前世のことを持ち出そうともせずに、九尾は笑った。

「あっしは、コンコンだ」

九尾の笑顔につられて私も笑う。部屋を包む空気が少し弛緩した。

九尾は笑いながらも、私の全身をさっと確認する。

細すぎる四肢に残る複数の痣。黄色と青色のまだら模様に、彼は顔を曇らせた。

「……なんとか止めようとしたんだが無理だ。もう我慢できねえ」

九尾が呟く。幼い私はその意味を理解できなかったけれど、きっと彼は虐待を阻止しようとしていたのだろう。今思えば、母親が私をぶっている時に無言電話が掛かってきたりすることが度々あった。

おまえさんの人生に、なるべく干渉しない。そう言いながらも私が幸せになれるよう、彼は水面下で動いていたのだ。

「――おいで、九重」

九尾が両腕を広げる。私は困惑したものの、害意を感じられない九尾の瞳に吸い寄せられるように押し入れから出た。よろよろと歩く私を、九尾が真正面から受け止める。そのままきゅっと抱きしめると、私の背をぽんぽんとたたいた。

「……あっしと一緒にこの家を出ないか？　九重」

私を怯えさせないよう、柔らかい声で九尾が囁く。私は、どこに行くのかと訊ねた。

「あっしが昔住んでた山に行こう。美味しい果物がたくさんあるぞ。好きなだけ食べていい」

「……おかあさんは？」

「おかあさんは一緒に行けない」

この時だけ、九尾の声は若干険しくなった。

「あっしとふたりで行こう。……もう二度と、おまえさんに痛い思いをさせたりしない。いつでも好きなだけ歌っていいし、笑っていいんだ。な、九重」

九尾がふっと、腕の力を弱める。私は九尾から少しだけ身体を離して、彼の顔を覗き見た。そこにあったのは、母親からは決して向けてもらえない表情だった。

「……コンコンといっしょにいく！」

私は九尾に抱きついた。

三歳の私にも、彼が「悪い存在」でないことはわかった。あるいは過去──初恵だった頃に九尾に寄せていた信頼や友情が、かすかに残っていたのかもしれない。

九尾は宝物に触れるように、私の背中を優しく撫でた。

──その後。小さなリュックに最低限の着替えを詰め、九尾とふたりで家を出た。

九尾が、私の手をきゅっと握りしめてくる。今思えば、彼と手を繋いで歩くことが「神隠し」を発動させる条件だったのかもしれない。

そうして彼が連れて行ってくれたのは、天国のように美しく、夢のように楽しい場所だった。

＊

狐の山には日本と同じく四季があった。朝は太陽が昇り、夜には月が闇《やみ》を照らすのも地球と同じだった。風が強い日や雨が降る日も、もちろんあった。

　私と九尾は、晴れている日は山道を散策した。果物を採取して食べたり、川で魚を捕まえたりして空腹を満たす。といっても魚を捕まえるのは九尾の役目で、私は風呂代わりに水浴びをしていることがほとんどだった。六月初旬はまだ冷たかった水も、真夏になればちょうどよかった。

「コンコン、おさかなこっちにもいる！」

　川の水はとても澄んでいて、そこに住む生き物がよく見える。私は九尾と一緒に、魚を眺めるのも好きだった。

　家から持ってきた衣服を洗って乾かす。その間に、九尾の捕まえた魚を焼いて食べた。九尾はとても器用で、串に見立てた木の枝に魚を刺し、狐火でいい具合に焼いてくれた。

　ケーキだとかアイスだとか、そんなものは山にない。

けれど、私は不満を感じることがなかった。それよりなにより、山での生活は楽しかった。

「うまいか？　九重」

　小骨に注意しながらもくもくと魚を食べる私に、九尾が笑いかける。私は魚を頬張ったまま頷いた。

「そりゃあよかった。……それを食べ終わったらなにして遊ぼうか」

「んっとね、お歌うたってからね、しりとりして、かくれんぼして、おにごっこ！」

「よーし任せろ、コンコンはぜんぶ得意だからな」

九尾が得意げに笑い、私の頭を撫でまわす。私は「かみがくしゃくしゃになるからだめ！」と大人ぶった調子で言いながら、きゃあきゃあ笑った。

そうして朝から夕方まで九尾と遊び、夜は小屋で過ごした。

小屋とはすなわち九尾の寝床だ。昔、九尾がこの山で暮らしていた時に建てたものらしい。

私を山に連れてきた初日、九尾は緊張した面持ちで、

「初恵と出会ってからはずっと現世《うつしよ》にいたからな……。ここに帰ってくるのは久しぶりだし、中は悲惨なことになってるかもしれねえぞ」

などとぶつぶつ言っていたけれど、実際は綺麗なもので、私と九尾が暮らすのに不便はなかった。小屋中に充満している古い木の香りはどこか甘い。私はその香りが大好きだった。

「――今日は少し冷えるな。ほら、九重」

夜、少し冷える日は九尾が私の身体に尻尾をのせてくれる。私はいつも、その尾を毛布代わりにして寝ていた。

「……かえりたくないな」

神隠しから一か月ほど経った夏の夜、私はぽつりとそんなことを言った。それを聞いた九尾が驚いたような顔をする。私は九尾の尾をぎゅっと抱いて、言い直した。

「おうち、かえりたくない」

本心だった。その頃には母親から受けた暴力の痕はほとんど消えていて、けれど記憶がなくなったわけではなかった。

母親のもとに戻ればまた、怯えて震える生活が始まる。

九尾との生活は安心できる。

ずっとここにいたい。ずっと九尾といたい。心の底からそう思った。

九尾は私の言葉を聞いて、ふにゃりと顔をゆがめた。まるで、笑いたいのを必死でこらえているように。

やがて九尾は目を細めると、優しい手つきで私の頭を撫でた。

「……好きなだけいればいい」

囁くように九尾が言う。

「おまえさんが望むのならいつまでも。……ここにいていいんだ、九重」

その言葉に安心して、私は九尾の尾を抱いたまま、眠りについた。

＊

「アサガオ、シチヘンゲ、オシロイバナ」

山で数か月も暮らせば知識は増える。

私はいつしか、身の回りにある植物の名前を言えるようになっていた。九尾が博識だったおかげでもある。

「コンコン、あれは？」

「ん？　ああ、ありゃあ秋明菊《シュウメイギク》だ。……もうそんな季節なんだな」

周囲を彩《いろど》る花の名前は、季節の移ろいに合わせて少しずつ変化していった。

花の名前だけではない。九尾との遊びも、秋らしいものへと変わり始めた。

「今日はどんぐりを拾いに行こうか、九重」

「どんぐり？」

「知らねえか？　茶色くて丸っこくてな、地面にいっぱい落ちてるんだ。きっと九重は好きだと思う」

うちの山にあるどんぐりは大きくて綺麗なんだぞ、と九尾は自慢げに言った。この山は秋が来るのが早いから、そろそろどんぐりが落ちてるはずだ、とも。

確かこの会話をしたのは、九月の中旬くらいだったと思う。九尾の言う通り、どんぐりを拾うには少し早い時期。けれどキツネの山は朝晩が冷えるようになってきていて、私はほぼ毎晩、九尾のしっぽを借りて寝ていた。

日中はともかく、日が沈むとTシャツ一枚では肌寒い。唯一持ってきていた薄い上着を羽織っていることも多くなった。

永遠に続けばいい。そう思える夏が、確実に終わりへと近づいていた。

「――どんぐり！」

九尾の言う通り、私はすぐに「どんぐり拾い」という遊びを気に入った。

山には様々な種類のどんぐりが落ちていた。丸っこいくぬぎにアベマキ。小さくて細長いコナラ。栗にそっくりなトチの実や、食べると美味しいシイの実なんかもあった。どんぐりの見分け方もやっぱり九尾が知っていた。

　木の実がたくさん落ちている場所を九尾に教えてもらってから数日間、私は毎日そこに通った。九尾とふたり、落葉の上に落ちているどんぐりを拾う。私は、大きなくぬぎとアベマキのどんぐりが大好きだった。

　そんなある日。どんぐりを拾い終えた私が、九尾と小屋に向かって歩いている時だった。

「——コンコン見て！　たぬきさん！」

　初めて見るその光景に、私は九尾の手を強く引っ張った。

　赤い和傘をさした小さな狸が、とぼとぼと山道を歩いていたのだ。

　着物姿の狸はなにかを探しているのか、あちこちに視線をさまよわせていた。けれども私の声が届いたようで、こちらに顔を向けてくる。私は笑顔で手を振った。

　狸は神妙な面持ちのまま、それでも小さく手を振り返してくれた。

「ねえ、たぬきさん、なにしてるんだろうね」

　私は九尾に訊ねた。

　日頃から九尾の姿を見慣れていたせいか、「着物姿で歩く動物」については特別なんとも思わなかった。ただ、彼が肩をすぼめて歩いているのが気になった。

「食いものを探してんのかもな」

　九尾は狸に視線を固定したままで言った。

「うちの山、美味《うま》いもんがたくさんあるからな。いろんなアヤカシがそれ目当てでよく来るんだ」

「……たぬきさん、なにたべるの？」

「そうだなあ。この季節だと、柿とかどんぐりが好きなんじゃねえかな？」

九尾の言葉を聞いて、私は手元にあるどんぐりたちに目を落とした。その中からふたつ――一番大きなくぬぎと、一番小さなコナラのどんぐりを九尾に預ける。それ以外の木の実をすべて握りしめて、私は狸のもとへと走った。

「これどーぞ！」

手に持っていた木の実を差し出す。狸はきょとんとした顔で、私とどんぐりとを見比べた。受け取ってもいいのか悩んでいるようだ。私は再度「どーぞ！」と言い、半ば押しつける形で狸にどんぐりをやった。

狸が礼を言うよりも早く、九尾のもとへと走って帰る。髪がなびいた拍子に見えた首筋の痣を、狸はぼうっとした表情で眺めていた。

「ただいま、コンコン！」

「おかえり、九重」

走ってきた私を抱きしめて九尾が笑う。私は九尾に預けていた二粒のどんぐりを返してもらった。

「そのふたつはどうして残したんだ？　九重」

「このどんぐりはねー、このえとコンコンなの。こっちのちっちゃいのがこのえで、こっちのおおきいのがコンコン！」

私は大きなくぬぎのどんぐりを九尾に見せた。九尾は嬉しそうに笑って、私の頭をわしゃわしゃと撫でまわす。

――誰よりも、今よりも。……おふたりとも、とても幸せそうでしたよ。

雨降る異世界で再会した狸は、私と九尾についてそう語った。あの言葉は正しかったと思う。

あの時の私と九尾は、とても幸せだった。世界一と言っても過言ではないくらいに。

けれど、一生続く幸せではなかった。

＊

「……コンコン？　どこ？」

最初の異変は些細《ささい》なものだった。

かくれんぼの最中、私がなかなか九尾を見つけられなかったのだ。

「コンコン？」

私はしばらくの間、九尾を探し回った。九尾はいつも、私が見つけやすいように尾っぽや耳などをわざと隠さない。けれどこの日はそれすらも見当たらなかった。

「ねえ、コンコン、どこ？」

見つけられない悔しさと、置いて行かれたかもしれないという不安から、私はついに泣きだしてしまった。

お気に入りのくぬぎのどんぐりを握りしめて九尾を呼び続ける。そうしてしばらく経った頃、

「九重、九重」

いつの間にか、慌てた様子の九尾が私の隣に立っていた。私はわんわん泣きながら九尾の胸に縋りつく。

「すまん。そんな難しいところに隠れてるつもりはなかったんだが……おまえさん、あっしには全然気づかず向こうに行っちまったから」

私の背中を撫でながら九尾が謝る。私は彼の話をほとんど聞いていなかった。「かくれんぼはもうやらない」と私が言って、「そうだな」と九尾が答える。

これが始まりだった。

「コンコン、どこ？」

かくれんぼをしているわけでもないのに、私が九尾を探す場面は増えた。

朝、目覚めた時。川で魚を眺めていた時。どんぐり拾いに夢中になっていた時。ふとした瞬間に九尾の姿を見失う。そしてなかなか見つけられない。

私が九尾を呼びながら一人でさまよう時間は日に日に長くなっていった。

「コンコン、どこにいってたの？　なんでひとりでいっちゃうの？」

幼い私には、なにが起こっているのか理解できない。

「……九重、おまえ」

けれど九尾は――神様のような狐は、すべてを悟ったようだった。

強い霊感を維持できる子供は多くない。そのほとんどが、成長するにつれ見えなくなってしまう。

いつかの土屋の説明は、幼少期の私にも当てはまっていた。

毎日のように九尾を探す私。それは決して九尾が隠れていたのではなく、私がその姿を視認できなくなっていたからだ。

成長するにつれ、私は霊感を失っていく。

やがて、九尾の姿が完全に見えなくなってしまう日がくる。

「――……そうなれば、おまえはどうなる？」

沈んだ声で九尾が言った。

私は、彼が遠くへ行かないようにと着物の裾をきつく握りしめてうつらうつらとしている。

九尾は、私の頭を撫でようとして手を止めた。

「……あっしはまた、間違えちまったな」

九尾が言う。彼の視線の先には、私の首筋にある痣があった。

「アヤカシを見続けられる人間なんてそう多くないのに、おまえを山に連れてきちまった。『こうなる可能性』は、はじめっから考えられたはずなのに」

九尾が悔しそうに俯く。力が抜けた私の手から、ころりとなにかが転がった。

これはコンコン。私がそう言っていたくぬぎのどんぐりだ。

彼は、それを拾い上げようともせずに見下ろした。

「……母親に虐《しいた》げられているおまえさんを救うためには、こうするしかないって思った」

いつもよりも低い声音でそう言った九尾は、直後自嘲《じちょう》のような笑みを見せた。

「しかしそんなのは大義名分、とんでもねえ偽善だ。あっしは、本当はただ浮かれてたんだ」

初恵の魂が、再び人間として転生してきたことに。

九尾の姿が見えていることに。

一目で九尾に懐いたことに。

「浮かれて、舞い上がって。おまえさんとまた話せたことが嬉しくて、私利私欲のためだけにここまで連れてきた。おまえに干渉しないだなんて言っときながら、あっしはまた……間違えたんだ」

九尾がそっと、私の首筋を撫でた。そこにあるコノツキの証を、忌々《いまいま》しそうに見つめる。

九尾は、すべてを後悔しているようだった。

幼い私を山に連れてきてしまったことも、私の前に姿を現してしまったことも。

初恵の盗みを止められなかったことも、コノツキにしてしまったことも。

そのすべてを悔やみ、自責した。

「……アヤカシと人間が永遠に仲良く暮らすだなんて、馬鹿みたいな夢物語だよな」

卑下《ひげ》するように九尾が言う。私は彼の隣でもぞもぞと寝返りをうった。

秋の夜は寒く、布団もなしに眠るのはつらい。私は猫みたいに身体を丸めた。

私の様子に気づいた九尾が、一本だけになった尾をそっと私の身体にのせる。けれど、一本だけでは私の全身を覆いきれない。寒さに震える私を見て、九尾の顔がゆがんだ。

――その尻尾を毛布代わりにすればあったかそうだ。

――やってみるか？　九本もあるんだ、おまえの全身を包んでやれると思うぞ。

「……すまない」

初恵か、それとも九重《わたし》にか。

九尾はぽつりと謝ると、小屋を暖めるために小さな狐火を灯した。

＊

翌日は雲一つない晴天だった。

私と九尾はいつものように、朝から夕方まで山で遊んだ。九尾の様子はいつもと相違なかったと思う。

ただ、遊び疲れて小屋に戻ってきた時、九尾が突然こんなことを言いだした。

「鞄を持っておいで、九重。あっしと少し散歩をしないか」

それは初めての提案だった。私は首を傾げる。

「かばん、いるの？」

「いる。だから持っておいで」

間髪容《かんはつい》れずに九尾が答えた。私は不審に思いながらも、九尾に言われた通りリュックを背負う。自宅から持ってきていたそのリュックは、山に来てからはほとんど小屋に置きっぱなしだった。

散歩にリュックが必要な理由を私は訊かなかった。訊いたとしても、九尾は答えなかったと思う。

小屋の中に私の荷物が残っていないかを確認し、ふたりで外に出た。日が沈んで間もない群青《ぐんじょう》色の空に、数えきれないほどの星がきらめいている。

私は目を閉じ、大きく息を吸った。朝と夜は、土や緑の匂いが強くなる。私がこの山で好きになったもののひとつだ。

九尾は狐火であたりを照らすと、私に向かって微笑んだ。

「暗くて危ないな。……手を繋ごうか、九重」

それがなにを意味するのか、私はやっぱりわかっていなかった。

満面の笑みで彼の手を握りしめる私に、九尾は少しだけ痛そうな顔をした。

狐火が照らす道を、ふたり手を繋いで歩く。

九尾はいつもより寡黙《かもく》だった。私はいつも通り楽しく話した。

冷たい空気を暖めるようにぽつぽつと灯される狐火。

――それはとても、温度差のある散歩道だったと思う。

表情を硬くして歩いていた九尾が、意を決したかのごとく私の手を強く握りしめる。

そして、呟いた。

「……こうしてやればよかったんだ、最初から」

おまえさんのことを、本当に想っているのなら。

九尾がそう言い終えた瞬間に、その言葉をさらっていくような突風が私たち二人を襲った。


目を開けると、人工的な赤い光が見えた。

山には絶対になかった、頑丈そうな四角い建物。その中は蛍光灯で照らされていて、おじさんが暇そうな顔でデスクに座っているのが見えた。

私はきょろきょろとあたりを見回す。

星の少ない空。ススキがたくさんあって、電柱や外灯があって、狐火はなくなっている。

山の黒い稜線は、夜空とほとんど同化していた。

さっきまで歩いていたキツネの山じゃない。そう思った。

「ここどこ？　コンコン」

私は九尾を見上げる。九尾は私からそっと手を離した。

「――九重。今からあっしが言うことをよく聞くんだ」

九尾はそう言うと少しだけ屈んで、赤いランプのついた四角い建物を指した。「交番」という文字は、三歳の私にはまったく読めなかった。

「あそこに、紺色の服を着たおじさんがいるのが見えるだろう」

私は頷く。

「あっしが合図したらあのおじさんのところに行って、扉をたたくんだ。そしたら中からおじさんが出てくる。おじさんが出てきたらおまえさんの名前と、――おかあさんにされてたことを全部話すんだ。あとは、あのおじさんがうまくやってくれる」

「それがおわったら、コンコンのやまにかえるの？」

早く山に帰りたかったので九尾に訊ねた。けれど、答えは返ってこない。

私は質問を重ねた。

「ねえ。おじさんのところにいくの、コンコンもいっしょだよね？　コンコンもいっしょに、おじさんのところにいくんでしょ？」

「――いいや」

九尾が、観念したように言う。

「あっしは行かない。……一緒には行けないんだ、九重」

「なんで？」

素朴《そぼく》な疑問を九尾にぶつけた。

彼がアヤカシであることも、彼の姿が見えなくなる未来も、私は知らない。

九尾はそれらを教えようともせず、「手を出してごらん」とだけ私に言った。

言われた通りに右手を出す。小さな手のひらに、彼がなにかをそっとのせた。

──私がコンコンだと称して大切にしていた、くぬぎのどんぐりだった。

「九重、目を閉じるんだ」

「なんで？」

「いいから。……あっしの言う通りにしてくれ、九重」

切羽《せっぱ》詰まったような彼の声に、私はしぶしぶ頷いた。

目を閉じると、どんぐりをのせている右手がふっと温かくなった。彼が私の手を握りしめているのだとわかる。

私は彼の手に誘導されるがまま、どんぐりをぎゅっと握りこんだ。

「九重、あっしは……」

九尾はそこで言葉を切ると、しばらく黙り込んだ。けれどやがて、大きく息を吸い込む音が聞こえた。

「あっしは、おまえさんに幸せになってほしいと思ってる」

それはとても、真摯で優しい声だった。

「幸せの形ってのは人によって違う。だからおまえさんにも、自分が幸せだと思える形を見つけてほしい。これから、この世界で、見つけてほしいんだ。──おまえさんは、この世界にいるべきだから」

「……？」

「山での生活は楽しかったか？　九重」

私は頷いた。九尾がふっと頬を緩ませる気配がする。

「あっしもだ。花の名前を教えたり、どんぐりを拾ったり、毎日が本当に楽しかった。……けれどあれはな、あっしの幸せの形なんだ。おまえさんのじゃない」

九尾の言葉は三歳の私にはとても難しかった。相槌《あいづち》も打たずにいる私に、それでも九尾は語りかける。

「山での生活に比べれば、この世界は楽しいことばかりじゃない。おまえさんに悪いことをするやつがまた現れるかもしれないし、つらいことだってたくさんあるだろう。だけど……だからといって、この世界におまえさんの幸せがないだなんて、そんなことあるもんか」

声が震えた。それを隠すように九尾が息を吐く。

「……九重。ここから先、コンコンは一緒には行けない。けれどこれからもずっと、コンコンはおまえさんのそばにいるぞ。おまえさんには見えなくても、会話ができなくてもだ。そして、おまえさんが困った時は必ず助けると約束しよう。……コンコンはな、なにがあってもおまえさんの味方なんだ。絶対だ」

「コンコン？」

「……本当は、呪いを解いてやれたら一番よかったんだけどな。すまない」

九尾は小さな声でそう呟くと、手に力を込めた。そして、私が目を開けようとするよりも早く言った。

「じゃあな、……九重」

彼の体温が、ふっと離れた。

暗闇の中に、ススキが風になびく音だけが残る。私は九尾からの合図も待たず、ゆっくりと目を開けた。

さっきまで確かに九尾が立っていた場所。

けれどそこに、彼の姿はなかった。

「……コンコン？」

揺れるススキに目を凝らしても、電柱の陰を覗いても、九尾が隠れている様子はない。私はあたりを見回した。いつものように「ここだ」と彼が言ってくるのではないかと期待して待つ。けれど、どれほど待っても彼の声は聞こえない。

「コンコン？　どこ？」

見知らぬ場所に取り残された心細さから、私は何度も彼を呼ぶ。それでも返事はなかった。ほんの少し歩いて九尾を探し、彼がさっきまで立っていた場所まで戻るのを何度か繰り返す。時間が過ぎるほどに、不安や焦りが増していった。

さっきまで九尾に握りしめられていた右手を見る。

そこにはくぬぎのどんぐりが一粒だけあった。

まるで、姿が見えなくなった彼の分身みたいに。

「コンコン」

「コ……」

彼の言った「じゃあな」の意味を唐突に理解した、気がした。

こみあげてきた悲しさを吐き出すように、私は大口を開けて泣き叫んだ。夜空に響くほどの声でわんわん泣く私のもとに、九尾はやっぱり現れない。代わりに、交番から出てきたおまわりさんがこちらに駆け寄ってきた。

泣き喚く私に、どうしたのだとおまわりさんが言う。

私はくぬぎのどんぐりを握りしめたまま、コンコンがいなくなったのだと――大好きな存在がいなくなってしまったのだと、懸命《けんめい》に訴え続けた。

本当はあの時だって、彼は私のそばにいてくれたのに。

＊

「……それで私は、母親ではなく親戚のおばさんに引き取られたんです。母親が私になにをしていたのか、神隠しのおかげでわかったから」

言い終えるなり、私は鼻をすすった。

思い出したことをすべて話している間に、小春山は橙色に染められつつあった。土屋が乗りたいと言っていたバスに間に合うだろうかと頭の隅で考える。

事の顛末《てんまつ》を聞き終えた土屋はなにも言わなかった。いつもの仏頂面とはまた違う、神妙な顔をしている。私は地面に座り込んだまま、土屋を見上げた。

「……土屋さんに聞きたいことがいくつかあるんですけど」

「なんだ」

「今、私の近くにいる九尾って、着物姿じゃないですよね？」

私には九尾の姿が見えないものの、そうだろうなと予想できた。もしもそんな恰好をしているのなら、土屋が真っ先にその特徴を述べなかったのはおかしい。九尾の姿が見えていたはると君だって、「着物を着ている」とは言っていなかった。

案の定、土屋は首を振った。

「そんな姿はしてねえな。……普通の狐に近い姿だ」

「そう、ですよね」

私は服の袖で目頭《めがしら》をぬぐった。

私が初恵として生きていた頃、着物を着流していた九尾はこう言った。

――おまえさんの前ではこの姿って決めてんだ。

つまり現在、九尾は私にその姿を見せるつもりはないのだ。

私に、なるべく関わらないようにするために。

私が「初恵」として生きていた時も、あらゆる動物に転生していた時も、そして今でも。

九尾は誰より私のことを第一に考えてくれる存在だった。

だから九尾が今、私の前に姿を現さないのなら、きっとそれすらも私のためなのだろう。

だとすれば、あの時だって。

「……ウェルカムボード」

「あ？」

「私が初めて土屋さんの事務所に行った日。……土屋さんの事務所のウェルカムボードを倒したの、九尾だったんだと思います」

当時のことを思い出す。コーヒーの香りにつられた私は、土屋霊能事務所の下にある喫茶店を覗いた。そして、帰ろうとした矢先に「なぜか唐突にバランスを崩して」霊能事務所のウェルカムボードを倒してしまった。

結果、私は土屋のもとを訪れることとなる。

あの時ボードを倒したのは偶然でもなんでもない。きっと九尾がそう仕向けたのだ。私が土屋と出会えるよう、わざとちょっかいを出した。

なぜそんなことをしたのか？　決まっている。

――私に、九尾の呪いを解いてほしかったからだ。

『呪いを解いてやれたら一番よかったんだけどな』

あの言葉から察するに、九尾自身は呪いを解くことができないのだろう。だから、第三者である土屋に託した。私が土屋のもとで働いても、あるいは前世の記憶を取り戻し始めても怪我ひとつしなかったのは、九尾がそれを——私がコノツキでなくなることを望んでいたからだ。

——あっしは、おまえさんに幸せになってほしいと思ってる。

なにもかも、私のためだ。

私が幸せになるためなら、自分が不幸になることも迷わず選べる狐。だからこそ気になった。

『九尾の呪いってのは、もしも解かれちまったら——』

雨降る異世界で、ショーヤさんが言っていたあの言葉の続き。

「土屋さん」

「……なんだよ」

「もしも。……もしも私がコノツキの呪いを解いたら、九尾はどうなるんですか」

呪いを解くのに必要なのは、前世の記憶と霊能者の土屋。それは教えてもらっていたけれど、呪いを解いた後に九尾がどうなるかまでは聞かされていない。

九尾が悪者だったなら、聞く必要もなかっただろう。

けれど、彼は、違うから。

「……呪いってのは失敗した場合、呪った本人に『はね返る』」

私の質問の意味を察してか、土屋は静かに言った。

「もしもお前が九尾の呪いを解いた場合、お前の魂は輪廻転生の輪に戻ることができる。――だが、呪いがはね返った九尾は」

土屋は、九尾のいるだろう場所に目を向けて言った。

「呪いを解かれると同時に存在が消滅する。……闇の中にひとりで放り込まれるような感じだ」

予想通りの言葉に、私は目を閉じた。

ショーヤさんがそれを言おうとした時、九尾がキセルから炎を出して牽制《けんせい》していたのを思い出す。「呪いを解けば九尾だけが消滅する」、その事実を私に知られたくなかったからだろう。

けれど、前世をすべて思い出した今。

仮にその事実を知らなかったとしても、私はこうすることを選んだはずだ。

「……土屋さん、ごめんなさい」

私の言葉を聞いた土屋が、複雑な表情をこちらに向けた。この後私が言うだろう台詞を察知したからだろう。

私のためにあれこれと頭を回してくれた土屋には、悪いことをするなと思う。

けれど私は。

「私は、……呪われたままでいいです」

九尾をひとり不幸にするなら。

「このままコノツキとして生きて、彼と一緒に終わりを迎えようと思います」

――どうか、ふたりで。

土屋が溜息をついて、ぼりぼりと頭を掻く。この姿も見納めだと私は思った。九尾を祓う必要がないのなら、私が土屋の事務所に居座る理由もない。……ようやくお話しできたイチコちゃんには申し訳ないけれど。

「いいんだな？　それで」

私の選択を非難するでもなく、土屋が最後の確認をしてきた。

今の私には前世の記憶がある。どうして九尾に呪われたのかも、呪われた場所も知っている。だからあとは、土屋を雇えるだけのお金があれば、簡単に九尾を祓うことができるだろう。

けれどもう、決めたから。

「構いません。……これが私の答えです」

土屋にそう伝えると同時、服の裾がぐいぐい引っ張られた。

私と土屋は同じ場所に視線を向ける。私には何も見えないけれど、そこにいるのが誰なのかはよく知っていた。彼がなぜ、私の服を引っ張っているのかも。

「……それもあなたのだよ」

見えない相手に私は言った。

「私があなたを祓って、輪廻転生の輪に還る。……それはあなたの幸せの形だよね？　私のじゃない」

幸せの形は人によって違う。

そう言ったのは、あなたのほうだ。

「正しくはないかもしれない。けれど私は、私にとっては、この選択が一番幸せだと思う。だから、あなたを祓うことは絶対にしない」

「それに」と私は続けた。

いや、口が勝手に動いた。

「お前はずっとあたしのそばにいてくれたのに、あたしがお前をひとりにすると思うのか？　……なあ、九流《くりゅう》」

――あたし、初恵っていうんだ。

――あっしの名前は九流。数字の九に流れるで、九流だ。

綺麗な名前だな。昔も今も、そう思った。

服の裾を引っ張られている感覚がぴたりと止まる。

そしてそれきり、彼が私の服を引くことは二度となかった。

エピローグ

小春山ですべてを思い出したあの日から、三か月が過ぎた。

「……なにこれ怪しくない？　なんか呪われそうなんだけど」

土屋霊能事務所に通じる階段をほうきで掃《は》いていた私は、階下から聞こえる声にぎょっとした。若い女性と思《おぼ》しき声は、オカルトだのなんだのと、真冬にはふさわしくない話題できゃあきゃあ盛り上がっている。……どう考えても、うちの事務所についての会話だ。

「ねえ、ここバイト募集してるよ？　応募してみたら？」

「ええー、絶対に嫌だあ。ていうか、これまだ募集してんの？　何年も前の張り紙が残ってるだけなんじゃない？」

「確かに。張り紙がボロボロすぎて笑えるんですけど！」

その声が聞こえた時、私は耳まで真っ赤になっていた。

声が遠ざかるのを待って階段を下りる。周囲を見回し通行人の有無を確認してから、そっと通りに出た。

コーヒーショップから漂う香りに癒《いや》されたのはほんの一瞬だ。

「笑えるんですけど」と言われた問題の張り紙を直視した時、私は反射的にそれをむしり取っていた。

「――土屋さん！」

「うるせえぞ、コノツキ女」

事務所に入り声を上げると、真新しい文庫本を読んでいた土屋が面倒くさそうに顔を上げた。私は、雨風にさらされてぐずぐずになった紙を土屋に突きつける。

「これ、もっと綺麗な紙に印刷しなおしてくださいよ！　こんなみすぼらしい紙じゃ、誰も応募する気にならないと思いますし」

私の主張を聞いた土屋は眉根を寄せ、ボロボロの紙を見た。

Ａ４用紙に「アルバイト募集」と書かれたそれは、誰でもない土屋本人が作ったものだ。「うちみたいな事務所は新しいバイトを見つけるのも難しいんだ」とかなんとかぐちぐち言いながらサインペンで手書きしていた。これもやはり、三か月前の話だ。

――九尾に関するすべてを思い出したあの日。私は「事務所を辞めたい」と土屋に相談した。

そもそも、私が土屋霊能事務所で働き始めた大きな理由は「九尾を祓うため」だった。九尾を祓うために前世を思い出す必要があり、そのためには霊能者のそばにいるほうがいい。そういった理由があったからこそ、私は土屋のもとで働いていたのだ。

つまり、九尾を祓わないと決断した今、私が土屋の事務所に居続ける理由はない。最低賃金でこき使われる理由も、不要な霊感で恐ろしい日々を過ごす必要もないのだ。

しかし。

――うちを辞めるのは良いが、新しいバイト先はもう見つかってんのか？

土屋の質問に私は言葉を詰まらせた。

――あるいは、バイトをかけもちしなくていいくらいに貯金できたのかよ。

痛いところを突かれた。貯金という美しい言葉は、私の辞書にも口座にもない。

私の反応の一部始終を見た土屋が、ふんと鼻を鳴らす。

――じゃ、もうちょっとここで働け。……お前がいなくなったら、こいつが余計にうるさくなりそうだしな。

そう言って土屋がデスクに置いたのは、「マエサガリショート」と呪文のように繰り返しているイチコちゃんだった。

「――あの時私、言いましたよね。『次のスタッフが見つかるまでは残ります』って」

私が睨みつけると、悪びれる様子もなく土屋は頷いた。そのまま視線を文庫本に戻すので、私は声を荒らげて訴える。

「ですから、もっとちゃんと新しいスタッフを探してくださいよ！　このままじゃ私、一生ここで働かなきゃならないじゃないですか！」

「知らねえよ。『次のスタッフが見つかるまで』って勝手に言い出したのはお前だろうが」

「だってこんなに見つからないなんて思わないじゃないですか！」

張り紙を出して三か月、面接に来た人間は驚異のゼロだった。いや、ある意味では想像通りだ。悪霊だの妖怪だのと書いてあるウェルカムボードを見て、誰がそこで働きたいと思うだろう。

『コノエ……ダイジョウブ……？』

寂しいと言いながらも私の転職を応援してくれているイチコちゃんが、オロオロしている。

叫んだことでいくらか落ち着きを取り戻した私は、土屋に静かに提案した。

「とにかく、せめてこの紙は作りなおしてください。一般の方がもうちょっととっつきやすいようにですね……」

「お前が紙代とインク代を出してくれるなら、作りなおしてやってもいい」

「いくらなんでもケチすぎるでしょ！　ドケチ！　土屋ケチケチ霊能事務所！」

「うるせえっつってんだろが。どうして俺が、お前のために、わざわざ時間と労力と金を使って張り紙を作りなおさなきゃなら――」

ぼおっ、と音を立てて文庫本の端が燃えた。

珍しく慌てた土屋が、文庫本を床に落とす。火は勝手に消え、本には若干焦げた跡が残った。

「ちょ、ちょっと！」

どこにいるのかわからない九尾に向かって叫ぶ。

「……お前の給料からこの本の代金、引いとくからな」

土屋は負け惜しみのような言葉を吐いて、サインペンを手に取った。

数分後。土屋から渡された新しい紙を手に、私は階段を下りていた。

「……この紙、貼りたくない」

思わず本音が漏れた。

ウェルカムボードもそうだけれど、土屋はおそらくキャッチコピーを考えるセンスがない。アルバイト募集の紙くらい普通に書けばいいのに、なんであの人はこんなに怪しい文句しか思い浮かばないのだろう。

しかしそれを伝えたところで、「嘘は書いてない」と言われるだけだ。

私は溜息をつき、ウェルカムボードにコピー用紙を貼り付け始めた。

師走《しわす》の冷たい空気にさらされた指が、あっという間に赤くなっていく。コーヒーショップから出てきた小綺麗な女性にこちらを見られ、いたたまれなくなった私はさっさと事務所に戻ろうとした。けれどその時、ウェルカムボードに片足をひっかけた。

「あっ――」

ボードが倒れるのを想像して顔をしかめる。

けれど、倒れかけていたボードは不自然な動きで元の位置に戻った。目に見えない「誰か」が支えてくれたのが、よくわかる動きだった。

「……ありがとう」

ボードを支えてくれたのだろう彼にお礼を言う。返事はなかったけれど、右手のあたりがふわりと温かくなるのを感じた。

私は微笑み、事務所へ続く階段を上っていく。

一刻も早く新しいスタッフが見つかりますように。

ここで働く必要のある誰かが、あの張り紙に気づきますようにと願いながら。

アルバイト募集！

幽霊・アヤカシの知識がない方大歓迎！

様々な怪奇現象を体験してみませんか？

時給１０１３円

年齢不問　勤務時間、出勤日数は要相談

☆市松人形の髪を器用に切れる方優遇☆

詳しくは土屋霊能事務所（当ビル２F）まで

父親の経営する人力車の会社でバイトをしている、大学生の真《まこと》。二十歳の誕生日を境に、妖怪が見えるようになってしまった彼は「おつかいモノ」として、あやかしたちに様々な頼まれごとをされるようになる。曖昧《あいまい》で厄介な案件ばかりを押し付けてくる彼らに、真は振り回されっぱなし。何かと彼を心配し構ってくる先輩の風吹《ふぶき》も、実は大天狗！　結局、今日も真はあやかしたちのために人力車を走らせる——

◉定価：本体640円+税　◉ISBN:978-4-434-27041-3　◉Illustration：夢咲ミル

せいめいさんちのふびんなおおや
晴明さんちの不憫な大家
著 烏丸紫明
karasuma shimei

祖父から引き継いだ一坪の土地は――

幽世《かくりよ》へとつながる不思議な扉でした

第2回 キャラ文芸大賞 あやかし賞!!!!!!!!

やたらとろくな目にあわない『不憫属性』の青年、吉祥真備《きちじょうまきび》。彼は亡き祖父から『一坪』の土地を引き継いだ。実は、この土地は幽世《かくりよ》へとつながる扉。その先には、かの天才陰陽師・安倍晴明《あべのせいめい》が遺した広大な寝殿造の屋敷と、数多くの"神"と"あやかし"が住んでいた。なりゆきのまま、真備はその屋敷の"大家"にもさせられてしまう。逃げようにもドSな神・太常《たいじょう》に逃げ道を塞がれてしまった彼は、渋々あやかしたちと関わっていくことになる――

晴明さんちの不憫な大家
著 烏丸紫明
祖父から引き継いだ一坪の土地は――
幽世へとつながる
不思議な扉でした
第2回 キャラ文芸大賞 あやかし賞

◎定価：本体640円+税　◎ISBN 978-4-434-26315-6　◎illustration：くろでこ

この作品に対する皆様のご意見・ご感想をお待ちしております。

おハガキ・お手紙は以下の宛先にお送りください。

【宛先】

〒150-6008 東京都渋谷区恵比寿4-20-3 恵比寿ｶﾞｰﾃﾞﾝﾌﾟﾚｲｽﾀﾜｰ 8F
(株) アルファポリス　書籍感想係

メールフォームでのご意見・ご感想は右のＱＲコードから、
あるいは以下のワードで検索をかけてください。

アルファポリス　書籍の感想　検索

ご感想はこちらから

アルファポリス文庫

九つ憑き《コノツキ》　あやかし狐《きつね》に憑《つ》かれているんですけど

上野そら（うわのそら）

2020年　2月20日初版発行

編集－篠木歩
編集長－太田鉄平
発行者－梶本雄介
発行所－株式会社アルファポリス
〒150-6008東京都渋谷区恵比寿4-20-3恵比寿ｶﾞｰﾃﾞﾝﾌﾟﾚｲｽﾀﾜｰ8F
TEL 03-6277-1601（営業） 03-6277-1602（編集）
URL https://www.alphapolis.co.jp/
発売元－株式会社星雲社（共同出版社・流通責任出版社）
〒112-0005東京都文京区水道1-3-30
TEL 03-3868-3275
装丁イラスト－Nagu
装丁－AFTERGLOW
印刷－中央精版印刷株式会社

価格はカバーに表示されてあります。

落丁乱丁の場合はアルファポリスまでご連絡ください。

送料は小社負担でお取り替えします。


ISBN978-4-434-27048-2 C0193